U0128467

流向 大海的河

中共清水河县委宣传部
清水河县文学艺术界联合会 编

远方出版社

图书在版编目（CIP）数据

流向大海的河 / 中共清水河县委宣传部 , 清水河县文学艺术界联合会编. -- 呼和浩特： 远方出版社，2023.6

ISBN 978-7-5555-1894-5

Ⅰ. ①流… Ⅱ. ①中… ②清… Ⅲ. ①中国文学 – 当代文学 – 作品综合集 Ⅳ. ① I217.1

中国国家版本馆 CIP 数据核字（2023）第 076602 号

流向大海的河
LIUXIANG DAHAI DE HE

编　　者	中共清水河县委宣传部　清水河县文学艺术界联合会
封面题字	杨德明
责任编辑	蔺　洁
封面设计	李鸣真
版式设计	韩　芳
出版发行	远方出版社
社　　址	呼和浩特市乌兰察布东路 666 号　邮编 010010
电　　话	（0471）2236473 总编室　2236460 发行部
经　　销	新华书店
印　　刷	内蒙古爱信达教育印务有限责任公司
开　　本	787 毫米 × 1092 毫米　1/16
字　　数	345 千
印　　张	21.75
版　　次	2023 年 6 月第 1 版
印　　次	2023 年 6 月第 1 次印刷
标准书号	ISBN 978-7-5555-1894-5
定　　价	55.00 元

如发现印装质量问题，请与出版社联系调换

编委会

序　言

凝聚了清水河县作家、诗人群体心血的文学作品集《流向大海的河》终于要和广大读者见面了。该作品集的出版发行，是清水河县文学艺术界的一件幸事、喜事，对于讲好清水河故事，繁荣清水河文学创作，提升清水河文化自信，助力乡村文化振兴，会产生积极影响，起到巨大的推动作用。

在呼和浩特市，清水河县无疑是一个文化厚重的大县，也是文化强县。境内文化遗存众多，非物质文化遗产丰富。早在新石器时期，清水河县黄河岸边的台地上，就有人类繁衍生息。白泥窑子遗址、岔河口环壕聚落遗址、下塔石城、西岔文化遗址以及近年发掘的后城咀石城遗址，都属于新石器时期或新石器晚期人类居住的遗址。清水河县与闻名天下的"三关"之一偏头关接壤，历来是兵家必争之地。明代长城与九曲黄河如同挽起来的双臂，由东、由南、由西，兜抱着清水河大地。受黄河文化、长城文化、农耕文化等各种文化的影响和熏陶，很早以前，清水河这片热土上就已经有人开始了文学创作，并留下众多不朽之作。明代流传下来的诗歌明显带有战争印迹，如才宽的《巡边赋》、杨澄的《边行》、卢承业的《咏偏关十景》、王子立的《出塞》等。进入清代以后，由于明长城的通关，诗歌已不像明代带有火药味，多以写景为主，如袁荟描写四公主花园的《春日游园即事七绝二首》等。前人为我们积累了足够丰富厚重的文化底蕴。

中华人民共和国成立后，现代文学起步，清水河县文学创作得以繁荣和发展。特别是进入新时代以来，在秉承历史优秀传统文化艺术的基础上，清水河县文学艺术创作逐步形成具有地方特色的创作群体，一批批文艺人才涌现出来，文艺事业得到快速发展，为清水河县各项事业发展和社会进步做出重要贡献。

从文学文化类图书出版情况看，清水河籍作家与涉及清水河县地方内容的文艺文化类图书数量众多，已经成为清水河县地方文献的重要组成部分。到2022年8月，出版文学、文化类图书72部，其中文学类图书42部，包括长篇小说和小说集17部，散文集14部，诗歌集4部，纪实文学、戏剧集、评论集等7部；文化类图书30部，涉及教育、长城、史志、文化产业、碑刻、摄影等内容。

从影视剧创作情况看，在清水河县境内拍摄了一大批影视剧，在国内影视行业影响较大，知名度较高。到2022年，清水河县影视拍摄基地完成拍摄的影视剧达24部，其中清水河县协助拍摄和合作拍摄的影视剧近20部，同时还有40多个影视摄制组在清水河县进行取景拍摄。这些影视剧中，农村现实题材的有21部，战争、历史题材的有3部。在清水河县拍摄的影视剧不仅数量众多，而且质量上乘，佳作迭出，多次获得国内各类大奖，主要奖项有电视剧金鹰奖、飞天奖，电影金鸡奖、华表奖、百合奖以及精神文明建设"五个一工程"奖。按照获奖划分，获得国家级奖项的有9部22项，获得自治区奖项的有4部4项。这些影视剧在清水河县境内的拍摄，对于促进清水河县文艺创作，推动文艺工作向前发展，具有十分重要的意义。

从文学创作情况看，清水河县文艺创作十分活跃。一是文学作品数量不断增加，作家创作十分活跃，一批批新作家纷纷在县内外文学界崭露头角。二是文艺创作质量不断提高，邢永晟、刘海豹、李巨、杜全生、秦勇、白文宇等作家、诗人，作品在《诗刊》《诗选刊》《中国作家》《草原》等国家级、省市级文学刊物上时有发表。三是一批老作家拿起停滞多年的笔，激发创作的激情，勤奋创作。一大批文学爱好者加入文学创作团队，形成一支规模浩大的创作队伍。四是文艺人才踊跃申请会员，加入协会成为会员，会员队伍不断壮大。全县国家级、自治区级、市级文艺人才会员人数达到43人，县级文艺人才会员人数达到450人。

从文学作品的获奖情况看，清水河县及作家、诗人精心打造的作品，获得了众多奖项。由县委、县政府及县委宣传部、县文联组织创作的作品，获得自治区"五个一工程"奖的有电影《送礼》、电视片《绿色之梦》、图书《汉鼎之光》等7部作品；获得呼和浩特市精神文明建设"五个一工程"奖的有电影《天下黄河老牛湾》、纪录片《见证·清水河》等6部作品。邢永晟创作的电影剧本曾连续3年获得内蒙古草原文学创作精品工程奖项，入选自治区电影剧本孵化工程。刘海豹创作的诗歌作品获得张家界国际旅游诗歌节精美短诗大赛二等奖、鄂尔多斯诗歌那达慕全国短诗大赛二等奖、白天鹅诗歌奖实力诗人奖等10余项奖项。秦勇创作的诗歌作品《送你一树好看的月光》《一首老歌》《在诗的最后一行等你》《兄弟》获得国内不同级别的奖项。清水河县文化艺术成果长城奖2017年以来成功举办6届，共有389人得到表彰奖励。受到表彰奖励的作品中，有的获得国家级、自治区级表彰奖励，在自治区甚至全国产生较大影响。

推动清水河文学创作的重要举措，还归功于清河创客文学公众号的创办。2016年清河创客文学公众号创立以来，不断鼓励文艺人才进行创作，推出一批有力度、有温度的文学作品。到2022年10月，清河创客文学公众号共发布1080多期，登载会员的小说、散文、诗歌、剧本、书法、绘画、摄影等作品5000余篇（幅），许多作品的阅读量都在千人次以上，最高点击量达上万人次。2022年以来，清河创客文学公众号提升发稿数量和质量，由以前的每周发稿3次改为发稿5次以上，逐步打造成纯文学平台。

清水河县文艺创作力量长久不衰，热度不减，县文联付出了巨大的努力。县文联经常组织各协会会员深入基层开展采风活动。通过实地采风，激发文艺人才的创作热情，推出了一批"冒着热气""带着露珠""透着温度"，群众喜闻乐见、经得起实践检验的好作品。同时，县文联每年都要组织选题，开展文学征稿活动，围绕黄河、长城、生态、红色、乡村振兴等主题，组织讲好清水河故事，激发广大文学爱好者的创作热情，逐步形成了具有地方特色的创作群体，全县文艺事业得到了快速发展。

《流向大海的河》收录的作品，是2020年以来清河创客发布的部分文学作品。这些作品，是编辑从作者报送的300余篇作品中精挑细选出来的，包括40余位作者的70余篇（首）作品。根据内容和阅读需要，本书分为小说辑、散文辑、诗歌辑、小戏小品辑4个部分。

中华人民共和国成立以来，清水河大地上出现了好多著名作家、诗人，文学创作最为活跃的时期，除了现在，还出现在20世纪八九十年代。那时，创作人员多，作品质量高，出现了苏芝英等一批著名的作家、诗人。但是，县里一直没有编辑出版综合性的文学作品集，这不能不说是一种遗憾。《流向大海的河》编辑工作开展以来，县委宣传部对这项工作高度关注，给予了大力支持。从这一意义上说，这既是总结地方文学成就、泽被乡里的功绩，也是文脉承续、薪火相传的益事。我们作为编辑人员，尽心尽力，生怕出现纰漏，尽最大努力，合力完成了这一艰巨的任务。

是为序。

编者

2022年10月7日

流向
大海的河

目　录

流向
大海的河

3

流的
大海的河

流而
大海的
河

流向
大海的
河

小说辑

李巨　内蒙古呼和浩特市清水河县人，退休教师。清水河县作家协会理事，《中国诗歌报》内蒙古工作室主编，大河诗刊社签约诗人。爱好文学创作，在报纸杂志和网络平台发表散文、诗歌多篇（首）。有获奖史。

花　祭

顺着马鞍山往上走，半山腰有处大缓坡，中间被一道沟隔开。沟西叫黄草峁，坐落在风口上，沙化严重，尽长些纤纤的香毛草。因这里土地贫瘠，显得不吃香，它们几辈子谁也没有过争斗。

一眼就能看见黄草峁上有座孤零零的坟，那是殷勇的坟。其实，黄土堆下并没有殷勇的遗骨。殷勇的遗骨被丢在了南疆的麻栗坡，他是麻栗坡陵园里九百六十名烈士之一。

殷勇的母亲二婶活着的时候，唯一的心愿就是能到儿子的坟头痛哭一场。可是路途遥远，又没那么多的钱当路费。因此，她就把儿子的一些遗物和一张相片埋在黄草峁上那块没有争议的沙土地上，堆成一座坟，以寄托哀思。每年清明节，她都要拄着拐杖，爬上黄草峁，在儿子的坟前哭上一场，在坟前留下一层浅浅的纸灰。

悲痛肯定是悲痛，因为就这么一根独苗苗，说没就没了，可她又为儿子的死感到骄傲。儿子没偷过，没骗过，也没抢过。儿子是为祖国而死的。他生是战士，死是英雄。

沟东叫凤凰塔，地势较黄草峁更缓，因土质好，出粮，是村里的顶尖地。那里也有一座孤零零的坟，它比黄草峁的坟阔气多了，四周是青砖砌成的半人高的花栏墙，且有高大的门楼。与黄草峁那座坟不同的是，这座坟里埋着一个女人，她叫一枝花。她比殷勇小得多。她活着的时候上金光大道节目之后便一举成为远近闻名的歌唱家，追捧的粉丝千千万，父母家人以及远亲近朋们也跟着风光了一阵子。后来听说她被查出偷税漏税，不久就得了大病不治而亡。跟着女儿沾了光在城里住上高楼的父母，总觉得女儿死得不光彩，连每年清明节到她坟前走一遭也近似偷偷摸摸的。一枝花的那些粉丝们则不然，每年清明节乘车打马地来祭奠她，坟丘上花圈、酒食堆得很高。

这不，清明节说到就到了。

在北方，有句农谚说："三月清明不见绿，二月清明遍地青。"今年的清明恰在二月，草泛浅绿柳挑鹅黄的春天早早就来了。但毕竟是北方，料峭春寒仍时时来袭，草被冻蔫，花被吹落，是常有的事，这也不免给那些怜花惜草的人或多或少带来一些忧伤。

纪承在睡梦中被汽车闹闹哄哄的喇叭声吵醒了，一骨碌爬起来拉开半边窗帘，见大车小车按着喇叭一路黄尘向马鞍山而去。他知道那一定又是一枝花的粉丝们。

纪承是殷勇的远房亲戚，也是村里的支书。二婶去世后，每年清明他都少不了去黄草峁殷勇的坟上烧一张纸。

"阿——嚏——"刚出门，一股凉气钻进鼻孔，纪承打了个喷嚏。几只喜鹊落在门前的树上叫个不停。

纪承从窗台上拿了纸钱和昨天从县城捎回来的一束花向黄草峁走去。半路他遇上了那些已经返回来的车。他数了数，大车小车足有二三十辆，好壮观呀！"竟然有这么多人来看她……"他这样想着。

不知又从哪里飞来几只喜鹊，追着他不停地叫，叫得他耳热眼跳的，像有什么事要发生似的。

纪承一口气爬上马鞍山半坡，在黄草峁和凤凰塔的分路处站定，先将目光望向凤凰塔一枝花的坟。那里空荡荡的，坟头只有几株野草在风中摇晃。纳闷间，纪承转脸望向黄草峁，立刻被惊呆了。

殷勇的坟丘上摆满了红红绿绿的花圈和花篮，坟丘上摆不下，周围的地上也摆得满满的，摞得高高的。酒食也摆得满满的。开瓶的茅台酒香味弥漫着整个黄草峁。

纪承再也控制不住如泉的泪水。他拨开一条路，跪在殷勇的坟前，一把一把地撒着纸钱……

下山的路上，纪承想着：今年这清明怎么这么暖……

春天的故事

今年，农村政策好，"哗"的一下，好多外出打工的人纷纷回乡创业。黄土镇的田家坪回乡创业的人最多。

掰着指头数上几遍，数来数去，田家坪还数土生宝是个急汉子。春来先开犁，夏来先开锄，秋来先开镰，按时按分做着庄户人的营生，把个日子过得有声有色、瓷瓷实实的。

可今年，土生宝像变了个人似的。这不，今年春来早，人们都在掏圈滤粪忙备耕，他却姜太公稳坐钓鱼台，不急不躁。

这几天家里的进城哄孙子去了，剩下他一个人。早上起来绕村转了一圈，回来已快十点了。他正在做饭，听见大门响了。一眼就看见进来的是驻村第一书记郝来。土生宝心里"咯噔"一下，不会是上面又来检查吧，但他马上镇静下来。有件糟心事儿使他至今难忘。

那还是去年春天的事——

春节一过，土生宝就像往年一样开始掏圈滤粪忙活起来了。他养了一百多只羊，垫圈垫得勤，满满地攒了一大圈羊粪。他整整掏了四天才把羊粪掏出圈外。可乡里来了人，说是上面要来村里检查村容村貌，那一大堆羊粪会影响环境卫生，让土生宝赶快把掏出来的羊粪再弄回羊圈去。想想也是，既然乡里的人说了，别因自己一个人影响了村里的形象。土生宝雇了几个人赶紧把掏出来的羊粪弄回了圈里。过了几天，村主任告诉他乡里通知上面不来检查了。

又用了两三天的时间，土生宝把羊粪掏出来，拉到粪场里。这天，土生宝正在头水汗津津地滤粪。

"吱——"，一辆小汽车停在粪场边，贾爱农乡长跳下车，一脸笑容，说："啊呀，老土又把羊粪掏出来啦。"贾爱农说着，就递给土生宝一支"大中华"。

土生宝被弄得一头雾水。

还没等土生宝回过神来，贾爱农笑嘻嘻地说："还得老土再辛苦一回了，这次上面真的要来检查了。"

"不会吧？"看着贾爱农一本正经的样子，土生宝连自己也不知道说了句啥，像一截木头，手拄铁锹直直地戳在那里。

"别愣着了，没准上面下午就来了，赶快把羊粪再弄回圈里去，不然就坏事了。"贾爱农近乎请求又近乎命令的话，弄得土生宝哭笑不得。他知道，检查这事肯定也不是贾乡长平地生出来的。可这粪已经拉到粪场了，离圈又远了一截，一时半会儿怎么能弄回羊圈呢？

土生宝挠着头。此时，这个一向被人们称作"智多星"的人，却一点儿办法也没了。有两个女的也从车上下来，捂着鼻子走到近前，众人一起替土生宝想着法子。突然，乡秘书眼前一亮，指着粪场边上的一个大土坑，说："能不能把羊粪填进这个坑里，省时省事。"众人恍然大悟。事已至此，只能这样了。土生宝一副苦脸，他认了。谁让他住在大路边上呢。

临走时，贾乡长把土生宝叫到一边说："你也知道，你们村在战争年代就做过大贡献，上面来检查，说明重视你们村，希望你能理解我们。你就再辛苦点儿，回去我看能不能给你挪几个补贴，下回给你带来。"几句话说得土生宝心里热乎乎的。

又过了好几天，人们差不多把粪都送到地里了。土生宝等得心焦肚烂的，结果村主任告诉他上面不来检查了。

这次，土生宝心里终于踏实了。他和几个亲戚一鼓作气，用了一天的时间把填到坑里的羊粪弄上来。他寻思着滤粪已经来不及了，干脆送到地里拍打拍打算了。他正张罗着发动四轮车，贾乡长的小汽车又停在粪场边上。贾乡长人还没下车，笑容先从车窗上露出来。他边下车边从上衣兜里掏着什么。

又是一支"大中华"。随着"啪"的一声，打火机也伸过来了。"这回可是真的来了，说不定上面检查的人现在已经进乡政府了！"贾乡长看着粪场上又掏出来的羊粪，近乎喊叫地说："赶快填进坑里去！"

土生宝把发动四轮车的摇把往地上一扔，朝着贾乡长大喊道："你们反反复复的，怎么这么能折腾老百姓了！老子不干了，你们填去哇！"说完，头也不回一直向村外走去了。贾乡长赶紧让村主任叫来一台推土机，把土生宝粪场上的羊粪填进大土坑，埋了个结结实实。

那天，上面真的来村里检查了。后来听说上面知道了这件事，狠狠地批评了下面，也不知是不是真的。

"天长大日的，不抓紧掏圈滤粪，窝在家里干啥了？"郝来人还没进家，话就先进来了。土生宝立刻从往事中走出来，开门迎客。驻村第一书记郝来一进门不让自坐，在沙发上满脸笑容地盯着土生宝看，似乎要说什么。

又是满脸笑容，这让土生宝又想起贾爱农那张笑脸。"莫非又要检查？"土生宝心里想着，嘴上已经说出来了。

郝来两掌一拍，说："怪不得人们说你精，算你猜对了。"

一听说又要检查，土生宝一屁股坐在郝来对面的小凳子上。"怎么又这样呢？"土生宝嘀咕着。

见状，郝来赶紧说明来意："今年春来早，乡里让村委了解村民的备耕情况，看看农户们有什么困难，以便登记解决。"

听了郝来的解释，土生宝长长地吐了一口气，脸上露出了笑容。

见土生宝转忧为喜，郝来说："大家都在掏圈滤粪，你不动，还有啥顾虑呢？"

土生宝朝着郝来诡秘地一笑，说："你跟我来看看就知道了。"

土生宝拉着郝书记来到自家房后，指着用几块大塑料布遮盖着的小山似的东西。

郝书记有些不解，走过去揭开一块大塑料布，一看，什么都明白了，那是一大堆早已滤好了的羊粪。

郝来在土生宝的肩上捶了一拳，两个人一齐放声大笑起来。那笑声在早春的上空萦绕着，萦绕着……

邢永晟　1969年生，内蒙古呼和浩特市清水河县人，中国电影家协会会员、中国电视艺术家协会会员、内蒙古电影家协会理事、内蒙古作家协会会员。主要作品有小说、散文、戏剧影视剧本等。有作品出版发表、排演拍摄、入选获奖。

旺夫台

一

婚后，贾玉玲怎么也不会想到，村主任马金山会把她农民专业合作社入股的资格取消了。

六月初九是个好日子。这一天，贾玉玲在嘟嘟哇哇的鼓匠声中，坐上了人生中第二回骡驮轿。娶媳妇不走回头路，可是从旺夫台娶回旺夫台，不走重复路怎么走？特别是贾玉玲是从自己家里娶出来，又要娶进自家大门，更是绕不开路。马金山说"往出走走山，一辈子不愁吃穿；往回走走滩，生活过得美满"，于是，按照马金山设计的线路，娶亲队伍离开贾玉玲家，就直接绕到山梁上，在坑坑洼洼的山路上黄尘带舞地绕了大半天，又下到黄河边，顺着黄河往下游走，转回了贾玉玲的家。

贾玉玲是二婚，丈夫陈谦得癌症下世不到两个月，贾玉玲就看上了柳林村的柳方林，急急忙忙地办了喜事。村民们说，贾玉玲是看上了柳方林有钱，才嫁给柳方林的。对于村民们的非议，贾玉玲从不辩解。这就让好说闲话的一些村民认为，他们的猜测是对的。柳方林从部队复员回来，在柳市的一个大饭店里当主厨，一直没有成家。好在贾玉玲年轻漂亮，虽是二婚，还带着一个两岁大的儿子虎头，但柳方林并没有嫌弃她。

婚后第二天一大早，柳方林就要回柳市了。贾玉玲追出院子，从背后抱住柳方林的腰说："你就不能再多待上一半天的？"

柳方林将贾玉玲的手扳开，转过身吻了一下贾玉玲说："我回来这两天，饭店也差不多歇业了，老板肯定急死了。你再等上几天，我在城里租下房子就回来接你和虎头。"

送走柳方林，贾玉玲从外面回来，边走边在心里盘算，这婚结的，天下再找不出第二家了！贾玉玲还没有进屋，马金山就匆匆从院门外进来。马金山看到贾玉玲愣在院子里，咳嗽一声，问："玉玲，方林呢？"

贾玉玲说："刚出门，还没走远。您找方林有事？我给他打电话，叫他回来。"

马金山说："不不不，我找你。走了？怎么？睡了一觉就闹崩了？"

贾玉玲说："不是不是，饭店不是离不了他嘛，他回来这几天，饭店就关门了，老板急得要命，说死说活让他快点儿回去。您找我有甚事？"

马金山一本正经地说："是这么回事儿，我必须当面告诉你。"

贾玉玲笑着问："甚事了，还非要当面告诉？打个电话不就行了。"

马金山说："其实这事儿说大也不大，说小，要是看开了，说小气话，也就屁大点儿事儿，甚至连屁大也没有。"

贾玉玲听了，疑惑地问："究竟是甚事了？这么神神道道的。"

马金山说："有人反映你多吃多占，村里就把你入股农民专业合作社的资格取消了。"

贾玉玲一听，惊问："把我入股资格取消了？因为甚取消了？"

马金山说："我不是说了吗，有人反映你多吃多占。"

贾玉玲问："我怎就多吃多占了？"

马金山说："玉玲，你还没听清？有人反映。"

贾玉玲说："谁反映了？再说有人反映，也得看是真是假吧？你不能听风就是雨吧！你是村主任，耳根子怎能这么软呢！"

马金山看到贾玉玲有些激动，就说："玉玲，你不要激动，肯定是有根据的呀，没有根据，我当然也不会做出这个决定的呀。"

贾玉玲满脸不高兴，问："有甚根据？根据还不是你村主任说了算！"

马金山说："我说了算？你要是这么认为，我就跟你没话说了，咱们大会上见分晓吧。"

贾玉玲一看村主任生气了，也下了软蛋，说："不是吧，好端端的，前天公示出来的名单上还有我的名字，今天说取消就取消了，总得给我个理由吧！"

马金山说："理由肯定是有，你不是不听吗，你不听我有甚办法？"

贾玉玲口气又明显硬起来，说："谁说我不听了？你不是拿开大会吓唬人吗。你以为我贾玉玲是吃素的，是吓大的！"

马金山说："你看你看，说的馍馍就糕来了。我知道你贾玉玲厉害，可厉害你也得讲理呀！"

贾玉玲反驳说："我怎就不讲理了？话还没说三句，我就不讲理了？我知道你村主任有权，可你也不能想说甚就说甚吧！"

马金山看了贾玉玲一眼，不再争论，说："行行。你还记得咱们村成立农民专业合作社的时候，有过一个章程吧？"

贾玉玲仍然绷着脸说："管它章程不章程的，你先说说凭甚取消我的资格！"

马金山说："你着甚急，先听我说……你记不记得这个章程？咱们全村开大会表决过，举过手的。"

贾玉玲冷冷地说："我当然记得，怎就不记得！"

马金山面露喜色，说："记得好，记得就好。当时表决，我在会上说同意的请举手，你也举过手吧？"

贾玉玲冷着脸，愤愤地说："举过。"

马金山说："对，举过好，举过就好。玉玲，这个章程上明明白白地写着，出嫁女和外出打工的，都不在入股的范围。你看，前天，你是咱们村的村民，符合入股条件，公示的名单上就有你的名字。昨天，你和柳方林结了婚，你是出嫁女，柳方林呢，在城里打工。出嫁女，外出打工的，不在入股的范围。这两个条件你都占了，村里当然就把你这一户的入股资格取消了，你说这是不是根据？"

贾玉玲一听，急了，说："我嫁是嫁了，但嫁了也还在咱们旺夫台住的哩。柳方林是在外打工，可他是柳林村的，又不算咱们旺夫台的人。再说他是他，我是我，他和我没关系。"

马金山听出了贾玉玲话里的漏洞，牛气起来，说："哎，贾玉玲，你这不是睁眼说瞎话吗。柳方林现在是你男人，怎就和你没关系？"

贾玉玲不服，说："村里规定的出嫁，那是指大闺女，我是二婚，不在这个范围。"

马金山说："哪一条规定是指大闺女不指二婚了？出嫁就是出嫁，不管你是头婚二婚三婚还是五婚！"

贾玉玲说："我嫁是嫁了，不过柳方林是招女婿，我不是还在咱们本村住的呢吗？"

马金山说："对，你是还在本村住的，可柳方林外出打工，也不符合条件呀。"

贾玉玲说："柳方林是柳林村的人，凭甚要把他拉扯进来？"

马金山又抓住了贾玉玲的小辫子，讥笑着说："哈哈，贾玉玲，你说话怎颠三倒四的？说你出嫁，柳方林是招女婿；说他打工，柳方林是外村人，依你这么说，柳方林究竟算咱们村的，还是不算咱们村的？"

贾玉玲被逼急了，说："我，我，你们……你们凭甚说我多吃多占？"

马金山说："啊呀，贾玉玲，我平时觉得你是个明白人，你今天怎就成了个翻逼蛋了？说的有人反映你，听清了吗？说话听音，锣鼓听声，别人说话，好好儿支棱起耳朵听的！"

贾玉玲受到马金山接二连三的炮轰，心里有气泄不出来，最初的气势一落千丈，声音也低了好多，问："是谁在背后嚼我舌头？"

马金山说："玉玲，你也不要追查了，就是追查出来，你也挽回不了。有全体股东大会上表决的章程在这里摆着，我就是心里想给你，这不是也有章程框着给不了吗。"

夜里，贾玉玲翻来覆去睡不着。马金山说有人反映自己多吃多占，自己怎就多吃多占了？贾玉玲盘算了一夜，快到清晨，才蒙蒙眬眬地睡去。睡梦中，贾玉玲的脑子里模模糊糊跳出一个人。她醒来，回想起梦中出现的那个人，眼前突然一亮。是他，一定是他！贾玉玲想到的这个人，就是马小山。

贾玉玲认定是马小山在背后捣鬼。要不，在她一再追问马金山是谁在嚼舌头时，马金山为甚总是遮遮掩掩的，只是说有人反映。

二

马小山是马金山的弟弟。提起马小山，贾玉玲太失望了，失望得甚至想都不愿意去想这个人。

五年前，马小山还是贾玉玲的男朋友。那时，两个人都是小年轻，又都是初恋，相处得特别好。马小山身上虽然有一种痞子气，有时说话做事油腔滑调的，但年轻气盛，谁不想显摆显摆，再说谁身上还没有三两个缺点。当时正是热恋的时候，恋人都是睁眼瞎，谁还会把对方的缺点当缺点！就在这时，啪，马小山犯罪了，而且犯的是强奸罪。这下给贾玉玲头上浇了一盆冷水，把贾玉玲浇愣了，也浇醒了。贾玉玲哭着喊着追到监狱，问马小山是不是真的。马小山只是呆呆地看着贾玉玲，不回答。马小山获刑五年零八个月，出狱时，是马金山一再恳求贾玉玲，贾玉玲才答应一起去接马小山的。那时，陈谦已经是肺癌晚期了，特别是到了后来，陈谦躺下就没气了，坐直了也没气了，半躺半坐才能出上一口悠悠气，勉强维持生命。此时，陈谦虽然瘦成一副干骨架，但贾玉玲毕竟是一个女人，一整天一整天地伺候着，哪能熬下来。马小山这时上手了，把陈谦抱起、放下、翻身、把尿，像伺候老爹一样。要怪，还真的怪马小山操之过急。陈谦出殡后过完五七往六七数的时候，马小山放开胆子抱着贾玉玲亲吻。贾玉玲闭着眼睛一动不动，马小山亲着亲着，仿佛又找回五年前的感觉，忍不住伸手去解贾玉玲的衣服。"啪"，一个脆生生的耳光火辣辣地抽在脸上，马小山这才知道错了。还没等马小山开口解释，贾玉玲就一脚将马小山踹出了门。

马小山站在贾玉玲家门外苦苦哀求了几天，都未能和贾玉玲说上一句话。听说贾玉玲要出嫁，而且是亲哥哥马金山亲自给主持婚礼，马小山就跑去给马金山哭鼻子。马金山看到马小山哭得稀里哗啦的，就骂："没出息的东西，人家入洞房关门呀，你才拉住不让关？你早干甚去了？"马小山又不能对着哥哥把实话讲出来，心里憋了一股子气，毫无办法，眼睁睁看着柳方林把贾玉玲娶进门。

马小山从监狱出来，又受到这样的打击，免不了成为人们茶余饭后谈论的话题。马小山羞愧难当。羞愧难当让马小山见人抬不起头，直不起腰。人要是不死，再羞愧难当也得见人呀。抬不起头，直不起腰怎么办？马小山自有办法。马小山找来一根绳子，在自己腰上一圈一圈地缠起来，直至把自己缠成一根硬棍。每到出门见人，马小山就把绳子缠上，进门后又把绳子匆匆卸下来透气。好在他一个人住着，除了空气再没别人，这事儿也就谁也不会发现。

其实，贾玉玲根本不用熬那一夜，就完全可以猜到是马小山。但是，贾玉玲知道，马金山内心实在是看不起他这个兄弟，根本不会听马小山的话的。一样样的弟兄，一个天上，一个地下，一个精明得气得鬼都会上吊，一个没脑子气得人都会上吊。

好不容易等到天亮，安顿好儿子虎头，贾玉玲就匆匆去找马小山了。贾玉玲走进马小山家的院子里喊："马小山，你出来！"

贾玉玲连喊两声，马小山才慢悠悠地打开门。

马小山正在往腰上缠绳子，怕贾玉玲看到，身子藏在门后，探出头来说："大清早的，我以为是乌鸦叫呢，细听才听清是有人在号。"

贾玉玲上前一步，说："你出来！"

马小山急忙拉住门，留下一道门缝，说："停停停，君子动口不动手，有事儿咱们说事儿。"

贾玉玲说："马小山，你出不出来？"

马小山关上门，将腰上缠了一半的绳子取下，走出来说："出来就出来，庙门前的石狮子，谁怕谁。说吧，甚事？"

贾玉玲说："你是不是向你哥反映我了？"

马小山问："反映你甚？"

贾玉玲说："说我多吃多占。"

马小山说："我进过监狱，你进过？别以为我那么容易就招了。好歹我也蹲过大狱，有些经验。不是我说的。"

贾玉玲走上前，指着马小山说："你不要油嘴滑舌，我敢肯定，就是你说的！"

马小山说："停停停。"说着，拿起门口的棍子，在地上画了一条线，又说，"看你这气足的好像马上要炸了，往后站，别过了线，要炸你自己炸，你可不能把我炸着。"

贾玉玲说："马小山，你真是个怂货，自己说了话还不敢承认！你看你活得这么窝囊，还不如一头撞死呢！"

马小山说："男子汉大丈夫，行得端走得正，说了也加不了刑，是我报告的，没错。"

贾玉玲问："你为甚要说我多吃多占？"

马小山说："你不符合入股条件，不是多吃多占是甚？"

贾玉玲说："那是村里的规定，就是我入了股，那也不是多吃多占呀！你这明显是话里有话。"

马小山说："对，我就是话里有话，你连男人都有三个呢，你说不是多吃多占，是甚？"

贾玉玲上前拉住马小山，说："我……我……我哪有三个男人？你把话说清楚！"

马小山推着贾玉玲，躲闪着说："不要过线，不要过线……看你拉拉扯扯的，像个甚！我是强奸犯，你人家是有夫之妇。让人看见了，多不好！"

贾玉玲顺势推了一下马小山，说："顶上狗屎游街哩，你还真爱护你这个荣誉呀！你整天这么显摆，就不怕把别人臭死！"

马小山差一点儿被贾玉玲推倒，说："天上打雷雷对雷，铁匠打锤锤碰锤，如今的世道谁怕谁！我就喜欢显摆，谁能管得着！"

贾玉玲说："夜明珠喘气，我看你真是个大活宝！马小山，你气死我了……你这是报复我！"

马小山说："我就报复了，你想怎样？"

贾玉玲说："你……你马小山，你……你……"

马小山突然站在院子里抬起头大喊道："贾玉玲有三个男人！贾玉玲有三个男人！"

贾玉玲扑上去，马小山急忙钻进屋关上门。贾玉玲拉着门把手向外拉，马小山在屋里拽着门。贾玉玲一使劲，门把手"啪"地被拉掉了。贾玉玲将手里的门把手摔在地上，狠狠地踹了一脚门，说："马小山，我跟你没完！"

贾玉玲说着，生气地转身离开，差点儿与站在院门口的二嫂撞在一起。

三

贾玉玲在家里思考了两天，第三天早上起来，给柳方林打了个电话，告诉柳方林说："村主任把咱家入股的资格取消了。"

柳方林说："取消就取消了，没甚大不了的，再说咱马上就要租下房子搬进城里了，取消那是迟早的事。"

贾玉玲说："关键是他们给我扣了一顶帽子。"

柳方林问："甚帽子，取下来不就行了！"

贾玉玲说："不是那个帽子！他们说我多吃多占，说女人的坏话！你赶快回来！"

柳方林听到贾玉玲在电话里越说越生气，还让他赶快回去，就说："我这里实在走不开，你自己处理一下吧……"

柳方林正说着，贾玉玲就把电话挂了。柳方林又拨打贾玉玲的电话，贾玉玲不接。

电话里没有说清，贾玉玲又不接电话，柳方林实在猜不出事态发展得究竟有多严重，觉得还是回去看上一眼比较好，于是向老板请了个假，匆匆赶回旺夫台。柳方林进村后，发现村道上村民们远远看到他便窃窃私语，对他指指点点，等他走过来，有的散了，有的装出一本正经的样子。柳方林追上几个村民问发生了甚事，村民看着他笑而不答。这更激起柳方林的好奇。说来也巧，柳方林正好遇到了二嫂，便上前问究竟是怎回事。二嫂先是遮遮掩掩地不说，之后，便添油加醋地把贾玉玲多吃多占的话说了一遍，又说："人们说的多吃多占，是说她有三个男人。"

二嫂是谁？二嫂就是卫明媳妇嘛，小名叫二后生。她把自己吃成一个干猴，又不注意形象，再加上做事稀里哗啦，人抖福薄，嘴松命孬，和卫明的日子过得稀松平常，所以在村里无论年长的还是小辈，统一叫她二嫂。

其实，二嫂以前不是这样子，生活中紧紧就就，曾跟着卫明把小日子过得风生水起。刚结婚那会儿，两个人在城里做买卖挣了不少钱。后来，邻家老魏的店铺竞争不过他们，老魏就请卫明喝酒。人家请他一顿，他就回请一顿，一来二去，卫明就离不了酒了，一天不喝酒就觉得少点儿啥，天天喝，天天醉。再后来，卫明早上不来一瓶"硬早点"，一整天没精神。店铺经营不下去了，他们在城里维持不了生活，就搬回了村里。卫明回到村里，仍然保持着城里的生活习惯，没几年，好端端的日子就疲沓得不成样子了。没钱买酒，卫明就在家里闹，火气上来控制不住就摔东西，闹得二嫂实在没办法。后来，马小山从监狱出来，正好没人说话，二嫂便成了马小山家的常客，马小山也就成了二嫂倾诉烦恼的知心朋友。

夫唱妇随也是有一些道理的。卫明变成一只扶不起的死狗，二嫂也就跟着瘫了，变得比卫明也好不到哪里去，渐渐露出本来面目，走在村里人人躲着，生怕沾染上二嫂身上的晦气，影响了自己的家庭和生活。灰人攒堆，马小山甚也不怕，两个人好似越走越近。

那天，贾玉玲在马小山家的院子里说的话，全让二嫂听了去。看到贾玉玲走出院门，二嫂就拍着手说："啊呀，好戏好戏……小山，她真的有三个男人？"

马小山看机会来了，就说："你以为呢！"言外之意，确有其事。

二嫂回头望一眼空空的院门口，感叹道："这世道说不公就是不公，人家有三个男人，我才半个男人。小山，你说我活得窝囊不窝囊，可怜不可怜！"

马小山说："二嫂，玉玲刚才的话，是不是人们都听见了？"

二嫂听出马小山话里有话，就问："马小山，你嘴里又想喷甚粪……噢，明白了，当然当然，给钱给钱！"

马小山给了二嫂两块钱。

二嫂晃动着手里的钱，说："就两块钱？两块钱能买甚酒？"

马小山说："昨天刚给过你，又喝完了？我讨吃你要饭，我刚问我哥磨来两个电费钱，你都拿走了，你让我拿刀子交去？"

二嫂假装生气地说："你给不给？给不给！"

马小山说："事成之后，肯定给。"

马小山说的事，当然不用明说，二嫂心里相当清楚。一个村里的人，谁还不知道谁是几斤几两。特别是马小山刚从监狱出来，心里想的甚，二嫂心里当然很明白。再说了，二嫂本来就是做买卖出身，做过买卖的人，是有点儿猜心术本领的，要不，还怎么去讨价还价？此时，二嫂的嘴松也就正好派上了用场，当下出村里见人就说，很快就把贾玉玲越描越黑，黑得甚也不像个甚了。

二嫂在村里遇到柳方林，正中下怀，当然不能轻易放弃这次机会。成功了，她要去向马小山表功，去要马小山的犒赏。所以，二嫂就把村里的传言告诉了柳方林。柳方林一听，当然不会相信了。仅凭二嫂的三寸不烂之舌，柳方林就相信了？当然不相信！捉奸捉双，得有证据，是不是？

柳方林当过兵，从部队出来，又在城里混了几年，这点儿识别能力还是有的。他之所以成为大龄青年，是有原因的。部队里有个同期入伍的战友名叫常青龙，不幸因公殉职。常青龙的父亲住在柳市，柳方林复员回来，为了方便照顾常青龙的父亲，就在柳市找了一份工作住了下来，而且一直没有成家。常青龙的父亲患癌症，与陈谦同住一个病房。柳方林陪床，贾玉玲也在陪床，说起来，两个人住在邻村，他们虽不认识，但说起爹妈的名字，都还有些印象，再说起爷爷辈，又都是黄河里同一条船上的河路汉。两个人在一起陪床，倍感亲切，一来二往，就熟悉起来，成为病房里亲密的陪友。要坏，就坏在马小山自己身上。本来，贾玉玲和马小山还有些感情基础，可是马小山操之过急，就把好事办成坏事了。

二嫂见柳方林不信，就将马小山和贾玉玲那段感情和盘托出，又添油加醋地说："玉玲清五更从小山家里出来，是我亲眼所见。"她又问柳方林说："天还没有大亮，玉玲就偷偷摸摸从小山家里溜出来，你说说明了甚？"

柳方林没有正面回答，心里正在判断二嫂说的话是不是真的，就问："说明了甚？"

二嫂说："说明他们夜里睡在一起了。"她又说，"村里有好多人都看见了，你不信，就回家问问玉玲，看玉玲怎圆这个鬼。"

柳方林听了，还是半信半疑，扭头向家走去。在回家的这段路上，柳方林不由得把二嫂前前后后的话揣摩了一遍。有时事情就是这样，不去关注也就过去了，那就不是个事儿，要是认真起来，关注了，不是事儿也是事儿了。柳方林越想心里越不是滋味。俗话说，无风不起浪，二嫂一个人说，也就罢了。村里好多人看到他都鬼头鬼脑地躲开，这就不能不让柳方林心里起疑了。

看到柳方林突然回来，贾玉玲心里当然高兴了。新婚没几天，新鲜着呢！所以柳方林一进门，贾玉玲就高兴地放下怀里的孩子下了地，说："回来也不提前打个电话。"

柳方林不冷不热地说："打电话得有人接啊！"

贾玉玲本来以为柳方林会给自己一个深深的吻或大大的拥抱，没想到柳方林会是这种态度。她燃起的激情顿时熄灭，退到炕边坐下来，说："怎了？没接电话就生气了？"

柳方林说："我问你，你和马小山是甚关系？"

贾玉玲说："我和他是甚关系？我……我，哎呀，我和他……一时说不清。"贾玉玲是个急性子，大凡急性子的人，生性厉害，说话有时不过脑子。

柳方林听了，就偏到一边去了，说："我知道你就说不清，要不怎会让别人堵在马小山家里。"

贾玉玲说："我怎会让别人堵在他家，你听谁放的屁？"

柳方林听了，说："这么说，是没被堵住？"

本来，贾玉玲这几天因为入股的事心里就够憋屈、够乱的了，柳方林进门劈头盖脸的质问，把贾玉玲的忍耐彻底压倒了。贾玉玲气血涌上来，脸涨得通红，说："你是回来替我出气了，还是拿我出气了？"

柳方林一听贾玉玲没有顺着自己的思路接下去，心里更加觉得这里面有问题，于是又追问："你不敢说实话，对不对？你不要以为我钻在市里就不知道你干的那些臭事了！"

贾玉玲的火完全被点起来了，说："我干甚事了，你不要红口白牙想说甚就说甚！"

柳方林说："我说的？你去问问村里那些人，你能遮住谁的眼睛？你清五更从马小山家里出来，你别以为你做得巧妙就没人知道。你还有甚可说的？"

贾玉玲说："我从他家出来，你做梦了吧！你走的这几天，我连门边边也没出去，我去他家干甚！"

柳方林说："你没去是吧？好，你跟我走。咱们一起去见一个人。"

柳方林说着，拉着贾玉玲就向外走。

贾玉玲突然想起那天早上确实去了马小山家的院子里，就说："你等等，你等等，我去过，我去过，你听我说……"

柳方林听到贾玉玲去马小山家的事真被挤了出来，气得话也说不上来，扭头就往门外走去。

贾玉玲喊："你干甚去，柳方林，你回来！"

柳方林没有回话，重重地关上外面的门。

贾玉玲喊："柳方林，柳方林，你个王八蛋！你回来听我说！"

贾玉玲想追出去，回头看到炕上的虎头早哭得不像样，就停下来了。

虎头看到贾玉玲在看自己，哭着爬过来……

四

柳方林怒气冲冲地摔门而去，贾玉玲没有去追柳方林，也没有给柳方林打电话解释。在贾玉玲心里，夫妻之间只有理解，从没有解释这么一说。与陈谦过日子那会儿，贾玉玲就是这么处理夫妻关系的。有人说，癌症是气出来的。陈谦的癌症是气出来的，还是吃出来的，不敢妄下结论。但是，每次贾玉玲与陈谦发生矛盾，贾玉玲是从不向陈谦低头解释的。

　　柳方林生气离开，贾玉玲把事情的起因、结果从前至后梳理了一遍，发现看似因为误会，其实还是因为村主任取消她的入股资格引起的。不让入股，是因为多吃多占；多吃多占，又指自己有三个男人；自己有三个男人，就说明自己和马小山也有关系；自己和马小山也有关系，就气走了柳方林。所以，打树寻根，贾玉玲还是想找马金山，把输掉的这一局扳回来。

　　贾玉玲走进村主任办公室，拉着脸说："村主任，我知道了，是马小山告我的状。"

　　马金山说："谁告状不重要，关键是看你符合不符合村里的规定！"

　　贾玉玲说："我符合不符合村里的规定，跟多吃多占有甚关系？他马小山凭甚说我多吃多占？我怎就多吃多占了？"

　　马金山说："那不是小山开玩笑吗！"

　　贾玉玲说："他开玩笑？他是在开玩笑吗？我还不知道他马小山心里捏的甚鬼？他就是不想让我和方林结婚才瞎说我的。他说得满村人都知道了，你是村主任，你给我评评理，我怎就多吃多占了？我怎就有三个男人了？"

　　马金山说："嘿，哪儿和哪儿呀，这能是一码事吗？"

　　贾玉玲说："咋不是，他说我有三个男人，倒回来，就是因为我多吃多占；说我多吃多占的起因，就是你把我的入股资格取消了。你要是不取消我的入股资格，他就不会说我多吃多占。不说我多吃多占，也就不会说我有三个男人。不说我有三个男人，方林他也就不会生气。他不生气不走，我心里也就不难活了。"贾玉玲说着，眼泪溢出眼眶流下来。贾玉玲抬起手狠狠地用手背擦掉眼泪，又捏了一把鼻涕甩在地上。

　　马金山说："说你有三个男人，你就真有三个男人了？你不要把屎盆子往自己头上扣嘛！"

　　贾玉玲说："我就是咽不下这口气！"

　　马金山说："你真是个女人！"

　　贾玉玲说："我就是个女人，怎了？女人就没理了？女人就凭你们红口白牙想说甚就说甚？"

马金山说："我跟你永远说不清！"

贾玉玲说："我跟你还说不清呢！你这是公报私仇！不给我入股，我跟你没完！"

马金山气粗起来，说："谁公报私仇了？啊？你说谁公报私仇了？"

贾玉玲也不甘示弱："就你，就你！你们弟兄俩合起来公报私仇！"

马金山扭头看了一眼窗外，怕被人听见似的，说："玉玲，说话得说有影儿的话，是你不符合条件，还是我故意把你取消了？我怎就公报私仇了？说话得掌握分寸，要站在公心上说，哪能口无遮拦，随随便便想往外扔甚就扔甚呢！"

贾玉玲说："你们就是公报私仇！就是！就是！"贾玉玲说着，扭头匆匆走出门。

马金山盯着贾玉玲的背影，将手里的名单扔在桌子上，自言自语道："厉害的，生炒的吃人肉呀！看把你吃劲儿的，你就跳进哥哥眼里圪蹴上一下！"

贾玉玲看准的事情还从没失过手。当年看上马小山，和马小山搞对象，贾玉玲的父母不同意。

贾父说："玉玲，马小山油腔滑调的，整天也不做个正经事，像个二流子。我看他和咱们这种人不一样，不像咱们家的女婿。"

贾玉玲说："不像是你们没把我聘了，把我聘了还能不像？"

贾父又说："看你这个娃娃，怎这么不听大人的话？我们是为你好！"

贾玉玲说："为我好，你们就不要管我和小山的事。再说马小山以后是和我一起过，又不是和你们一起过，要是和你们过，那我就听你们的。"贾玉玲一句话，说得贾父不知如何回答。要不是后来马小山犯了罪，贾玉玲就真成马小山的媳妇了。

贾玉玲回到家里，终于想出了办法。既然村主任取消她的入股资格是她结婚引起的，那就再从结婚这件事下手。一大早，贾玉玲起来收拾好，把虎头送到邻居大婶家，怀揣着两本结婚证就出门了。贾玉玲来到县城，走进县民政局婚姻登记所，将手里的结婚证递给工作人员说："我想办个离婚证。"

工作人员问："你丈夫呢？"

贾玉玲说："他在柳市大饭店里当主厨。"

工作人员说："办理离婚必须夫妻双方亲自到场。"

贾玉玲说："我们不离婚，就是想办个离婚证。"

工作人员说："不离婚怎能办离婚证？"

贾玉玲从包里取出一条烟，递过去。

工作人员推脱着说："你这个人这是干甚呢，赶快收起来。"

贾玉玲说："好妹妹，就当我是又一次结婚，送你一条喜烟。"

工作人员说："你看，上面有摄像头，你这不是害我吗！你是不是想让我丢了饭碗？"

贾玉玲抬头一看，果真有摄像头，将烟收起来，说："好妹妹，你就行行好，帮姐个忙吧！婚我不想离，姐就是想要一个离婚证。"

工作人员问："你为甚需要离婚证？"

贾玉玲说："原因你就不要问了，姐现在就缺一个离婚证。"

工作人员说："以前有过一段时间，人们过户办假证，县里有规定，房产过户要亲自查的，假证不起作用了。"

贾玉玲说："假证？甚假证？"

工作人员说："就是假的离婚证啊，你本来不离婚，想办离婚证，这不是就办成假证了吗？"

工作人员的一句话提醒了贾玉玲。在民政局大楼外西面的白墙上，就有用黑笔写的办证的电话号码。贾玉玲早上骑着电动车来到民政局的时候，人们还没有上班。贾玉玲心里着急，就在民政局大楼周围转了一圈，无意中发现了墙上的办证电话。但是，当时她一心想着到结婚登记所办离婚证，就没把心思往假证方面考虑。

贾玉玲来到大楼外，很快就联系上了办假证的人，成功地办到了和真的离婚证一模一样的假离婚证。贾玉玲拿着证回到村里，理所当然就重新入股公示了。贾玉玲心里这个高兴劲儿呀，简直堪比重结一回婚。贾玉玲在村里转了一圈，她想让众人看看，她又回到了过去，再没有人说她多吃多占，也没有人说她有三个男人了。

村里人遇见贾玉玲，都关心地问："真的离婚了？"

贾玉玲说："离了，真的离了，要不柳方林为甚不回来呢！"

村里上了年纪的人听了，都摇着头说："现在的年轻人呀，真是没规矩了。"

同时为贾玉玲高兴的，还有一个人，那就是马小山。马小山听说贾玉玲离婚了，匆匆跑到村主任办公室，从哥哥的手里拿过贾玉玲的离婚证，左看右看，爱不释手，如同捧着自己和贾玉玲的结婚证。马小山把玩了一会儿，掏出手机，将离婚证拍了下来。

马小山高兴地来到贾玉玲家时，贾玉玲正在做饭。马小山说："玉玲，给我做上饭，我今天在家里吃。"

贾玉玲回头发现是马小山，问："你来干甚？"

马小山说："从今以后，我就可以在家里吃饭了。"

贾玉玲随手提起炕上的笤帚，打着马小山说："吃你个鬼！吃你个鬼！你给我滚！"

马小山吓得护着头，逃了出去。

马小山回到家里，左思右想觉得不对劲。既然离婚了，贾玉玲为甚对自己的态度一点儿也没有改变呢？马小山掏出手机，翻看着手机里的离婚证的照片，思忖着。

好景不长，马小山查清贾玉玲的离婚证是假的以后，马金山把贾玉玲叫到办公室臭骂了一顿，又专门召开全体村民大会，让贾玉玲在大会上做检讨。面对全村的男女老少，贾玉玲羞得脸都紫了。

散会以后，贾玉玲远远地躲着村民们，匆匆走着，不敢抬头，生怕看到别人投过来的目光……

五

贾玉玲回到家里，实在咽不下这口气，办假证是自己不对，可是村主任对这件事的处理也实在是太过分了，骂了自己不算，还让自己在全村大会上丢人现眼做检讨，更有甚者，有的村民还拍了自己做检讨的视频发到旺夫台微信群中取乐。想到这些，贾玉玲就感到自己的心一下一下地刺痛，脸上也一阵一阵地发热。

想到这些，贾玉玲就给柳方林打过去了电话。贾玉玲在电话里说："你还是不是这家的男人？是这家的男人你就赶快回来！"

柳方林说："你又不缺男人，我还回去干甚！"

贾玉玲说："缺不缺男人你心里没个数！就算是不缺男人，你跑甚？是男人你就不要跑！"

柳方林嘴上硬，其实心里早就想回来了。对，贾玉玲说的话很对，是男人你就不要跑。柳方林对贾玉玲说的话十分赞同。假如贾玉玲真有三个男人，真与马小山有关系，自己跑了，不就主动给人家马小山腾出窝了吗！那样，自己还算个甚男人！

其实，柳方林回到城里，也感到自己有些冲动，几次握着手机想给贾玉玲打电话，可又放不下男人的自尊，正在犹豫的时候，贾玉玲的电话就打来了。有台阶下，柳方林自然匆匆赶回来了。

贾玉玲盘腿坐在炕上，怀里抱着儿子虎头，逗虎头玩儿。看到柳方林进门，她放下虎头和颜悦色地问："回来了？"

柳方林说："回来了。"

贾玉玲说："回来了咱们就离婚吧。"

柳方林看到贾玉玲说得十分平静，不像是开玩笑，就说："玉玲，你消消气，那天是我不对，我给你赔礼道歉了。"

贾玉玲说："我不要你赔礼，也不要你道歉，我就要你跟我离婚。"

贾玉玲说完，拉着柳方林就要走。

柳方林感觉好像被从头到脚浇了一桶凉水，从前的高兴劲头一下子降到了冰点，说："玉玲，你听我给你解释，那天我真不该发那么大的火，你就原谅我吧。"

贾玉玲说："婚是离定了，你现在就跟我去民政局！"

柳方林说："我不离！"

贾玉玲说："你说不离就不离了？你凭甚不离？你要是不离，我就去法院起诉离婚！"

柳方林感到事态严重，坐到炕上，思考着该怎么办。

贾玉玲说："我去送虎头，给你三分钟时间考虑，等我回来咱们就走。"贾玉玲说着，抱起虎头，临出门，又返回来说，"你不许跑，你要是敢跑，我就跟你一辈子没完！"

贾玉玲将虎头送到邻居大婶家之后就回来了，站在院子里喊方林："走吧！"贾玉玲连喊几句都没有回音，预感到不妙，打开门进了屋，果然，屋里空空的，柳方林已不在家里了。贾玉玲里里外外找了一遍，连厕所也进去看了，还是没有找到柳方林。贾玉玲心里这个气呀，比村主任骂她的时候还要气。村主任毕竟是外人，可柳方林不是外人。所以贾玉玲当即拿出电话拨通了，质问柳方林说："你死哪儿去了？"

柳方林说："我在路上，我先去民政局等你。"

贾玉玲听了一愣，不知该如何回答，顿了一下说："为甚不相跟上一起走？"

柳方林没有回音。贾玉玲一看手机屏幕，柳方林早把手机挂断了。

不涉及财产分割，柳方林净身出户，离婚手续办得十分顺利。从婚姻登记所出来，贾玉玲十分开心。柳方林心情十分沉重，要去汽车站。贾玉玲拉着他不让走，让他回家。贾玉玲的举动，让这位当过兵，又在外面混了好几年的柳方林有些看不懂了。

柳方林说："婚也离了，你让我回去做甚？"

贾玉玲说："我让你回你就回。"

柳方林说："我要回柳市。我现在回去算个甚？"

贾玉玲说："算甚？你说算甚？锣鼓大镲的你把我娶进门，你说算甚？"

柳方林说："娶是娶了，可现在不是离婚了吗？你看，离婚证也拿到手了，回去算甚了。"

贾玉玲说："离婚那是公家的事，就算是公家的事完了，私人的事还算数呀。锣鼓大镲地娶了我，就不算数了？"

柳方林说："有甚公家的、私人的事？刚才离婚的时候，人家问你还有甚条件，你不是说没条件吗，怎就还有私人的事了？"

贾玉玲说："不管，反正你娶了我，你就不能走。你走在哪儿，我就跟你去哪儿！"

柳方林说："那你就跟着吧。"

柳方林在前面走，贾玉玲真的推着电动车跟在后面。柳方林走了一段路，回头看到贾玉玲推着电动车跟在后面，就向着路过的一段台阶路走上去。台阶路电动车上不去，贾玉玲推着电动车停下来，看着柳方林走上台阶。

柳方林回头，看到贾玉玲站在台阶下，挑逗说："你不是说跟吗，有本事你跟上呀，为甚不跟了？"

贾玉玲将电动车一推，扔在地上，冲上去拉住柳方林说："你不是回柳市吗，怎就从这儿走了？"

柳方林说："你不是说我去哪儿，你就跟着去哪儿吗？怎又管起我从哪儿走了？有本事你跟着呀！怎不跟了？"

贾玉玲说："你有意跟我过不去，不能从这儿走！你下来，下来！"

柳方林说："我今天非要从这儿走。"

　　贾玉玲说："我就不让你从这儿走。"

　　柳方林说："我就走。"

　　贾玉玲说："就不让你走。"

　　柳方林说："我就走，气死你！"

　　贾玉玲说："就不让你走，你才气死！"

　　贾玉玲和柳方林在台阶上拉拉扯扯，双方火气越来越大，争吵也越来越激烈。柳方林向上走，贾玉玲往下拉。柳方林劲大，贾玉玲也不甘示弱。此时正是盛夏，没几个回合，两个人就累得满头大汗，起先激烈的争执放缓下来，也不再争吵，十分默契地上下拉锯。贾玉玲先是抱着柳方林的胳膊，抱胳膊有些累，就改为从后面抱腰。柳方林要想向上走，就得把贾玉玲拖上去，但拖不了几步，就累得停下了。等到柳方林停下，贾玉玲就把柳方林拽回原地。贾玉玲感到这么做不省事，也不好玩儿，就干脆坐在台阶上，抱住柳方林的一条腿。柳方林发现贾玉玲改变了战术，使劲抽了几下腿，抽不出来，就停下来不再挣扎。柳方林站着，贾玉玲坐着，谁也不说话。

　　如果说前面是体力的较量，那现在就是心劲和定力的较量了。好长时间，两个人就这么静静地坚持着，若不是两个人还出着气，受太阳炙烤流着汗，别人一定以为这是塑在台阶上的一尊美丽雕塑。

　　有时太寂静了，也未必是好事。引而不发，有时不是积蓄力量、等待时机，便是迷惑对方、麻痹敌人。突然，柳方林猛地一拔腿，还真的摆脱了羁绊。等到贾玉玲反应过来时，柳方林已经向上奔去。贾玉玲站立、转身、弹跳一气呵成，一个美丽的鲤鱼翻身，稳稳地将柳方林的一双脚腕抓在手里。柳方林感到一股巨大的力量绊住双脚，身不由己向前倾倒。柳方林摔倒后，带着贾玉玲从台阶上滚落。坚硬的台阶，落差又大，柳方林紧紧护住贾玉玲的头，生怕贾玉玲受伤；贾玉玲也紧紧搂住柳方林的腰，害怕柳方林摔伤。

　　柳方林和贾玉玲从台阶上滚到路面上，两个人爬起来看着对方，同时大笑起来。笑毕，才开始互相关照起对方来。

柳方林首先问："你没事吧？"

贾玉玲说："没事，就是磕得屁股生疼。"

柳方林说："脱下裤子看看是不是磕成两半了。"

贾玉玲娇嗔地打了一下柳方林，问："你没事吧？"

"我没事。"

贾玉玲听柳方林说没事，就略带讥讽地说："你不是跑吗，怎就滚回来了？"

柳方林说："婚已经离了，你还纠缠我干甚？"

贾玉玲一听，又火了，不相让地说："是我纠缠你？"接着，贾玉玲就又把锣鼓大镲地娶进门的话说了一遍，柳方林也把领离婚证的事说了一遍，两个人谁也说服不了谁。柳方林趁贾玉玲不注意，突然站起来逃离，可是柳方林刚跑出去两步，还没等贾玉玲反应过来，就提着一条腿返了回来。

贾玉玲说："跑啊，怎不跑了？"

柳方林说："腿有些疼。"

贾玉玲问："怎疼？"

柳方林在地上走了两步，试了试说："不疼了。"

贾玉玲站起来，说："你走走，我看。"

柳方林又走，说："又疼了，疼得迈不开步。"

贾玉玲弯下腰，摸着柳方林的腿，问："哪儿疼？"又说，"这不是好端端的吗，是不是扯着肌肉了？"

柳方林说："不是，我也说不上哪儿疼，终归就是疼得迈不开步。"

贾玉玲说："骨头应该没事吧？"

柳方林说："没事，骨头怎会有事呢。"

贾玉玲说："那就送你去医院查一查吧。"

贾玉玲说着，骑上电动车倒到柳方林跟前说："走吧，我驮上你。"

柳方林站着不动。

贾玉玲说："走不走？不走我可走了。"

柳方林犹豫了一下，坐在了电动车后座上。

贾玉玲将柳方林送进医院做了全面检查，医生说根本没病。从医院回来，柳方林说腿疼得走不了路，贾玉玲就又进城给柳方林买了一副拐杖。

马小山听说贾玉玲真的离婚了，高兴得不得了。夜里，马小山从贾玉玲的院墙上跳进院子里。

马小山敲门，贾玉玲问："是谁？"

马小山说："是我，我是小山，我有事儿。"

贾玉玲说："有事儿明天再说吧。"

马小山说："我有急事儿。"

贾玉玲披衣出来，看到马小山站在屋门口，就问："马小山，你怎进来的？"

马小山说："我翻墙进来的。"

贾玉玲问："你找我有甚事？"

马小山说："玉玲，听说你离婚了，我来看看你。"

贾玉玲说："半夜三更的看甚？马小山，你这臭毛病能不能改一改？"

马小山问："玉玲，我又怎了？"

贾玉玲说："你半夜跳进人家的院子里，是不是又想进七股栅了？"

马小山说："玉玲，你不要吓唬我，我这不是想你了吗，从外面喊你你听不见，看你家里还亮着灯，心里一急就跳进来了。咱们进门再说吧。"

贾玉玲说："进你个头啊，马小山，你又安上甚坏心眼儿了？"

马小山说："玉玲，离了婚，你是单身，我也是单身，咱们还能不能一起过了？"

柳方林听到是马小山，在屋里喊："玉玲，让小山进来说话。"

马小山一惊，问："屋里是谁？"

贾玉玲说："用你管！"

马小山说："你……你们离婚了，还住在一起？贾玉玲，你这不是骗我吗？"

贾玉玲说："谁骗你了！"

马小山说："好，贾玉玲，你骗了我一次又一次，你骗了我还不承认，你等着，我跟你没完！"马小山说完，灰溜溜地走了。

六

几天来，贾玉玲一直待在家里伺候柳方林，根本没有时间出门。这天，柳方林的腿疼病终于有了好转，能下地了，贾玉玲便匆匆去找马金山打听入股公示的事。贾玉玲走进村主任办公室，看到门开着，屋里没人，就转身来到公示栏前，发现入股名单里自己的名字早被公示出来了。贾玉玲正要离开，马金山从外面走进来。

马金山说："玉玲，怕我不给你入股？"

贾玉玲说："不是，我就是来看看你。"

马金山说："不要老是戴上有色眼镜看人吗，大人大气的，只要符合条件，我谁也不会卡的。"

贾玉玲说："不是，方林腿疼，我好几天没出门，憋得头都要炸了，出来又没地方串门，就来看看你。"

马金山说："真是来看我的？我看你是学会说话了吧！"

贾玉玲说："真的是来看你的。"

马金山说："那我就领你情了。玉玲，方林的事我都知道了，这几天村里都在传他。说不好听的，终有那么一天，方林不在了，说不定你就是我的弟媳妇了，所以你也不要跟我见外……"

贾玉玲急忙打断马金山的话，说："等等，等等，你在说甚呢？"

马金山说："我说甚，你心里还能不清楚？"

贾玉玲说："你说方林怎了？"

马金山说："玉玲，你也不要瞒着藏着了，满村大人娃娃都知道了，你这不是掩耳盗铃吗？再说，你瞒得了一时，还能瞒住一世？"

贾玉玲说："我真的不知道你在说甚，村里人又说我甚坏话了？"

马金山说："人们说，方林得了骨癌，还说你怕方林知道，瞒着方林，也瞒着我们大家。"

贾玉玲笑了，说："你相信这是真的？"

马金山说："当然相信了，怎不相信，人们说得有理有据的，怎能不相信！"

贾玉玲说："你真逗，谁想嚼舌头就让他们嚼吧，我们方林才不会相信呢。"

马金山说："不相信是他没有听到，听到了，他还能不相信？"

贾玉玲问："人们还说我甚坏话了？"

马金山说："你自己去村里走上一圈听听。"

贾玉玲说："老人们常说半截话，半截命。说话不敢说半截话，你要不就别说，要说就全说了。"

马金山说："好吧，你既然这么咒我，那我就全说了。人们说你犯白虎星，命硬克夫。陈谦得了癌症，就是让你克死的。现在，你又把方林克的得了癌症。你知道方林得了癌症迟早也是死，怕他死在你手里，所以提前跟他离了婚。你跟我闹着入股是假的，离婚才是真的。"

贾玉玲听了，气得脸都青了，一句话也说不上来，扭头就走。

马金山在背后说："玉玲，这次可不是小山给你造谣，你别跟小山过不去啊！"

贾玉玲头也没回，匆匆走出村办公大院。

马金山望着贾玉玲匆匆走出村办公大院，"嗤"地笑了一下说："山水越大越好看，闹吧，闹吧，不闹没结果，闹才有好结果。"马金山说罢，哼着小曲走进办公室。

贾玉玲没有去找马小山，而是急急忙忙往家走。令贾玉玲担心的事还是发生了。贾玉玲回到家里，发现柳方林不在家，就急匆匆从屋子里跑出来。在院门口，贾玉玲差点儿把拄着双拐的柳方林撞倒。

贾玉玲说："方林，你出去了？我担心你摔跤，正准备去找你。"

柳方林说："我好着呢。玉玲，你听到村里的人们说甚了？"

贾玉玲说："没有呀，你听到甚了？"

原来，柳方林也是好几天不出门了，看到贾玉玲出去，柳方林就拄着双拐出了门。柳方林来到村子里，村民都远远地躲着他。柳方林看到二嫂和马小山在村中广场前的大榆树下说话，就向他们走过去。马小山看到柳方林走过来，匆匆走了。二嫂顿了一下，也要离开。

柳方林说："二嫂，别走，我有话问你。"

二嫂还是向前走去。

柳方林说："二嫂，二嫂，你别跑，你别跑呀，我有话问你。"

二嫂说："方林，有甚话，你找别人问吧。"

柳方林说："二嫂，你等等，人们见了我，为甚都躲我呀？"

二嫂说："你好好养着吧，把那好吃的多吃点儿。"

柳方林说："你说这话是甚意思？"

二嫂说："方林，你还是不要知道为好。"

柳方林说："二嫂，好二嫂，你说吧，你就告诉我吧。我给你钱，给你酒钱，这些，还有这些，全给你。"

二嫂高兴地接过钱，说："那我就恭敬不如从命了，我说了，你可不要告诉别人是我说的。"

柳方林说："我保证。"

二嫂说："玉玲这几天在家，你发现有甚变化？"

柳方林说："没甚变化呀，怎了？"

二嫂说："真的没有甚变化？"

柳方林想了想，说："好像……好像有时闷闷不乐。对，昨天晚上，她还偷偷地哭过一次，被我发现了。问她，她也不说。玉玲怎了？"

二嫂说："这就对了。"

接着，二嫂就把柳方林得了骨癌，贾玉玲犯白虎星，命硬克夫，陈谦就是让贾玉玲克死的这些话说了一遍。看柳方林反应不大，她就又把玉玲知道方林得了骨癌，迟早也是死，怕方林死在她手里，提前离婚的话说了一遍。最后她又说："是玉玲亲口告诉人们的，全村人都知道了，只有你柳方林不知道。"

柳方林听了，自言自语道："玉玲不让我看检查单，原来是有原因的。"

二嫂说："看来玉玲真的是瞒着你呢。"

柳方林感觉天旋地转。

二嫂看到柳方林站立不稳，说："方林，你怎了？方林，方林……你要是不行，就赶快往家走，别死在外面。死在外面，你就变成野鬼了。"二嫂说完，匆匆走了。

柳方林和贾玉玲回到屋里，柳方林问贾玉玲自己是不是真的得了骨癌，贾玉玲说没有。接着，柳方林和贾玉玲又一人一句地吵了起来。贾玉玲说服不了柳方林，走出家门，匆匆去找马小山。

贾玉玲走进马小山的家门，拉住马小山说："马小山，走，你跟我去给方林解释清楚！"

马小山说："解释甚？我有甚好解释的？你不要拉我，我一个强奸犯，你拉我干甚？小心脏了你的手。"

贾玉玲说："马小山，你这个杀人不用刀的东西，你给我老实交代，你干了甚好事？"

马小山说："你可不要乱咬人，我可没杀过人，让警察听见了，以为我又不干正经事了。"

贾玉玲说："马小山，你看看你都把我害成甚了！你还想把我怎样！"

马小山说："看把你苦的，谁害你了？是你害人吧！"

贾玉玲说："马小山，能不能让我好好儿活着？"

马小山说："你放心吧，你不让我好活，我也不会让你好活！"

贾玉玲突然喊："你管他，你管他，从今以后，你去管他！"说着，贾玉玲将家门钥匙丢给马小山，跑出了门。

马小山说："哎，你这是甚意思？"

七

贾玉玲离家出走后，马金山组织全村的大人找了几天，该访的亲戚都访了，该走的地方都走了，该在微信群里发的消息也都发了，就是没有贾玉玲的消息。马金山听说是马小山把贾玉玲气走的，就把马小山叫到办公室狠狠地骂了一顿，并让马小山临时负责柳方林的饮食起居。马小山正好一个人懒得做饭，就每天来柳方林家，给柳方林做饭，顺便把自己的吃饭问题也解决了。

旺夫台村农民专业合作社首先上的项目是养猪。成立农民专业合作社县财政有补贴，猪舍很快就建起来了。就要开始进仔猪时，众人的投资拿不出来，眼看就要影响生产了，柳方林找到马金山说，进仔猪的资金他愿意垫付。

马金山一听，就说："方林，按照农民专业合作社成立的章程，投资必须是合作社社员，而且谁占股多，谁就可以当选总经理。你能投资是好事，可你不是旺夫台的村民，与玉玲也解除了婚姻关系，你拿这个钱不合适。"

柳方林说："村主任你放心，我是替小山投的，这段时间小山照顾我，我们也说了好多知心话，我感觉小山脑子活，做事又有思路，只是心里有苦说不出，才有些一蹶不振，其实小山心里还是很有抱负的。"

马金山问："这么说，你是以小山的名义投资的？"

柳方林说："对，我决定帮帮他，我想让他来当农民专业合作社的总经理。"

马金山问："小山？你想让小山当总经理？"

柳方林说："怎，你这个当哥的不同意？"

马金山说："对，我就是不同意。"

柳方林问："为甚不同意？"

马金山说："不同意就是不同意，没有原因。"

柳方林说："连你也看不起小山？要不说村民们看不起他呢。"

马金山说："我是怕合作社的董事会和社员们不同意。"

柳方林说："这个你不用担心，我来劝大家，我给社员们做工作。"

马金山说："你不要瞎忙乎了，忙也是白忙。我说了，我不同意。"

早上起来，马小山给柳方林做好早饭，去马金山家取来四轮车，从柳方林家院子里苫布下掏出两袋化肥放到犁上，开着四轮车去耕地。

十几天来，柳方林天天开导马小山，马小山也渐渐树立了信心。柳方林的腿疼病不见好转，走不了多远的路，更干不了农活儿，马小山就帮柳方林做了家里的，又去做地里的，成了柳方林家里里外外的一把手。

临近中午，柳方林坐在炕上等着马小山回来做饭。突然，手机响了。柳方林一看是二嫂打来的，就漫不经心地拿起电话，想接又没有接。这几天，二嫂总是找小山，有时找不到小山，就把电话打到柳方林的手机上，向柳方林打听马小山在不在家。电话响过以后，又响了起来。

柳方林接通电话，没好气地说："小山不在这儿。"

柳方林说完，正要挂电话，听到二嫂在电话里哭喊："方林，快点儿吧，出人命了！小山翻车被压死了！"

柳方林一激灵，问："你说甚？"

听不到二嫂再说话，柳方林急忙跳下地向外跑去。

马小山开着四轮车在黄河岸上耕地，在河沿边上掉头的时候，从河沿上翻到了泥滩上，被压在四轮车下面。二嫂跪在河岸上哭喊着叫马小山，马小山没有一丝声音。二嫂举起手机，拍下视频哭喊着说："大家快一点儿，马小山给柳方林耕地被压死了！"

其实，贾玉玲离家出走后，直接来到了柳市。她本来是想去柳方林工作过的明远大酒店看看，没想到正赶上酒店招聘服务员，贾玉玲就留了下来。柳方林腿疼不能上班，明远大酒店又另聘了主厨。贾玉玲应聘了服务员，人们并不知道她和柳方林的关系。贾玉玲也听到了好多关于柳方林的话，都是夸奖柳方林的，说柳方林这也好那也好，听得贾玉玲心里美滋滋的。

酒店有规定，上班时间可以接听电话，但不允许玩儿微信，所以好多服务员想要打开微信看看时，就跑去卫生间。这天，还不到上菜时间，贾玉玲走进卫生间打开微信，发现二嫂发在旺夫台群里马小山被压死的消息，点开一看，贾玉玲吓得不轻。贾玉玲看完一遍，又看了一遍，转身跑出卫生间，跌跌撞撞地向酒店外跑去。贾玉玲在拐角处将端着菜迎面走来的服务员撞翻，菜盘噼里啪啦碎了一地。她忙赔礼说："对不起，对不起，用我的工资赔吧。"

贾玉玲回到村里，急急忙忙向家里走去。村道上，贾玉玲看到有人挂着双拐走在前面，急忙追上去，伏倒在地，说："是我不对，我不该把你和虎头丢下离家出走。我要是不走，也不会闹出这么大的事。我对不起你，对不起小山。小山从监狱回来，我没有好好帮助他。小山是犯过错，可谁都有犯错的时候。犯了错，怕的是没人拉一把。小山走得让我好心疼，我对不起小山，对不起小山，对不起小山……"

贾玉玲伏倒在地，哭得稀里哗啦。

马小山说："玉玲。"

贾玉玲听到有人说话，顿了一下，仍然伏在地上哭泣着。

马小山说："是我，玉玲。"

贾玉玲慢慢抬起头，看到马小山映在天幕上高大的身影，吓得魂不附体。

贾玉玲跌坐在地上，问："你是谁，你是谁？你是人还是鬼？"

马小山拉起瑟瑟发抖的贾玉玲，说："我是人，是人。你别怕，别怕，我是马小山。"

贾玉玲爬起来问："你是小山？你没死？"

马小山说："没死，没死，我马小山福大命大，怎会轻而易举地死呢。我就是腿受伤了，不过现在也好多了。"

马小山把翻车的经过讲了一遍，贾玉玲才放下心来。听说马小山没去医院检查，就劝马小山一定要去医院查一查。

贾玉玲回到家里，翻箱倒柜找出三万块钱，拿着钱去找马小山。

贾玉玲走到马小山家院子里，看到马小山的屋门虚掩着，就直接走进马小山家。马小山撑着一根拐杖站在地上，将绳子缠在腰上，正缠着，听到贾玉玲进来，急忙取绳子，慌乱中拐杖一歪摔倒了，绳子缠到了脖子上。

贾玉玲进来，看到马小山这个样子，以为马小山要上吊，扑上去帮着小山将脖子上的绳子取下来，哭着捶打着马小山说："你不该这么做，不该这么做！你走了，让我们怎活？"

马小山解释说："我没有……"

贾玉玲哭着说："腿伤了能治好，迟早能站起来，人没了，就再也找不回来了。你为甚想不开？为甚想不开！"

马小山说："玉玲你别误会，我不会死的。从监狱出来，我走路抬不起头，直不起腰，用绳子缠住腰，走路得劲。"

贾玉玲听到马小山的解释，原来是场误会，擦着眼泪，突然忍不住笑起来。她打了马小山一下说："就怨你，绳子怎就缠在腰上了，吓死人了。"说着，贾玉玲从兜里掏出三万块钱，递给马小山，"我知道你现在没钱，你一定要去医院查一查。"

马小山说："没事没事，又没伤着骨头，疼几天就好了。"

贾玉玲说："看你的脚肿成甚了，还不去医院！拿着，拿着，我去找村主任，让他开车送咱们去医院。"

马小山说："不用查，真的不用查，正好这几天农民专业合作社需要钱，算我先借你的，等合作社有了盈利再还给你。"

贾玉玲问："农民专业合作社要开了？"

马小山说："你还不知道吧？方林没有告诉你？"

贾玉玲说："我刚才回家他不在，我不知道这事儿。"

正在此时，马金山和柳方林走进来。

柳方林看到贾玉玲在马小山家，一惊，说："玉玲，你回来了？"

贾玉玲说："方林，我对不起你。"

柳方林说："看你说的，是我对不起你。"

贾玉玲看到柳方林是走着进来的，就问："方林，你的腿不疼了？"

柳方林看了马小山一眼，说："嘿，说起来，真是奇了。小山翻车那天，二嫂给我打电话，我心里一急，从炕上跳下地，光着脚就跑到了地里，当时也没发现自己没拄拐杖，等人们把四轮车扶起来救出小山，我回头找拐杖，才发现拐杖还在家里呢。后来，张村医解释说，可能是小山出事，我心里一着急，把脉络打通，腿疼病就好了。"

马金山制止道："哎，哎，我说你们两口子，知心话留在夜里被窝里说，现在说正事。正好玉玲也回来了，咱们简短地开一个会。第一，下午三点在农民专业合作社办公室开个会，通报由马小山出任董事长兼总经理职务事宜。"

柳方林问："你终于想通了？"

马金山说："没有啥想通想不通的，我自愿出让董事长职务。再说，小山是我兄弟，也不是别人。第二，会议结束后，方林和玉玲去领结婚证。第三，警察来了，方林你和玉玲接待一下，你们的家事，我和小山就不插手了。"

贾玉玲说："警察来干甚？家里怎么了？"

柳方林说："社员们集资的调仔猪的三万块钱放在柜里丢了，我们报警了。"

贾玉玲说："钱我拿了。"

柳方林说："啊？你怎不早说！"

贾玉玲说："你不是不在家吗，你让我跟墙头说去！"

二嫂突然哭着跑进来，说："村主任，卫明他……他……"

马金山着急地问："卫明怎了？"

二嫂抹着眼泪说："卫明他走了……"

二嫂说完，昏倒了。

贾玉玲急忙扶住二嫂，用指甲掐着人中呼喊着："二嫂，二嫂……"

村主任说："方林，快打电话叫村医来。"

柳方林急忙掏出手机拨打电话，与此同时，警车的警报声清晰地响起来……

姜俊兰　网名春花秋月，出生于内蒙古呼和浩特市清水河县韭菜庄乡。爱好文学，作品发表于报刊和网络平台。

二后生娶媳妇

一

二后生明天要娶媳妇了。这条特大新闻在村子里就像长了翅膀，迅速地传播着。消息一传开，就让有的村民很是打脸，尤其曾经说过二后生有生理缺陷的人，更是难圆其说。这消息为啥这么扎眼呢？因为村里曾经有一半的人认为，二后生要打一辈子光棍！

二后生家住七里沟。一听这七里沟的地名，多数人就认定这一定是个多见石头少见人的地方。二后生的父亲名叫王富贵，今年六十二岁。母亲叫李巧花，今年六十岁。二后生家里只有他们弟兄俩，大哥大他三岁，名叫王军，小名大后生，今年四十一岁。二后生今年三十八岁，名叫王福，人们习惯叫他二后生，有的人甚至忘了二后生还有王福这么个名字。由于自己家里本来就不富裕，给他哥娶回媳妇，已经是竭尽全力了。所以，二后生娶媳妇的事就拖了一年又一年。

王富贵是地地道道的庄稼汉，也是远远近近出了名的好男人，干活干净利落。妻子李巧花是勤俭持家的好女人，夫妇俩夫唱妇随，日子过得虽然不富裕，但还算美满。大儿子王军，浓眉大眼，中等身材，挺结实的身体，上完初中就学了木匠。二十一岁出徒自立门户，二十二岁就结婚了。王军娶了同村的姑娘晨霞，个子虽不算很高，但生得眉清目秀，很是漂亮。婚后第二年，晨霞就生下一对双胞胎，而且是龙凤胎，这可乐坏了王富贵夫妻俩。王富贵心想，大后生已经结婚生子，圆满了。二后生也二十岁了，高中毕业考大学差十来分，不妨让他跟着他哥哥学木匠。不管二后生愿不愿意，王富贵就这么给他决定了。王富贵与妻子商议，等攒上几年钱，给二后生也娶一个像晨霞一样的好媳妇。

时间过得好快。转眼之间，二后生就二十三岁了。二后生的婚姻大事还是没有一点儿眉目。二后生因为不喜欢当木匠，三年了还没有出徒。走在村里，人们对二后生指指点点，都说二后生太笨了。

二后生决定自己出去闯一闯，于是他一个人跑到县城，找到一家比较大的饭店，跟一个有名的厨师学习厨艺。二后生挺喜欢这个行业，三年后就成了饭店的主厨。饭店老板的女儿李然，在县工商局上班，非常漂亮，很喜欢二后生，两个人偷偷摸摸地谈起了恋爱。

要想人不知，除非己莫为。二后生和李然恋爱，很快就让李然的父亲知道了。李然干脆和父亲挑明，说非二后生不嫁。李老板虽然很看好二后生的聪明能干，但是，要想和女儿结婚，他觉得二后生的条件不够。于是，李老板眉头一皱，计上心来。李老板对女儿说："然然，爸同意你和二后生结婚，只是有个条件，他必须在县城里买套房，要不然你们成家以后往哪里住？"

李然听了，就把父亲提的条件告诉了二后生。二后生回到家里，王富贵夫妻听到二后生要买房，急得如同热锅上的蚂蚁。借钱借不上，王富贵愁眉苦脸地对二后生说："福福呀，咱们就是砸锅卖铁也买不起县城的房呀，我看你还是回来找个像你大嫂那样的庄户人，老老实实过日子哇。"

二后生听了父亲的话，心情沉重地回到饭店，对李然说："我这几年挣的钱加上我爹攒的、借的钱，都不够买房的三分之一。然然，看来我的命运里没有这个福，以后你就不要叫我王福了，就叫我二傻蛋吧。"李然流着眼泪说："我爸让我再等你半年，如果半年你还凑不够钱，我们就只能分手了。"

半年时间一闪而过，二后生只得忍痛割爱，与李然分手。李然哭着说："福，看来我们有缘无分，你就忘了我吧。我爱你是真的，绝对不是骗你，可我不能因为自己的婚姻和父母绝交，你能给我最后一个拥抱吗？"二后生站着没动，若有所思地扭头看着窗外，尽量不让满眼的泪水流下来，轻轻地说："然然，只要你过得比我好，我就满足了。你不要考虑我，为了对得起我父母给我起的名字，我也会努力的。"李然哭得更伤心了，一边抹眼泪，一边说："福，我好不甘心啊，为什么就不能两全其美呢？要不你再去求求我爸，让我们结婚以后再慢慢买房。"二后生无奈地说："如果可以，我愿意用我膝下的黄金去换回我们一生一世的爱情与幸福，可是，这有用吗？此时此刻我膝下的黄金一文不值啊！"第二天，二后生卷起行李，毅然决然地离开了李然，回到了自己的家乡。

二

镇上新开了一家超市，店名叫流连忘返一吃货。人们听说是二后生开的，但七里沟的人很少有人看到二后生在店里。店员是雇的，货很全，从吃的、用的到农副产品应有尽有，物美价廉。薄利多销的经营模式，吸引了不少回头客，超市的生意一天比一天好。

超市的确是二后生开的。原来二后生返乡后，在政府扶持返乡人员自主创业政策的帮助下，申请创业贷款开了这家超市。由此，二后生淘到了他人生的第一桶金。

时间一晃而过。二后生很快就到了三十二岁，还是单身。偶尔有人给他提亲，他总是婉言谢绝。慢慢地，就再也没有人给他提亲了。有人在背后添油加醋地说，二后生生理有问题，当不了男人，不能娶媳妇。

二后生呢，哪里有空管这些闲言碎语。这年，七里沟建成了新农村，又争取到县里的拨款，打了井，全村有了自来水。经过市里有关部门检验，七里沟的自来水是全市最健康的水源，水里富含人体需要的稀有微量元素，是矿泉水都比不了的健康水。消息一出，二后生立即觉得这是一个可以抓住的商机。

在二后生的不懈努力下，七里沟原生态绿色食品股份有限公司正式成立，二后生任董事长。公司除生产七里沟山泉矿泉水，还生产其他绿色食品，比如野生沙棘果品饮料，绿色荞面、豆面、莜面等。公司成立以来，生产经营顺风顺水，产品销售越来越好，收益也越来越可观。

一年以后，二后生觉得七里沟打出的这股好水，不充分利用实在是可惜。于是，二后生又在村里建起一个方便面厂，注册"二傻蛋营养面"商标，标签上印上了自己的照片。

县工商局上班的李然在整理注册商标资料时，突然发现"二傻蛋营养面"的审批手续。"难道真的是他？"看着照片上英俊潇洒的二后生，当年与二后生在一起的情景又一幕幕浮现在李然的眼前。

那年，二后生离开后，李然听从父亲的安排，嫁给了门当户对的祁志鹏。李然刚从失恋中走出来，对帅气的祁志鹏十分满意。祁志鹏的父亲叫祁庆，在县民政局上班，母亲叫田翠，在县卫生局上班。祁志鹏当兵退伍回来，被分配到县城管局上班。一家三口都在政府部门上班，属于名副其实的小康家庭。

李然结婚后，得到双方父母的关怀，过着美满幸福的生活。婚后第二年，儿子祁浩出生。小家伙的降临，给这个无比幸福的小家庭带来无限欢乐。但是好景不长，家庭矛盾因为祁志鹏的赌博突显出来。

原来，祁志鹏从小娇生惯养，对打麻将情有独钟，且十玩九输，人送外号"祁输光"。随着儿子祁浩的渐渐长大，祁志鹏更是变本加厉，打麻将赢了喝酒，输了回家要钱。李然稍加管教，他就会对她拳打脚踢，大打出手。

日子过得不如意，李然的心里总是感觉憋着一口气。更让李然生气的是祁浩受伤的事。

祁浩放学时，正赶上李然单位开会走不开。李然就让祁志鹏去接祁浩。祁志鹏嘴上答应了，可是只顾打麻将，把接孩子的事抛到了脑后。结果祁浩在小区的巷子口让电动车挂倒，造成左腿骨折。骑电动车的人看到跟前只有孩子，没有大人接送，便一溜烟逃走了。现在，祁浩虽然做了手术，也能照常上学了，可住院花了不少钱，而且还要进行二次手术。再加上祁志鹏赌博的挥霍，令本就不堪重负的家庭更加雪上加霜，债台高筑。看着越来越破败的家，为了孩子，李然只好忍气吞声。

李然的父亲得知情况后，泪流满面地对李然说："然然，是爸害了你，爸真后悔，真不该拆散你和二后生。"

李然早就听人说，二后生现在的生意越做越大，却还没有成家。李然心知肚明，二后生一定是在找能够和他比翼齐飞且三观相合的灵魂伴侣。每当想到这里，李然心里就五味杂陈，感到十分愧疚，心里默默地为二后生祝福。特别是每次遭受祁志鹏的拳打脚踢后，李然便会想起与二后生在一起的那段美好时光。

三

四月的一天，太阳刚刚露出笑脸，习惯早起的二后生推窗远望，裹挟着泥土清香的空气扑鼻而来。远处的山，近处的树，笼上一层薄薄的雾气；放歌的鸟，吐蕊的花，构成一幅人间仙境。二后生深深吸了一口新鲜的空气，惬意极了。今天他要亲自出马，去市里看看市场。二傻蛋营养面现在已经慢慢打开了市场，销路越来越好。

二后生亲自驾驶着车，一百公里的路程很快就到了。二后生提前派人调查了市场，市里最大的连锁超市叫福来多超市，连锁店就有十多家。超市的老板名叫刘多多，是个女的，三十五岁，也是单身。二后生此行的目的，就是要会会这位女老板，想把二傻蛋营养面打入市里的市场。

当二后生提着七里沟野生沙棘果汁、七里沟山泉水、二傻蛋营养面等产品，敲开刘多多办公室的门时，刘多多用疑惑的眼神看着二后生。看着眼前这位气质非凡的女老板，不知为什么，二后生的脸上感觉火辣辣的，腼腆得像个大姑娘。

二后生尽量放慢语速，说："刘总好，我是七里沟原生态绿色食品股份有限公司的王福，小名二后生。久仰您的大名，贸然拜访，有点儿打扰您了，请刘总海涵。"

刘多多面带微笑，说："原来你就是大名鼎鼎的二后生董事长，你的小名比你的大名都名气大呀！久仰久仰，我就喜欢你们山里人这种开门见山的性格，我也正好想了解一下你们的绿色食品。"

刘多多接过二后生递过来的方便面，看着商标下面二后生的头像，觉得有种似曾相识的亲切感。她看看二后生，随口说："王总，你本人要比照片更英俊呀。"二后生激动地说："谢谢刘总夸奖，刘总是我见过最漂亮、最优雅、最有气质的靓丽美女！"

两个人热情似火地交谈了一上午，中午刘多多一定要尽地主之谊，请二后生到饭店吃了饭。下午二后生邀请刘多多去考察他的绿色食品基地。刘多多对二后生的食品厂和绿色食品基地赞不绝口。晚上送走刘多多，二后生觉得有种从未有过的失落感。他觉得，这个刘多多就是他心中的女神。总而言之一句话，二后生喜欢上这个女老板了。

刘多多回来后，坐在空荡荡的办公室里，心里感觉空落落的。连她自己都不敢相信，她竟然喜欢上了二后生。

十天以后，七里沟原生态绿色食品股份有限公司的产品在刘多多的福来多超市与顾客见面了。特别是二傻蛋营养面供不应求。刘多多十分高兴，更让她高兴的是她和二后生走得更近了。丘比特的箭，射向了他和她。

很快，二后生和刘多多决定结婚了。刘多多告诉自己的父母和亲朋好友这个消息，说的最多的话，就是："我和王福就是上天注定的爱情，要不我们怎么会等这么久。看看我的超市名称，就是最好的证明——福来多超市，就是福来找多多的意思。有福就有多多，这是上天早已注定的姻缘。"

国庆节前夕，二后生派办事人给七里沟全村人都送了喜糖。二后生要娶媳妇儿了！这个突如其来的消息把全村人都搞蒙了。人们怎么也不会想到，人人都说有生理缺陷的二后生，怎么就要娶媳妇了呢！

好日子定在国庆节。这天，七里沟的人们比往常起得早，他们都要看看二后生是不是真的要娶媳妇了。二后生的父母更是乐得合不拢嘴，逢人就说："我这个二后生，三十八岁了才娶媳妇。人家姑娘说不要钱，娘家还要送我们楼房和小轿车呢。那姑娘我们家的人谁也没见过，也不知道是真是假。"

村民们都挤在二后生家院门外看热闹。突然，一阵鞭炮声响起，把人们的目光吸引过去。一辆、两辆、三辆……六辆清一色奥迪婚车出现在村道上。豪华气派的婚车，是县里一家非常有名的传媒公司提供的。后面跟着一辆越野车，是刘多多给自己带来的陪嫁车。

据知情人透露，车上放着好几份保险单。刘多多为了让二后生的公司有可靠的后盾，把二后生的公司能入财产保险的都入了财产保险。村民们羡慕极了，都说二后生能娶到这好的媳妇，都是前世修来的福分。

车门打开，穿着洁白婚纱的刘多多从车上下来。人们惊呆了。只见刘多多身材苗条，明眸皓齿，美丽大方。正在这时，一个西装革履、气度不凡的年轻小伙子出现在人群中，手里捧着包装非常别致的鲜花，有玫瑰花、康乃馨、郁金香，总共六十六朵。小伙子给二后生递上鲜花和大红包，告诉二后生说，自己是李然的表弟，是李然让他送贺礼来的。

婚礼结束后，二后生有点儿忐忑不安地告诉新娘，关于李然送鲜花和红包的事。刘多多微笑着打开红包，里面装着六颗红枣，六颗花生，六颗瓜子，还有一张没有写字的纸。刘多多笑着说："这是我今天收到的最厚重、最珍贵的祝福礼物，六六大顺，早生贵子，一切尽在不言中。这是多么好的寓意啊！"刘多多说完，又对二后生说："你和李然的事，我早就听说了。今天能遇到你这个二傻蛋，我应该感谢李然姐呢。感谢她把这么好的郎君留给我。假如她当初选择了你，怎么会有我们的今天呢！所以感谢李然姐是必须的。"

刘多多说着，把自己陪嫁的皮箱打开，取出六千六百元人民币，装在大红包里，又拿了两盒喜糖，让二后生赶紧给李然的表弟把红包和喜糖拿上。刘多多说这是资助李然，给孩子做手术用的。二后生听了，激动地抱起刘多多转了一个圈，说："有缘分的人相遇，不仅是这一辈子缘分的指引，更是上一辈子缘分的偿还。你就是从上辈子就带着使命，带着爱我的使命，来和我相遇的那个人。刘多多，我要告诉全世界，我爱你！"刘多多听了，激动得满脸通红，露出灿烂的笑容。人们吹口哨的、喝彩的、鼓掌的，好一场喜气洋洋的婚礼。

婚宴结束后，二后生领着刘多多去看望了村里的三个残疾人，给他们分别送了慰问金。

要回门了，刘多多对送行的村民们说："我代表我的老公二后生，向所有的乡亲问好！欢迎大家加入我们的团队，加入我们的团队没有任何条件，只要大家愿意就行。我们愿意和乡亲们一起努力，共同富裕！"

现场响起经久不息的掌声……

樊志忠　又名樊三毛，1964年生，内蒙古呼和浩特市清水河县人，内蒙古摄影家协会会员、呼和浩特市作家协会会员、呼和浩特市电影家协会会员、清水河县作家协会会员。撰写了大量报告文学、人物传记、散文、小说，作品散见于各网络平台。有获奖史。

黄土地上的清水河（节选）

　　农历八月十八日这天，临近中午，牛换换家响起了震耳欲聋的炮声。二踢脚、大麻炮"嘎嘣嘣"的一个接一个飞上天，炸出了一团一团的蓝色烟雾。鞭炮声如同炒豆子，烟蓬雾罩，火药味扑鼻。草畔上的兔舍在政府和社员的帮助下建成了。灰砖砌起的兔舍十分抢眼，盖顶上还铺上了纤维水泥防水瓦，一片压着一片，全部用扣钉钉牢。兔舍的后掌紧靠垂直切下的土崖，入进土里约半窑深，可以储存饲草料和杂物。兔棚里东西横向砌起了三排兔舍方格，每排四层，大约能够饲养三百只兔子。利用原址空院，把坍塌的石头砌成了二阶平台，埋压了排水的水泥管。院内用河沟的碎石片铺成，十分气派，兔舍门上还贴了一副牛换换亲手写的对联。

> 上联：改革开放春风进农村万象更新
> 下联：发家致富科技兴农业宏图锦绣
> 横批：解放思想

牛家洼村的社员们几乎都来围观，兴高采烈地谈论新建起来的兔舍，对县委书记张茂盛的现场调研办公落实快大加赞赏。

牛狗换抱着一个箩头，从熙熙攘攘的人群中挤进来，高兴地对牛换换说："换换哥，兔舍盖盖盖起来啦，我也没个啥啥啥好东西来贺贺贺喜，你帮我我我养的兔子给给给我家也增增增加了不少收入，我这两对对对对种兔送送送给你。新盖起的兔兔兔舍里不能没没没有兔子哇，你养着它们，给你你你下儿儿儿儿子哇！"

他的话引发了一阵大笑。

有人善意地说："狗换懂得感恩，咱们更应该懂得。狗换啊！是给你换换哥养的兔子下儿子，不是让兔子给你换换哥下儿子吧！哈哈哈……"众人笑得前仰后合。

牛换换也笑得乐不可支，接过牛狗换抱着的箩头，笑着说："狗换哥，谢谢你啊！"

人群中有人说："我也回家寻两只种兔，想当初牛换换帮咱们养兔子都是白送的，如今他重新养兔立群，咱不能不帮啊！"

"就是呀！哈哈哈……我也回家去取种兔，给牛换换下儿子。"

围观的群众有说有笑，各向各家走去，又各从各家走来，都是给牛换换送种兔的。他们有的提着篮子，有的提着小草篓，还有的提着尼龙袋，或是提着铁桶，里面都装着兔子。一家有难，众人帮助。牛家洼村良好的村风民风，令外村人十分羡慕，清水河上下游的村民无人不知，无人不晓。牛换换非常高兴，灾难过后，迎来的是柳暗花明。党和政府的关怀，社员们的关爱，也是对牛换换一家多年来热心助人的感恩回报。不到一个小时，牛换换新盖起的兔舍里已立起了新群，活蹦乱跳的兔子为新兔舍增添了活力。

牛换换的大和妈也高兴得合不拢嘴，乐颠颠地给兔子上草料、上粗杂粮，又匆匆忙忙到西边的旧土窑院前的土灶台烧火。平日里煮肉的马犁大铁锅又派上了用场。张喜梅、武大翠、牛香莲等几个邻居家的女人们胸前挂着围裙，胳膊上戴着套袖，正在窑里和院里来回穿梭，忙着做饭。切腌猪肉，切山药，切大圆菜，扒大葱，下调料……炝锅的香味扑鼻。

牛换换喜上眉梢，高兴地从窑里端出一大盘月饼、西红柿、黄瓜、瓜子、糖果，招呼众乡亲，说："不管是大人还是娃娃，今天来的亲人们全在我们家吃大烩菜炸油糕哇！好烟好酒好招待，钢花烟、青城烟、雁牌黑棒烟尽管抽！想圪蹴就圪蹴，想站的就站的，等咱整理好下院的大石窑，再好好地招待众亲朋！"

说笑间，饭也快熟了。油锅翻滚着，帮锅的女人们有的捏糕包豆馅，有的往油锅里下糕。牛香莲左手拿笊篱，右手操锅铲，麻利地往大洗衣盆里捞油糕。胡油的香味和肉烩菜的香味惹得人们直咽口水。

牛换换用条盘把碗筷端出来，说："快过来领碗筷，吃饭嘞！家小坐不下，站着吃、圪蹴着吃，凑合哇。"

众人也不客气，各自领了碗筷，由武大翠掌勺，一人一大瓷碗山药豆腐粉条肉烩菜，又各自夹了油糕，个个吃的嘴上油乎乎的。

有人就吃就还不误说："这烩菜真香嘞，就是腌猪肉有点儿油哈子味，不过还是好吃的！"

村民们正吃在兴头上，从村口开进两辆带斗的大型拖拉机，斗子里装着黑大炭。拖拉机停在沟底，吼叫了几声，烟筒里喷出了青蓝色的烟雾，即刻扑哧哧地熄了火。驾驶台和车斗上跳下九个人，七男二女，其中有两个人脖子上挎着照相机，像是随行的记者。领头的是牛家洼大队党支部书记张金蛋。

社员们端着饭碗，一边吃，一边齐刷刷地朝沟底瞭望。

牛狗换指着朝坡上上来的人说："换换哥，那里有有有你救的那两个司司司司机嘞！"牛换换急忙跑下去迎接张金蛋支书和司机。

走进牛换换家的院子，张金蛋喘了口气，接过牛换换递上的带嘴嘴钢花烟，又换了一支黑棒烟，含在嘴里说："我不抽这带嘴嘴烟，我也享不了那个福，我就爱抽黑棒烟，就为口感硬了。"

社员牛大娃热情地给他点火。

张金蛋给大家介绍说："这两位师傅领着家属，自掏腰包，拉了两车大炭，来感谢牛换换和全村社员的救命之恩。他们还送来了两面锦旗。大家吃完饭后，各自回家取家具，准备分炭。一车是专门奖励牛换换的，另一车是分给每家每户的。为了分得公平合理，咱们用台秤过磅，一车炭是十二吨，全村四十二户平分。"

社员们听了，立刻鼓起掌来。

等到掌声落下，有人说："救人的事咱就不提了，谁碰到这事，都要出手相救，这是咱们的村风，也是咱们的村规民约。至于拉来的炭，我们是要付钱的。"

司机和家属们听了，说："救命之恩我们是必须感谢的，要是你们不接受，我们就下跪不起！"说着，就要下跪。

牛换换和社员们急忙拦挡就要下跪的司机和家属，说："千万不要这么做，你们的情意我们领了，锦旗我们收下，这炭的费用，我们是要付的啊！"

牛换换招呼大家，说："先赶快吃饭，吃了饭再说！"

"对了……牛换换啊！"张金蛋指着地上的几个尼龙袋子说："按照县委书记张茂盛的安排，县农业局从粮种场给你选调了三十只良种兔，你赶快把它们放进兔舍里。"

"太感谢张书记这么挂心啦，我一定要继续养好兔子，请金蛋叔转告张书记，我们全家谢谢他啦！"牛换换喜滋滋地把兔子放进兔舍里。

众人忙着回窑里搬出炕桌，热情地招呼客人们吃饭。

张金蛋边吃饭，边吩咐工作，说："吃了饭，大家都先不要离开，通知没来的社员都来，咱们举行个接旗仪式，由我主持，县委派来的苏志迎和高旺两位记者同志，还要照相，进行采访报道。"

午饭过后，社员们陆陆续续来到牛换换家的院子，就像是赶来看戏。婆姨女子、毛头娃娃们也都来了。张金蛋站了起来，即兴讲话。

他挠了挠蓬乱的头发，说："大家都知道我是个没文化的瞎棒槌支书，瞎棒槌也好，有文化也罢，反正我是在牛家洼大队干支书三十多年啦，年纪也偏大啦。我在大队支书的这个位置上很平稳地干下来啦，也没干出个啥闪失和丢人的事。我尽了我最大的努力，我是无愧于社员们的。最近呀，咱们县里响应上边号召，顺应时代发展，进入改革开放初期。据我这几天回公社参加会议得到的消息，农村改革是重点，也就是说，要实行家庭联产承包责任制，包产到户就要开始实行啦，以后就不叫人民公社啦。像咱们小庙子公社以后就叫成小庙子乡人民政府啦；生产大队也不叫啦，改叫成牛家洼行政村；生产队也不叫生产队啦，要改叫成牛家洼自然村啦。政策就会一个跟上一个出现啦！我文化不高，理解也不深，也说不了多少道理。总的来说呀，这是全国一盘棋，是势在必行的改革。我想，这肯定是大好事！"

张金蛋满头是汗，讲得有些局促，那讲话的样子还有些煎熬。他用手抹了抹嘴巴，继续说："顺应社会发展潮流，我们谁也阻挡不了，只能是理解的要执行，不理解的也要执行。人家上边怎号召，咱们就得怎执行。我给大家吃颗定心丸哇，国家肯定是要往好闹哩，也肯定是向好的方向发展哩，把工作的重心转移到经济建设上来！我就废话少说了，今天把牛家洼村社员们召集到一起，主要说几个事情。"

张金蛋又摸了一把汗津津的额头，说："第一件事，是咱们村社员从发大山水河槽里搭救了两个拖拉机司机，人家司机和家属要来感谢，要送锦旗，还自掏腰包，从黄河畔上的窑沟公社刘胡梁煤矿拉了两拖拉机大炭。真情难却啊！所以说，甚时候也要好好做好人好事，才会得到福报。我希望各位社员，男人们、女人们、娃娃们，都要处处想着帮助别人，多做些好人好事，多做善事！"

张金蛋招呼牛换换一家三口，叫他们站在兔舍前，准备主持接旗仪式，苏志迎和高旺已经揭开了照相机的盖子，找准了拍摄位置，准备拍照。牛换换一家三口，笑盈盈地站好，迎接司机和家属送来的锦旗。"咔嚓、咔嚓、咔嚓"，两位记者从不同角度按下了快门。牛换换一家三口，从司机和家属手里接过锦旗，红彤彤的锦旗上用金光闪闪的镭射纸粘贴着感谢语："敬谢牛换换一家：学习雷锋好楷模，感谢救命不忘情。一九八二年八月。"

张金蛋继续主持，他让牛换换说上几句。

牛换换乐哈哈地说："感谢司机师傅跟家属对我们的鼓励，其实哇，做好人好事，遇到别人有困难，该出手相帮就出手去帮一下，这是我们应该做的。另外，司机师傅跟家属专门给我家送来一车炭，我就不收了。我们家把这车炭也让出来，跟全村人平分吧。"

围观的社员们听了，拍手称赞。

张金蛋继续主持，说："第二个事，我要说的是我年龄偏大啦，文化也没有，斗大的字不识一筐，在工作中挺麻烦的，连个文件也看不了。今天上午在公社会议上，我就向公社党委申请，批准我辞去咱们大队支书的这个职位。我也跟不上时代发展的脚步，过几个月就可能离开这个位置啦，由选任的新支书接任。同时，我想利用这个机会，和大家商议商议，通通气。我提议，把牛家洼村生产队队长武大翠推选进大队工作。牛家洼村生产队队长推选牛英英接任她妈武大翠的职位，推选张喜梅进大队担任妇联主任。"

张金蛋又说："咱们牛家洼村的民办老师李明明最近得病住院了，一月半月回不来。前几天我去医院看了看他，他说估计这病也麻烦下啦，想教也教不成啦，说是肺子上有毛病了。我看大家是不是就推选牛换换当牛家洼村的民办教师哇。只不过工资不高，和李明明老师挣的一样，每月是三十块钱，年底由公社发放。"

张金蛋一边征求大家的意见，一边对牛换换说："看看牛换换同意不同意，也问问社员们同意不同意。要是同意的话，牛换换从明天起就担任牛家洼村的民办老师，我给公社上报。不然的话，村里十八九个学生一下子还真是找不到老师嘞，可不能误了娃娃们的学习啊！"

"同意啊！我们都同意！我们相信换换，他有文化，有能力教好娃娃们！"社员们高兴地说，"张支书为娃娃们着想，我们很感激，就听从你的安排哇，你选牛换换我们更放心！"

牛换换感激地说："当民办教师，我估计我能胜任，也为咱村学校娃娃们缺老师救个急，临时干，长期干，我都行，听大队安排。感谢金蛋叔和社员们对我的信任，多会儿说不让我干了，我就毫无怨气地退出来。"

张金蛋又说："公社路永正书记还和我提起，说大队要重点培养几个年轻人，还特别提到了你。我看呀，往年轻人身上压压担子没有啥不好嘞！多锻炼锻炼很有必要哇，将来你可能还有机会担任大队党支部书记呢！"

牛换换顿时脸上泛红，羞涩地说："金蛋叔啊，我可是想也不敢这么想啊！我现在乳毛毛还没有褪完哩，连个门头脚道也闹不清，哪敢这么想！再说了，当村干部得是党员，我不是党员啊！"

"你先积极要求进步，从民办教师的位置上干起，慢慢发展，接受组织培养！"张金蛋鼓励他说。

不是会议，胜似会议的会散了。张金蛋支书的讲话还是挺提精神的，他向牛家洼村的社员们透露了一个重要的信息。这个信息很鼓舞人心，那就是天不变，地要变，农村的改革政策将会有大变化。

张金蛋挥挥手，提高了嗓门，宣布道："大家带上锹镢铁锤头，赶紧下去分炭哇！"

牛家洼村的社员们跟着张金蛋、武大翠、牛换换、张喜梅等人，一起朝沟坡下走去。

大家围拢在两辆拖拉机前，张金蛋吼喊苏志迎和高旺过来，给分炭的社员和司机师傅连同家属们照了一张接受锦旗的大合影。合影中，那鲜艳的锦旗上写：

"敬赠牛家洼村全体社员：勇于救人品德高尚，村风民风令人敬仰。一九八二年八月。"合影后，社员们高兴地在拖拉机斗子上爬上爬下，拿着铁锹、大锤、撬棍开始卸炭。马槽打开，大炭轰隆隆地滚到地上，腾起了阵阵煤尘。此刻，社员们脸上被煤黑粉尘熏得黑乎乎的，笑开的嘴里，牙齿显得分外白亮。

好唱歌的牛大娃扯开了嗓子，唱起了山曲调：

黄土地上的情哟，黄土地上的人哎。

黄土地上有条清水河，清水河上有个牛家洼村。

村风好呀人憨厚，姓牛的家人们牛更牛。

五讲四美三热爱，品德高尚有人夸。

团结互助人帮人，好人好事好福报。

牛家洼村社员心里乐开花。

大豆夹夹变开了缝，朝阳阳开花满壤壤笑。

山坡沟畔牛羊蹿，鸡鸣兔跳驴撒欢，牛家洼村里笑声飞。

今儿个喜事又来临，嘣火星的大炭家家有。

今冬明春过好年，感谢党和政府倡文明。

（本文节选自作者长篇小说《黄土地上的清水河》）

流向
大海的
河

散文辑

苏芝英　内蒙古呼和浩特市清水河县人，内蒙古自治区财政厅退休干部，中国作家协会会员。

没有了父母的故乡

对故乡的眷恋，是人们一生难以割舍的情结，没有了父母的故乡，依然让人魂牵梦绕。不管你走到哪里、身处何方，故乡都会在你的心里。

盛夏时节，我相约儿时的伙伴高荣和杨贵良一同回到生养我们的地方——清水河县盆地青。

站在连绵不绝的长城古堡烽火台上远望，白云映衬下的蓝天在地平线处与黄土地交融，山梁上那座座风力发电机的巨臂在缓缓地转动，满目的油菜花呈现出一片金黄。遥想当年，这里必定是狼烟四起，金戈铁马。

村子坐落在古长城脚下，这里风光旖旎，庄稼长势喜人。南山坡上碧绿的松柏重重叠叠，河湾里宽展的水泥路四通八达，村民们的窑院整修得面貌一新，随着国家乡村振兴战略的实施，昔日的山村早已不再是原有的模样。

父亲早已不在人世，家族上下院的几处老宅臭黄蒿草长得比人还高。这里再也看不到父辈们那辛勤劳作的身影，再也听不到兄弟姐妹们的大呼小叫，唯有几只松鼠在眼前蹦来蹦去，这不免让我的心里产生了许多的凄凉与忧伤。

没有了父母的村庄依然是我倍感亲切的故乡，因为我的心里一直珍藏着家乡的田野和村庄，我记得耕读传家、父慈子孝的家训，我崇尚邻里守望、诚信礼重的乡风民俗。隔壁的大嫂热情地把我们让上土炕，喝一碗甘甜的家乡水顿觉周身清爽；好客的姨家表弟全良闻听说我们回来，竟宰杀了一只七十多斤重的肥羊来款待我们。我们的心情像儿时提着灯笼跑大年一样兴奋，从村东到村西挨着一家家地串门，在访谈中拣拾童年的往事，追寻故乡的欢笑，问询乡亲们的生活现状。

当年的老队长吕占宽已年过九十，但仍声如洪钟，步履矫健。他紧紧地拉着我们的手，忆说着当年村里人艰苦奋斗学大寨，战天斗地造良田的场景。他给我们捧出了不久前上级给他颁发的"光荣在党五十年"的金色纪念章，从他那充满喜悦的脸庞上不难看出，这位老党员对中国共产党的坚定信仰。

乡亲们告诉我们说，现在国家的政策就是好，村里的人们享受着国家的低保、医保和多种种地补贴，家家吃上了自来水，村里街道巷口还安装上了太阳能智能路灯。近来按照上级巩固脱贫攻坚成果乡村振兴督查工作的要求，又开始了对有劳动能力年龄内未就业人员进行技能培训。现在的乡村，逐步走上一条以生态优先、绿色发展为导向的新路子。这一切，对几辈刨土种地的农民来说，是多么不可想象。

走进一户户农家，我们惊喜地发现，乡亲们家正面的墙壁上都张贴着总书记神采奕奕的大幅彩照，彰显着人们迈进新时代的无比喜悦与豪迈。还有就是挂在墙上的贫困户明白卡展示牌，将当年的种植收入、养殖收入、粮食直补、生态补偿、扶贫项目等内容写得清清楚楚。我们还听说，邻村的十七坡如今成了城里大学生的写生基地，长城古堡大河堡作为影视拍摄基地得以完整保存。

回到故乡，最惬意的就是与扶贫干部和村民们聊天了。问答之间，我们强烈地感受到他们的辛劳和自豪，他们的心劲儿和向往。由此我猛然想到，时下，中国大地上无数个这样的村庄正面向未来，正向着新的历史前景努力奋斗。

然而，今天我虽然脚下踩的是昨夜梦里耕耘的土壤，手却拉不住如梭飞逝的岁月。在我的认知里，故乡是历史记忆、文化认同、情感归属的地方，更是精神上剪不断的根脉。乡情本该是清晨雄鸡那惊梦的声声啼鸣，黄昏青蛙那悦耳的阵阵合唱，炊烟那袅绕的股股辣味，田野那耕耘的层层波浪，夜晚父唤儿归的声声嗔骂，油灯下母亲拨发的细细绣花针……那些远去的苦涩日子，那种淳朴炽热的乡情，才是疗愈游子心灵创伤的良方。

可现在的村庄没有了过去的人喊马嘶，没有了过去的人来人往，村里当年那些大爷大娘们大都作古，儿时常和我们一起上山搂柴拾粪的小伙伴们，也有不少人因病早早离世。

河湾里的小河已经干涸，再也看不到男人挑水、村妇洗衣的身影，再也不会有孩子们在冰面上打猴儿、滑冰车的呼喊，村中宽敞的学校院子里再也听不到琅琅的读书声。唯有村里的那些废弃的老宅用东倒西歪的方式讲述着村庄的历史，躺卧在村口臃肿的石碾藏掖着这片土地的许多秘密，千年老榆树在用千疮百孔诠释岁月的沧桑……

村里的年轻人大都到城里谋生去了。听说喜换家的女儿留学后定居在了日本，计旦家的儿子在北京开办了科技公司，金莲家的女儿在外正在读博士，羊换家的儿子成了首府的中医专家，元小家的女儿成了县城里的优秀教师……

不过，留在村里的人也不乏眼光开阔的时代新人。金祥家的儿子正在村西的河湾里兴建大型养牛场。铁匠七十一在一个叫猪窝沟的地方平整土地，栽植起了二百多亩松树苗木，现在他又开始兴建颇具规模的长城旅游农家乐饭庄。他们紧紧地握着我们的手，反复叮嘱："以后回来一定要到我这儿来，一定要到我这儿来，保管你们吃住方便，玩得开心愉快！"我从他们的眼神里看到了乡村振兴的希望，也对他们守护古老的乡村文明肃然起敬。

　　还乡时刻自然是匆忙的，但也是惊喜的、震撼的。乡村的变化，召唤着我们的乡愁，现实的和历史的情感交融，让我们意识到昨天与今天的息息相关，也让我们以真情实感丰富了我们关于故乡的想象和认知。

　　回头望着故乡远去的山梁，我们的车子渐行渐远。此刻，相约同行的伙伴们突然沉默无语，我想，这是触景生情之后陷入的一种沉思。因为此时此刻，乡恋的热泪真不知该往何处流淌。

白文字　1997年出生，内蒙古呼和浩特市清水河县人，宁夏作家协会会员，呼和浩特市作家协会副秘书长。诗文散见于《草原》《黄河文学》《内蒙古日报》等报刊，曾获第三十届孙犁散文优秀奖，第六届内蒙古职工文学二等奖。

以灶火之名

一

周末回家去看祖母，做饭的时候帮忙添柴，灶膛里柴火噼噼啪啪地燃烧，升腾的火焰冒出缕缕青烟后又化作灰烬，一串串喧闹的火苗映射在窗户纸上，我的心绪忽然变得平静起来，望着那些晃晃悠悠的橘色火焰出神。

灶膛总能让我想到童年，似乎昨日我还是在祖母的土窑里玩闹的孩童。阳光透过木头窗棂，懒散地倚靠在白泥墙上。灰尘在阳光的怂恿下，相继从角落里涌出，每粒灰尘都以肉眼可见的速度飘荡，仿佛是一群顽皮的孩子，在土窑里奔跑、撒欢儿，拥挤嬉闹着，夹杂在红配绿的窗纸影子中，一起照在了祖母身上。祖母坐在炕上纳鞋底，时不时将一捋额前的白发，偶尔满目慈祥地看着我。

忘了那年几岁，依稀还是蹲在地上数蚂蚁的年纪。我靠在灶台边，享受着火苗带给我眼睛的光亮和带给我脸颊的温暖。祖母时不时挑一些秸秆和木柴往灶膛里添，我也想试试，祖母笑着说我不会添柴，火会熄灭。我执拗地要试，专挑大的柴火添，没添几根，就没了火苗。

锅里的热气越来越少，祖母探头问："是不是没火了？"她走过来捣鼓了几下，火着了。

我在一旁呆呆地看着，问："这木柴还看人吗？怎么就熄火了？"

祖母拿火箸指着烧得通红的木柴说："你看，底下的这个通风口可不能堵上，不然火就灭了。"

每次祖母做饭，我都蹲坐在灶台前，帮忙添柴火或拉风箱。男孩子总是天性调皮，趁祖母不注意，抽出一根"葵花秆"，将外皮剥去，把里面的白芯装在小兜里，准备和村里的"二板片"一起玩过家家，又或者拿火箸在灶膛里东拨西挑，火苗变得忽大忽小……这些小把戏，自然瞒不过祖母，祖母总会说："添好柴，小孩子不许耍火，耍火尿床哩。"我被祖母这么一吓唬，就只好乖乖地添柴火了。

学会烧火后，我才知道柴火也是各有性格，与人一样，各有各的脾气，各有各的古怪。就像村西头的郭叔成了亲，刚娶的媳妇跑了，做了光棍，发誓再也不娶了；村东头的二疙瘩老汉一辈子打光棍，六十多岁却成了家，村里人都说他"瞎毛驴吃草——碰上啦"。

枯草、落叶、谷糠、玉米芯能做柴火，柠条枝、秸秆、木头也能做柴火，别看都叫柴火，它们的脾性却大不相同。莜麦秆、豆秸、蒿草、黏蓬草，呼呼地一股劲就烧完，火焰时间短，不经燎，烧半天也不开锅，称作绒柴。绒柴并不是一无是处，生火、蒸馒头、炸油糕时，最好用绒柴，一点就燃。绒柴火焰温和、均匀，蒸出的馒头膨胀松软，炸的油糕带着稻谷的醇香和诱人的焦黄，很耐饥。糜穰是最不好烧的绒柴，脾气大，不易燃，点燃没有火焰，干冒烟，但村里盖房垛墙少不了用糜穰，像水泥里的钢筋一样。

树枝、柠条、葵花秆属于上好的柴火，大西沟人叫它们硬柴。烧硬柴是一件痛快的事，逢年过节做肉食、集体大锅饭时，没有硬柴绝对不行。你想食材把九勺锅都堆满了，用绒柴得烧多久？硬柴火力旺，余热较长久，不必急于添柴，也不用拉风箱，坐着打盹是可以的，但千万要防止硬柴蹦到灶膛外，把周围的东西引燃。

长大些后，我开始到塬上去捡柴火、割猪草。我汲取着村里一茬又一茬的庄稼养分，荒草般地疯长在捡柴火的路上，不仅把村庄逛了个遍，还到更远的百草湾去捡。我经常躺在草坡上，看不远处正吃着草的羊群，半眯着眼看天上的云彩、树上的喜鹊窝、村庄上空飘过的胡麻柴炊烟，成了一个野孩子。

细细想来，只觉得拾捡柴火的日子并未远去，像是刚刚擦身而过。

多年前，人好像对草木情有独钟。能吃的野菜刚从土里冒芽就拔，苜蓿草没等开花，就连砍或割地喂了牲灵。幸存下来的野草，等秋后老了，都要捡回家，做牛羊驴骡冬季的口粮，塬上一般没有能侥幸逃掉的草木。

秋末，太阳把塬上的柴草晒干后，人们就琢磨怎么把它们往回捡拾。凡是能烧火的，连拔带薅，连庄稼的根茎也不放过。人们的身体里似乎藏着一股邪乎劲，即便家里柴火够烧，也要变着法往回捡。地里的玉米、葵花秸秆，野外的蒿草、黏蓬草、杨树枝、柠条枝，乱七八糟地堆一院子，柴仓里堆满了枯草，连百草湾那片不大不小的树林里飘落下的干树叶，都被彻底洗劫，寸叶不留。

庄稼收割完，小孩就开始在地里拾粮拾柴。掉在田里的谷穗、豆荚，獾子吃剩下的半个玉米棒子，田鼠藏在洞里的莜麦粒，干枯的茎叶、蔓苗、杂草，都在拾捡之列。日子过得穷，只好刨根到底，地上的拾掇完，就开始用各种工具清理庄稼的根。镰割的庄稼茬子都斜着锋利的刀口，不可大意，稍有不慎就会划破脚踝，得穿着胶鞋才敢进地里。荞麦茬用一把特制的铁耙子，沿着田垄往前耙，跟黄河拉船的纤夫差不多，走几步就把耙倒的茬子装到布包里；葵花秆连着根，用手拔费力气，多用铁锹挖；掏玉米茬、高粱茬就得用板撅……一块田地经过几遍捡拾，才彻底干净。

冬天，赶在大雪封山之前，父亲总会到百草湾树林子里捡枯树枝，捡回家里做柴火。捡柴火对于我家来说，总是一件大事。父亲肩扛斧子，迈着大步走在前面，母亲在后面拉着牛车，我慢悠悠地跟着，见了野沙棘折一枝尝尝，看到雪地里的蹄印，更是兴奋得停下来，看看是野兔还是狐狸……总是牛车走了好远，母亲喊我的名字，我才会跟上去。

父亲生性风趣，常对着陡坡深处吼一段晋剧，把林子里的鸟惊得乱飞，冬天的阴森气也被吼跑了。我也学着父亲偶尔喊几句童谣："娃娃呢？上山了。山呢？雪埋了。雪呢？化水了。水呢？和泥了。泥呢？抹墙了。墙呢？被猪儿拱塌了。猪儿呢？被一棒子打死了。猪皮呢？蒙鼓了。鼓呢？沤粪了。粪呢？种高粱了。高粱呢？被野鹊啄了。野鹊呢？野鹊鹊飞走了。"

树林里有很多喜鹊或家雀，成群结队的，把杨树上干枯的枝丫踩落掉地，也或者是一些枯枝不想待在树上，选择了坠落。总之，百草湾的树林里会有很多的枯枝。我把长长短短的树枝拾起，一根根摆放整齐，母亲抱到车旁边，父亲捆扎、装车。

地上的枯枝连着捡几天都捡不完，父亲仍然要砍一些长出来的树枝。

年幼的我不知道塬上的柴草、树枝是要定期清理的，不清理草木就不能很好地生长，砍柴和烧柴是必须的，总是反驳父亲："地上的都捡不完，为啥要砍树上的，树不疼吗？"

父亲停下手里的活，说："大树在冬天就睡着了，砍了不会疼，也不会受伤。砍了这些旁枝末节，它能把更多的营养送到树干，更快地长高长大。你不想长高长大吗？"

"想啊，我天天想哩。"

"树也一样啊"

"为啥树也和人一样哩？"

"也不为啥……"

离开百草湾的时候把树枝捆扎、装车，然后全家人将砍掉树枝的切口用红油漆涂抹，像为伤口做了包扎，然后涂一层白灰水，除去树干里的害虫。它们和村庄里的万物一样，要好好休养一个冬天，过一个年，长大一岁。

拉回家的树枝被父亲用斧头劈成一小截一小截的柴火，码起来，要是粗树枝，就把它们立在院子的墙角，晒干后再整整齐齐地码好。百草湾里的干树枝很易燃，母亲用田埂中拔来的野沙蒿或荞麦秸引燃，只需要一根火柴就能燃满整个炉子。

这些年，离开家在外省求学，火总会在适时的时候出现在身边，带来温暖和庇护。在灶膛前，看着火焰升腾飞舞，还有红色木炭上忽明忽暗的纹路，我想要是能读懂它们就好了。万物都承载着时间的记忆，在柴火的短暂生命里，释放的记忆是什么呢？

被父亲捡回来之前，这些树枝是生长在另一个村庄里的树木的种子，飘落到百草湾的荒地上，发芽抽枝，有牵牛花攀附，有苜蓿草依偎。后来塬上的喜鹊在枝头吟唱，蚂蚁在树叶上穿行，老疙瘩爷爷的黄狗在树下乘凉，白家或郭家的小驴驹、热毛羊羔、牛犊子在树底下啃嫩草，奔跑飞腾。

百草湾里的一棵树是一个独立的生态系统，它所吸收的阳光、雨露、空气，也不知又驻留在村庄哪户人家的屋檐下、灶膛里、锅沿边上，又或者是一只狗獾、几头骡子、一群羯羊的身体里。

树吸纳的阳光，都是从遥远的地方而来，携带着最初的混沌和秩序，是太阳对塬上馈赠的一部分，每一棵树都记录和保留着一份阳光。一棵树的生长，就像承接太阳能量一样，总是积极向上的，绝不轻言妥协，在大西沟的塬峁、沙地、荒滩上生长。

熬过刮着白毛雪的寒冬和把人吹干裂的早春，树会绽放出一朵朵白色的花，送走一颗颗小种子，带着自己的故事，随处飘散。百草湾里的每一棵树都继承着庞大的故事线索，这一棵是闫家洼飘来的，那一棵来自苏家茆，它的孩子又飘到曹家沟去了……或许哪一年，子孙辈的种子又在百草湾里扎了根，由此延续，生生不息。

当一根木柴燃烧时，释放的是这片塬上所有村庄的故事，是整个大地和天空的记忆。

二

前些时，邀请城里的朋友来大西沟游玩，在村里老乡家吃饭。午饭不过是自家种的土豆，秋末腌制的酸白菜，新黍子磨的面粉随机组合在一起。朋友却说，这是几个月来吃的最美味的饭菜，黍子面炸的油糕，外皮酥脆而微黄，吃到嘴里咯吱咯吱的，似嚼着焦黄的锅巴，接着又是软糯香甜的豆沙，一硬一软，交汇出少有的美味。

我问老乡："都有哪些食材？"

老乡吸了一口旱烟，咳了几声说："都是在小南坡上种的土豆、黍子、白菜、芸豆这些。"

这是不用说的，我知道，夏天我还去过小南坡。我问："还有呢？"

"野葱是在沙地里拔的，姜、蒜、花椒和酱油是买的，再没有了。"老乡清楚地回答。

朋友反驳道："去年我也是在乡下买的这些食材，到了城里做菜却吃不出这个味道呀！"

老乡吐了一口烟雾，半天才回答："谁知道呢？塬上就这条件，我们都是凑合着吃。"

这好像是一个无解的问题。

饭罢，在院子里闲聊，观察着村落的布局。偶然见到女主人抱着柴火走进窑洞。朋友也饶有兴趣地跟了进去，不一会儿出来，兴奋地冲我喊道："我知道了，是炉灶的问题！城里用的是铁灶，这儿是土灶。"

　　这个答案使我有些惊异。土灶是乡间极为普通的物件，泥砖砌台，烧柴为火，柴火与泥土碰撞，便有了土灶。城里的铁炉灶则是金属与火的结合，与土灶并无本质的区别。烹调食物是高温加热的过程，无论是用柴火、煤气还是电，只要能把饭菜做熟的灶，就是一口好灶，土灶与铁灶的区别却是从小也没有听说过。

　　后来，有人为我解开了谜题。土灶的泥砖垒于地面，与大地浑然一体，木柴、秸秆、茅草做燃料，地下为阴，木生于水，水为阴，木燃烧为火，火为阳。灶火是大自然中阴中生阳，阴阳具备之火，能化为金木水火土，五行生五味，五味入体滋养五脏，柴火灶烹饪的食物味道自然醇厚。城里高楼林立，离地面很远，炊具都是金属制品，加热用燃气或电，纯阳无阴，五味无从化生。所以做饭用调味品调剂味道，纵然是种类繁多，但缺乏天然的醇厚新鲜。自小生活在塬上，没有用过铁炉灶的我，自然无法体会到炉灶之间的差别。

　　塞北草原上的火撑子算是最别具一格的炉灶了，多是腰缠三箍上有四个支撑点的金属火架子，称图拉嘎，由三块石头撑起的火灶演变而来。精致的火撑子还要雕刻五畜，点缀五色哈达，将美学与宗教融会贯通。这与仅有一山之隔的土默川平原用的炉灶迥然不同。土默川的灶多是柴火土灶，只需在屋里墙角处用泥砖或条石垒起方形灶台就成了，与晋陕地区的土灶别无二致，这得益于一百年前的"走西口"，使得来自晋陕地区的砌灶技术在草原扎根并流传。

　　砌灶，大西沟人有很多说道，灶的位置、时辰甚至是首次生火的仪式都有讲究，一句话，不是随随便便就能砌的。"破土"动工之时，先摆贡品祭拜灶王爷，祈求灶通火顺。仪式结束后，窑匠师傅才能垒起灶台。

　　土灶与炕连在一起，把排烟孔藏于火炕之中，炕底隔几块挡板，烟雾在火炕底绕来绕去，保持炕的温暖，最后一股脑地窜到旁边土墙的内嵌烟囱里，延伸而上，从屋顶冒出。灶台旁边大都有方形的"柴火仓"，用条状石板砌成，储存各种柴火，这跟土默川常年烧秸秆、草木、牛羊粪有关，也是隆冬刚诞下的小羊羔过夜的地方。

食为之用皆入灶，交结之合皆上炕，灶和炕的故事，就是大西沟世代繁衍生息的故事。

新媳妇生育头胎，是一件关乎生死的大事。一旦临盆，婆婆、妯娌们赶忙按分工准备，预约接生婆，用炉灶烧一锅热水，炕上还要撒一层沙土，再铺一层草木灰……阵阵啼哭声过后，一切归于平静。胎盘放在土墙的烟囱里风干，若干年后，于生命消逝时，一同落叶归根。

人生终了亦是在灶炕旁落幕。人一咽气，便离开依赖一生的灶与炕，稳稳当当"停"在院子里。儿媳妇们在常用的火灶上熬着衣饭粥，儿孙们则在老人们躺过的火炕上烧几张麻纸，将魂魄引到魂幡上，放在死者的棺椁前。吹鼓手到了后，灵堂前放一堆干柴，点燃柴火，奏起哀乐，孝子们围着火堆跪下，吊唁敬纸……仪式完成后，出殡下葬，为生者腾出空间，便完成了生命在灶与炕之间的一次轮回。

灶炕，是村庄的庇护之神，每户人家婴儿坠地的呱呱之泣，男女交合的愉悦之声，病人煎熬的痛苦呻吟，死者辞世的痛心哭号，明暗阴阳的计谋筹划，善恶之获的丰缺贫富都瞧得一清二楚……倘若老天需要掌握十里八乡群体或个体的情报，炕灶之神一定是不二的人选。

三

"光棍汉家里是不起炉灶的。"村里人都这么说。

天亮了也不早起，一条棉被铺在冷炕上，一壶鲜尿在角落搁着，灶膛里没有一缕烟火气息，起来就去别人家蹭饭，这大概就是光棍们的生活。大西沟里这样的男人有六七个，生活在村里东南西北各个地方，或家贫，或残疾，或父母早逝无人张罗，总之，一辈子没有娶上一房媳妇，无儿无女，云谱红布上他这一支血脉到这里就断了，给叔伯兄弟家延续的子孙留出了写墨字的空间。

种庄稼的宝音却是最不像光棍的年轻光棍。一眼看过去，宝音是一个白白净净、精精干干的汉子。总是穿着干净利落的衣服，脚底的家做布鞋洗刷得白埂埂黑帮帮，不落灰尘，家里也拾掇得利利净净，任谁都不会把眼前的男人与光棍联系起来。听说早些年父母给他说过一门亲事，媳妇要了二百大洋彩礼，还没跟他过日子就跑了，寻找无果，宝音也因此成了穷庄稼汉，开始一个人生活。

一年四季宝音都是独来独往，跟他打交道最多的是几十亩土地、两头骡子和一群羊。光棍日子的苦闷、沉重和困顿，他都通过唱漫瀚调来排解。塬上的人都会唱漫瀚调，男人耕田在塬峁上给骡子唱，女人做家务在院子里给羊羔唱。但是，没有一个人敢像宝音敞开嗓子，从大西沟唱到苏家峁，再从苏家峁唱回大西沟。他拉着骡子，边走边唱，骡子戴着一个铜铃铛，"丁零、丁零""嘀哩、嘀哩"地响，与宝音的调子合拍合韵。要不是有意无意听到那些酸苦的词，又怎会想到这个好后生是个光棍汉。

早晨，人们挑水饮牲灵、扛铁犁、拉骡车的时候，宝音的漫瀚调也就唱了起来："三天没见亲亲的面，肚里头锈成个生铁片，那两天想你心有点煽，胸脯上压了个大磨盘，前半夜想你抽不完那烟，后半夜呀想你圪挤不住那眼……"声音越唱越低，等四周一片寂静，他已经翻过小南坡，去往苏家茆了。

田里劳作困乏了，宝音的调子也就变得辛酸忧伤，细细地琢磨他随口而来的调子，不禁对这个男人生出许多怜悯，"熟铁轻来生铁重，什么人留下个打光棍。黄牛耕来黑牛种，娶不过老婆打光棍……茅庵房房圪洞地，烧一把沙蒿没热气。流烟炉子气死火，少吃没穿饥荒多……单马马碌碡双疙瘩，尘世上苦了光棍汉"。

村里的后生们见了面总相互逗乐："宝音，又想哪家的闺女了？给我们唱个调子吧？"

他也不谦让，随口就来："三十里的明沙二十里的水，五十里的路上我来看呀么看妹妹，半个月我看了妹妹十五回呀十五回，为了看妹妹哥哥跑成罗圈圈腿。大青山的石头乌拉河的水，一路风尘我来看妹妹，过了一趟黄河，我没喝一口水呀没喝一口水，交了一回朋友我没亲过妹妹的嘴。"

大伙开怀大笑，他也笑着走了。

四十不到的宝音，不仅是个庄稼汉子，还是个风流倜傥的男人。一个光棍常年都穿着干干净净的衣服，是自己洗的，还是相好给洗的？人们总是浮想联翩。村里谁家娶回一个俊媳妇，长大一个喜人闺女，都替他多操一分心。然而，从来都没听说宝音欺负过哪家的女子。他爱干净，能劳动，会唱漫瀚调，肯定有钟情于他的女人。但是，风流是需要付出代价的，有一年，听说宝音和外村的一个女人相好，被人家男人发现，打得半个月不能下炕。这不是什么好事，谈论的人却流露出对宝音的同情。

宝音不仅自己打扮，还把黑骡子当儿子来打扮，脖子上戴着金灿灿的铜铃铛，头上扎着鲜艳的红缨穗。光洁锃亮的黑骡子，"跨嗒跨嗒"地走在路上，那神情和唱漫瀚调的宝音亦是如此般配。如果黑骡子偷吃了庄稼，人家扯开嗓门日祖宗操娘地骂骡子，宝音就会与人家争论不休，大伙想着他一男半女也没有，骡子就是他的伴，每次都不和他计较。

人们都说近些年宝音变懒了，除了唱漫瀚调，就是到镇上闲逛，地里的活很少下辛苦。其实，他是缺乏一种原始的欲望，缺少柴米油盐酱醋茶，老婆孩子热炕头的生活欲望。经过烟熏火燎的炉灶，散发着勤劳女人的气息，或是媳妇，或是母亲，才有家的感觉，而这些，宝音都没有。

四

大西沟的日子总是在田地、柴火、炉灶和火炕之间循环往复。

燃柴取火，是乡野人家一天生活的起点。灶膛底的绒柴点着后，咕嘟嘟的浓烟渐渐冒出来，最初烟盛火弱，白灰色的烟四处窜逃，缓缓地从烟囱上、窑檐下、窗户、门缝溢了出去，丝丝缕缕地在空中飘散。

火旺烟稀后，铁锅里的米粥开始哧哧冒气，不一会儿米汤泡沫源源不断地钻出锅盖边缘，哧哧地上涌外溢。倘若惊慌失措，用力去按压锅盖，泡沫会越发汹涌地溢出……经验丰富的女人，总会微微一笑，揭开锅盖。顿时，一股雾气随手升腾，米黄色的泡沫翻滚上涌，又如潮退下。眨眼工夫，米粥淡淡的香味弥漫在整个窑洞。

饭后，村民们一路吆喝着到塬上劳动。柴火在土灶里不紧不慢地燃着，似乎能从黎明燃到黄昏，终日不灭。不时惊爆出一两点火星，溅到灶外，空中燃闪几下，耀眼几秒，便灰飞烟灭了。某个时刻，柴草终于化成了灰，瘫在炉子里。

天越冷，人离火越近。几场白毛雪下过，窑洞里冷气十足，大伙都有意地凑到暖和的灶台旁，一起沉淀一整年的悲喜。冬季的天黑得越来越早，刚刚还在山顶上的日头，眨眼就溜到了山后，村庄很快沉入一片黢黑。哪户人家窗上出现亮光，说明燃起了灶火，男人添柴，女人做饭，烟徐徐地从烟囱里冒出，沉寂的村庄又生动起来了。

夜间串门的人从不在"堂窑"聊天，都默契地直奔有炉灶的"主窑"，围坐在火灶周围。男人们将温热的高粱酒倒在杯子里，招待着不期而至的亲友。几口酒下肚，劳作的乏累消散了，嗓门也大起来，谈论着听来的、真假早已不确定的奇人怪事，或是咬牙切齿地咒骂，或是低声讲某户人家的隐秘事。女人们喜欢在灶旁安静地打理火苗，把火势减弱的柴火架起来使之再烧旺，或者做针线活，偶尔也插上几句话。瓜子总会磕完，闲话却是聊得没够，直到深夜羊群入圈，方才罢休。

一个人静坐于灶膛前，看着摇曳的火苗和土砖墙上的光影，一直看到睡眼迷糊，潜藏在脑子里的往事就开始苏醒，相互缠绕，喋喋不休。

火是夜里的太阳，看到火光时我们就会产生安全感，与祖先在洞穴生火驱赶野兽别无二致，都是克制恐惧、探索未知的独门绝技。所以，村里人把火能祛邪奉为真理。老人们讲在深山老林里迷了路，先捡一些干树枝干牛粪，找个地方坐下来，燃起一堆篝火，顺便抽上几口旱烟，压压惊。一番吞云吐雾后，柴火也熄灭了，站起来撒泡尿，不出几步，就能找到路了。这其中有什么原理，谁也不清楚，但总是百试百灵。

五

"怎么瞧着灶膛出了神哩？"祖母问我。我赶忙往灶膛里添了两根木头，暗淡的柴火又点旺了，扑面而来的热浪一下子拉回了我的思绪。

祖父走了有九年多了，祖母依旧寡居，一个人做饭、生火、起炉灶。几个爹爹也商量着让祖母到自己家吃饭，但祖母一直不肯。偶然听姑姑说起："你祖母可是村里出了名的会烧柴的人了，她是舍不得那口土灶啊。"

每次回家，祖母虽佝偻着背，却坚持给我烧柴做饭。在灶膛前挑挑拣拣地往里添柴火，又都恰好避开了通风口，我仿佛又看到了祖母教我烧柴生火的场景……人吃五谷杂粮，都会有走的那天。倘若祖母走了，她极好的烧柴手艺又该传给谁呢？

去年夏天在镇上的集市遇到了一个本村嫁出去的女人，四目相对的瞬间，我称呼她"三姐"。她站在路边迟疑了一刻后，接连说出三个与我无关的名字。

我只好笑着回应她："我是四爹家的文宇，你刚刚说的是我的表哥。"

她赶忙解释道："你们家族里和我同辈的孩子太多了，你叔伯哥哥们我都挺熟的。"

一瞬间，我有些慌乱，又感到一丝丝恐惧。是啊，我自己能确定是住在名叫"大西沟"的村里吗？我不过离开村庄十多年，并且每一个假期都回家，村里也不过是每年有几位老人离世，离开几个小后生，娶过门几个新媳妇。现在村里的人与我竟然有如此的隔膜，要是以前，在村里任何一个地方，只要是远远地看见一个人影，瞅一瞅走路的姿态和衣着打扮，几乎就能叫出对方的名字。

原以为村庄是我从城市生活中退守的最后落脚点，万一哪天无处可去，依然可以将它作为最后的防线，乃至落叶归根……只是，生活中耀眼的东西太多，我反而看不清了。

　　许多人都为这些年村庄的变化欢呼雀跃，觉得再也没有强烈的城里人和村里人之分，村庄有了硬化水泥路，村里的人用上了手机，连上了网络。河边没了洗衣服的人，安静得只剩下流水声；家里不用土灶生火了，人们烧柴生火的手法也越来越生疏。生活节奏不断加快，年轻人适应了，年迈的还坐在窑洞的土炕上，在电视里看着远方人的生活。只是那口灶台是死活都不肯拆换，即便也不用它来生火煮饭了，但拆了总觉得空落落的，没什么意思。

　　在县城的闲暇时候，我依旧会在屋里燃起灶火，感受着万物的记忆跨越时空，一脉相承，生生不息。

石头不说话

一

上大学时曾与一位藏族同学聊起关于石头的事，他说在石头上刻经文是藏族的祈祷习俗，在一块普通的石头上刻写经文，涂上颜色，平凡的石头就变成了嘛呢石。每雕刻一笔代表着洗净身上的一处污浊，而雕完一块嘛呢石等同于完成了一个功德。很显然，雕刻嘛呢石是一种粗犷而细致的活儿。制作石器这门手艺已经流传数百万年了，具有神秘的意味，而神秘本身往往就是一种文化的起源。

人类对石器的探索是从原始社会开始的，通过对石头的打磨，完成石器与人类的第一次邂逅。之后，石头一直伴随着人类的发展历程。除了使用石器，古人还在石壁上用简单的线条描绘着他们的生活，像现代人使用朋友圈一样，表达着他们的喜怒哀乐，这无疑是比文字更早的记录方式。

在我生活的大西沟，一直流传着"村里的每一块石头都有三次生命"的说法。一次是万年沉淀诞生于地表，不知来源，苍古而悠久；一次是选择成为村庄里的一分子，见证村庄由兴盛到衰败，默默相伴；最后，只要有生物在石头周围降生，就不断地吸纳来自石头的坚忍和顽强，成为生命里不可或缺的部分，随生而生。

石头与大西沟是休戚与共的。村庄在一条山沟里，说大不大，说小不小，自先祖来此之后，经过了五百多年的繁衍生息，至今还有几十户人家生活在山坡上。那些和麦田、杂草、道路、窑洞一样，成为村庄独特装饰的石头，随意地散落在各个角落，静静地观察着大西沟。没有人了解它们的来历，自先祖迁到此处，它们已经在这里了，好似刘亮程笔下菜籽沟里的一棵草、一朵云、一只蚂蚁，是村庄的固有成员，随行而就地生长着。

距村庄不远的地方发现了新石器时代的遗址，时间从仰韶文化早期一直延续到仰韶文化晚期。这一发现确认了村庄绝不止先祖们在族谱中记录的五百余年的历史，当沟里发掘出金代石制经幢的时候，则更加肯定了这一点。

历代都会把石头作为文化传承的媒介，大西沟里的人也不例外。这些形态各异的石头充当着村庄中的老者，记录和劝谏村庄里的每一个人。在庙宇的石碑上，孩童们触摸着那些模糊的字迹，骨子里的思想血脉与村庄一点点贯通起来，这是明代的，这是清代的，这是先祖们在修缮庙宇时留下的记录……孩子们是从认识乡村中的每一块石碑开始认识村庄和外面的世界的。

除了几个念过小学的村干部，村里大概再无其他人识字了，更多的日子里，是没有雕刻文字的石头在记录着村庄的过往。家家户户砌的石窑，垒的石墙，不但承载着人们的快乐与忧伤，连同每个家族的往事一并封存到石头里。如果你去每家的石窑石墙前转转，读那些石头里的故事，用不了多久就会知道村里大大小小的事。

石头总是见证和维持着村庄的平衡。劳作是村里人的头等大事，不论下不下雨，坡上的土地总不会空着，即使少种，也不让地空着。石头从早到晚都能遇到劳作的人，远远听到脚步声、说话声就能猜出是谁来了。坡上耕田、坡下放牧，驴骡出圈、牛羊归村，谁早谁迟，谁勤劳、谁懒惰，村里的石头都如数家珍。

天旱的时候，几个懒汉在村里闲逛，他们不信老人留下的"下雨是天的事，种地是人的事，撒下种子，还是能见收成的，收成再少，那也是粮食"的经验之谈，看着忙忙碌碌的同村人，还戏谑地说："不下雨，种了也没收成，过来歇一会儿"……等下了雨，他们忙着抢种，却发现早已错过了时令，无奈只好种些杂豆子或者把地撂荒。

到了年底，看到别人家的院子里堆满了粮食，自己家院子里空空荡荡，才懂得老天对待每一个人都是公平的，不劳作，就没有收成，这不过是一次小的惩戒。如果不学好，干一些偷鸡摸狗的勾当，更是"躲得过初一，躲不过十五"。

那年，赵家男人在田里劳作时挖出一个小石人，媳妇赶忙带着石人到城里找她的老相好商量。没几天，四五个人组成的"挖宝队"到了村庄，他们打着科学考察队的幌子，在老旧的地方东找找、西探探。最后把村东头的烽火台挖了一个洞，也没有翻找出更有价值的石头。几个月后，城里的公安带走了赵家男人和他的媳妇，人们才知道邻村的一块清代石碑不知去向，而与赵家媳妇厮混的男人是一个倒卖文物的文物贩子。

赵家男人被带走后，村里人都说石头是有灵性的。老人警告年轻人，不要乱挖地下那些石头，不要贪得无厌，否则就和赵家男人一样"进局子"。"人活着要硬气，不要偷东摸西，连一块石头也不如"也成为大人教导孩子时常说的一句话。

二

我曾不止一次旁观石器制作的过程，这让我更加笃定石头是有灵性的。远处山坡上的村庄里，住着以制作石器为生的老王一家，经年累月地敲打雕琢，完成对一块又一块石头的塑造。当我和父亲步行八里地，第一次来到这个土坡时，得知这个叫作石匠窑的村庄至今都没有成立一个有现代化工具的石材工厂，只能从地名里猜测出这是一个以家庭为主的石器作坊。

我们来到老王院子的时候，他正在准备打制一块墓碑。刚进院子，老王还和我们拉了几句话，等拿到他的工具袋后，他就开始专心地打制那块高约一米的石碑了。

他将一块儿不大不小的条状青石放到简易的工作台上，开始了打磨工序。铁锤敲打着錾子，錾子发出不徐不疾、不紧不慢的声响，仿佛是用锤子敲打着古老的岁月，石头上出现了一个又一个大小均匀的坑。錾子始终如一地与石头抗衡着，一凿又一凿，汗水随意地滴落在石头上，强大的力量撞击让石屑迸飞，坚硬的石头终于放下了高傲的身段，隐掉了它的棱棱角角。也许是臣服于坚硬的钢錾，也许是被这种古老的技法所撼动，这块条状的青石开始显现出一块石碑应有的模样。

半晌过后，打累了的老王从腰间抽出烟锅吸了几口旱烟，开始与我们拉起话来。说他祖父就在这附近打石头，然后是他父亲，现在是他。他有一个儿子，已经在城里工作了，肯定不会回家与石头打交道了。过去打石头在这一带家喻户晓，是很多人家维持生计的方式。但将打制石器作为一项技艺保留至今的，只剩下几个人了。石器用具曾经是老百姓不可缺少的生活用具，现在石器使用的空间并不大，只剩下石碌碡、石水槽、石磨盘这几样了。

按照老王的话说，父亲教他的打石头的手艺里，如今用的次数最多的，是当年不被看好的垒石墙和砌石窑，当年这是不会雕琢石头的二流石匠才做的事，如今那些更细致的石器活儿反而成了末流，真是应了三十年河东、三十年河西这句老话。但他还得干下去，这是对祖辈技艺的坚守，更是对淳朴劳作方式的坚守。

谈话的间隙里，我看到石碑的雏形，底端方方正正，有棱有角；顶部被打成一个半圆状的拱形顶，一道道錾印清晰可见，蕴含着天圆地方的自然哲理。古人有向死而生的说法，即便是死去也不过是换了一个地方继续存在着，天和地仍然是他们最看重的东西。石碑的造型刚好能上承天、下入地，使得天意和人心都能汇聚到这一方小小的墓碑上，这大概就是打制墓碑造型的原因吧。

老王取出更多的小錾子，要对石碑进行精致的雕刻了，这个环节最能看出石头匠人的技艺。这块墓碑的主人是一位高寿的老人，老王在錾刻的时候显得比平时更细致用心。首先仔细端详着石头上的纹路，每刻一下都要停下来看一看，这个过程是十分缓慢的。长久的錾刻使得他的性子像基石一样敦厚，习惯了这样单调的一錾一刻，只专注于揣摩石头的心思，把自己也视为被凿去的部分。手里的铁锤和錾子，从先祖时代就在石头里找寻着村庄的大小事，直到现在仍然在找寻。他仿佛在用一座山的重量去刻，他没有凿出世上最高最大的石碑，就要用青石凿一块最好的碑。

直到天色渐渐暗了下来，石碑上方的"奠"字被刻出来后，老王终于放下了手中的铁锤和錾子，靠坐在墙边的石头上，长久地不说话，默默地抽着烟。

这时我们看到了一块精致的石碑，它没有像我担心的那样，多錾刻一道豁口或者多凿出一个不均匀的坑。石碑非常匀称，无论是粗錾刻的底座，还是细錾刻的碑身花纹，都是那么流畅、有力、厚重。

老王说："打细錾需要眼到、手到、心到，力度和角度得恰到好处，要想学会需要经过铁锤敲手、石粉进眼、石头砸脚等磨炼。一个月的生活看在眼里，一年的生活记在脑子里，三年的手艺融化在血液里。"

这些我无可否认，但从老王錾刻石碑的过程来看，还有一个最为关键的步骤，即石头匠人与石头的沟通。

山坳里的石头除了具有原始的野趣，还有着与村庄岁月最执着、最永恒的相守，在与人类共同生活的日子里吸收了人间烟火，早已成为村庄里承载着天意与人心的灵物。石头的灵性隐藏在材质、产地、纹理这些细节里，而打制石器就是与自然沟通的过程。一个好石头匠人总是能懂得石头在说些什么，也总能把它们打造成最合适的器物，赋予它们生命；不合格的匠人总是阴差阳错地将石头打制成一件不称手的物品，使用它的人因此充满了牢骚和抱怨，石器往往变得暗淡，没了灵性。

同样，打造石器也是匠人向石头学习的过程。每錾刻一下，他会从石头中嗅到大地的气息，那是从远古飘来的炊烟，讲述着千百年来的动人故事。也能听到石头的诉说，生活虽然单调，但是为了村庄还是留了下来。

每一块石头都是村庄的一个谜，那些刻在石头上的寄托是匠人的谜，也许只有匠人自己知道，石头本身就是一本参不透的经。

记不起那晚父亲与老王聊了什么，聊到什么时辰，只记得那天我睡得很晚。

后来，我在堂哥砌新窑的现场再次见到了老王，他在刻窑洞面子石上的纹路。他终于愿意同垒石墙的匠人们一起干活了，不知在他心里是否还存在一流、二流石头匠人的区别，但为了生活，这并不矛盾。

三

自从我记事起，就知道孩子们都是降生在自家石头窑洞内的石炕板上，石头总会在他们的童年生活里占据一席之地，骨子里天生带着来自石头的坚韧，即便是没有读好书，也要早早地下地干活，做一个能劳作的人。

大西沟土生土长的孩子们，多是在捡石头的日子里完成人生最初的启蒙。在平时的玩耍逗留之中都要捡路边的石头垒到自家的院墙或羊圈的墙脚下，这样日积月累，石头越垒越多，墙基自然也越来越稳固。有时为了争夺路边发现的一块石头，不惜和一起玩儿的伙伴争个脸红脖子粗，甚至不欢而散。几天过后又和好如初，相约一起去捡石头。

每逢农闲，大人们都要到门坡外的山下去拉石头。我幼年的时候，家里刚刚买回来大黑骡，木架车子又是新打造的，父亲常常带着我和母亲去拉石头，总是拉了一车又一车，很快在院墙外垒起了一大堆石头。那时父亲有一身的力气，在山里专挑那些平整的条石去挖，所以我们家墙外的石头堆虽然不高，但石头都宽厚平整，垒起来像一道厚实的墙。不像一些人家的石头堆，东一堆，西一堆，散落在院墙外。

拉石头的日子总是这样反复而又平静，我却越来越不理解。终有一日壮着胆子问母亲："墙外的石头都垒了三堆了，为什么还要拉石头？"

母亲说："这些石头将来都有大用处。"

"有啥用处？"

"你爷走的时候要用，哦，还有，你将来要砌新窑洞，娶新媳妇的时候用。"

"哦。"我先似懂非懂地点了点头。

"我才不要媳妇咧，听说郭叔刚刚过门的媳妇跟别人跑了，你看村西头的高大爷，一辈子没娶媳妇，不是也放羊放得好好的，每天还照样往家里带石头哩。"我说。

母亲听到我说的话，赶忙放下了手中的石头，瞪着眼睛问我："你这娃，从哪儿听来这些胡话？让你好好读书，没让你瞎说八道！"

"真的，我听二爹说的。"

"以后不许胡说！"

过后，母亲才平静地说："娃，你还小，要知道，娶不娶媳妇是孩子们的事，拉不拉石头却是父母的事。"

一番懵懵懂懂的对话后不久，我去了城里上学。往后的日子里都是父亲和母亲赶车、挖石头、拉石头。村庄里的家家户户和我家别无二致，在种田与拉石头的间隙里度过一年四季。

上了学我才明白，祖父是这样拉石头，祖父的祖父也是这样，每一个生活在我们村里的男人都是这样度过一生。他们从孩童时代开始拉石头，用石头砌新窑洞，成家立业，生儿育女，为儿女拉石头，最后死在石头墓穴里。像一块块石头垒成墙的过程，祖祖辈辈都在忙这点儿事。

天真未泯的童心与稚嫩被石头打磨、消失，一直磨出青年的鲜活与成熟，再被石头磨损、石粉侵蚀，从里到外为儿孙们打点忙碌，日复一日地失去力气与坚韧，逐渐萎缩、佝偻。直到每一块骨骼都发软、发酥，再也不能劳动。曾经壮实有力的身躯像一条磨损严重的刹车绳，仿佛打一个结，用力一拽，血管就成了一个死疙瘩，骨头散落一地，不可收拾，只好软塌塌地待在墙角边上晒晒太阳，最终化为自己墓穴里的一抔土。然后是新的孩童，新的石头，新窑洞里的故事。

我的中学时代在城里度过，乡村一直离我忽远忽近，我认为记忆中的拉石头是充满了机械与单调的活，枯燥却又无法摆脱。石头里的灵，是村庄无数男人的操劳和汗水，它之所以能永恒，正是汇聚着村庄里祖祖辈辈男人们逝去的时光和精力。

四

从院墙外石头垒得是否整齐，石头堆数量的多少和石头的颜色是否匀称，可以看出这户人家日子过得好坏，垒好的石堆成了家境的象征。一件事情一旦成为财富的象征，关于它的一切就开始急剧转变。

青年时期的父亲一直和祖父生活在一起，拉的石头总是混杂在一起，分辨不出哪块石头是父亲的，哪块石头是祖父的。为了给大爹、二爹砌窑洞，祖父把攒了半辈子的石头都用完了。父亲外出打工回来不久成了亲，三爹也成了亲，家里没有多余的石头砌窑了。为了缓解家里的压力，三爹带着父亲和祖父拉回的石头去媳妇村里砌窑，父亲依旧住在祖父的老窑里。

原本以为一大家人可以就这样过上安稳的日子，一件事的到来打破了维持已久的平静。那日，祖父里屋的门是半掩的，当我听到吵闹声推开门进去的时候，大爹、二爹、三爹坐在前炕上，父亲站在地下。

父亲有些恼怒，前额上的青筋暴起，质问三爹："我的石头呢！我拉回来的石头呢？"父亲把"我"字咬得很重，似乎是想要让几个爹爹明白，那些拉走的石头有他辛辛苦苦拉回来的，不单单属于祖父。

那时我正在城里读小学，家里经济变得很拮据，但父亲仍然没有卖掉剩下的石头。现在三爹回来要分房子，显然父亲是生气的。

大爹低了头，并未说什么。

二爹轻描淡写地说："现在你要石头做什么，娃又不回来住，那些石头给你三哥算了！"

"我拉回来的石头，我想怎么处理就怎么处理，你有什么资格送人？"

大爹和二爹反驳了几句，再后来，是父亲粗鲁的喊骂声……

这个有着八个儿女的大家庭里，一贯有着村庄里的琐碎与斤斤计较，争吵已经习以为常了。平日里都相互忍让着，似乎没有什么事能够激起兄弟之间的矛盾，只是这次三爹回来分房子，他们再也忍不下去了。

我也劝父亲说："三爹砌窑刚好缺一些石头，咱家又闲着这些石头，送给他不是刚刚好吗？"

父亲反驳我说："他当年一声不吭就拉走了，心里还有没有我这个弟弟？我也晓得那些石头可以给他，他当时要是跟我说一声，我能不给吗？不就是几车石头的事儿吗！"

父亲是一个重亲情的人，不仅父亲，几个爹爹也是。但他们不会表达，往往把自己的想法强加给其他人，隔阂迟早会产生。但我想，他们之间是血浓于水的亲情，不管怎样都会维持平衡的状态，像整个乡村的平衡一样。然而，这只是我过于乐观的估计。

父亲和几个爹爹、姑爹打起来的那天，我在城里读书，并未亲眼见到。只是听人说父亲喝醉了酒，与几个爹爹和姑爹发生了争吵，争吵后父亲打碎了祖父屋里的玻璃。几个爹爹认为这是对先人的侮辱，是不孝。为了维护家中的孝道，爹爹们和父亲揪扯厮打起来……后来几辆警车去了现场，结果仍是不了了之。但此后父亲成了家中的逆子，是家族中的丑闻，成为被人指指点点的对象。

出事那天，几个和我家有过节的人放了炮仗，"庆祝一番"。是啊，他们似乎一直都这样，骨子里与生俱来的狭隘几千年来没有变过，一直都在文明与落后之间徘徊着。我们村里的人从来都摆脱不了这种狭隘的控制，即便每家每户都过上了富足的日子，也仍然盘算着那些鸡零狗碎的事。

父亲和亲戚们的关系开始变得冷淡，我们一家搬离了大西沟。

临走前，我问父亲："我们还回来吗？"

"等我死的时候吧！"

"那这些石头呢？"

"石头是属于村庄的，带不走，我老了回来陪它们。"

之后的很多年里，父亲一如既往地当着"逆子"，村里的几位爷爷相继去世，他也没有回去披麻戴孝，只是捎了钱回去，对他们说外面忙回不去。久而久之，村里的本家亲戚开始称父亲为"一生鬼"，说父亲不与他们来往，说父亲这是自绝于祖宗。

直到一年前，堂姐要出嫁了，三爹打来了电话，父亲没有接。堂姐又给我打了电话，电话的另一头说："你们一定要回来参加。你学校如果没有重要的事就请假吧。"

我口头答应了，但家里的事都是父亲做主。开学后我走了，堂姐婚礼那天父亲依然没有去，我只是从微信朋友圈里看了婚礼的现场照片。

这么多年，其实我早已放下了这些事，我成长的标志就是那些石头。人首先得为自己活着，但人在为自己活着的同时，也为别人活着。那些石头如果不能为我所用，那么能为其他人所用，也比闲置着要好。让那些石头发挥石头应有的作用，未尝不是一件好事。

只是对于父亲来说，也许他一辈子的心结就在于此，这些事让他久久不能释怀，他也就背负了一辈子"逆子"的身份。像《白鹿原》里的白孝文一样，一个曾经被赶出家族的人，即便是后来再回到塬上，也只是带着报复的心态，向族人炫耀，找回曾经丢掉的面子。恰好，我的家族也姓白。

五

我大学毕业后不久，村西头放羊的光棍高老汉去世了。老在了院墙外垒好的石堆前，手里还拿着几块掉下来的石头，大概是想要放到院墙上。没有人理解他临走的时候手里还拿着石头的行为，就像没有人理解父亲为什么要做一辈子的塬乡"逆子"一样。

高老汉无儿无女，只有两个外甥给他穿上寿衣，请了几个吹鼓手，简单地送他上路了。

村里每走一个人，总要用石头砌一个干净整洁的墓葬。墓葬的石头更为讲究，在哪个方位，取什么样式的石头，都需要儿女们一样一样地去置办。都安排妥当了，才能送老人上路。高老汉的墓葬是用自己捡回来的石头砌成的。说来也怪，其他人家砌墓的石头不是多出几块，就是少了几块，高老汉的墓葬石头不多不少，刚刚好。高老汉平平静静地带着他攒下的石头走了。

丧事结束后，传出其中一个外甥把高老汉放羊攒的票子和银圆都悄悄拿走了的闲言碎语。我想，这些都不重要了，对高老汉而言，带走了捡回来的石头，就足够了。

高老汉走后，许多人去了城市打工。院落荒废了，垒好的石头时不时掉落下来，却再也没有人把它们放上去，拉石头的人也越来越少……

现在，村里砌新窑洞不会用那些石头了。石头仍然零散地堆在每家每户的院墙外，院子的主人估计早就忘了它们，偶尔想起，却又不舍得扔掉或送人。想着哪天没有砖瓦了，还能用它们来垒墙砌窑洞。只是到了那时，还有人懂得如何用它们吗？还有能把墙垒得周周正正的匠人吗？

一堆堆石头就这样在院墙外待了很多年，不远处的山崖上照样会掉下土坷垃，用不了多久石头缝隙里就会被泥土填满，接着长出成片的杂草。即便主家仍未管过它们，它们也拥有了村庄的户口，成为或王家或李家曾经在这里生活的地理标签，和当年种下的杨树一样，是村庄的原住居民。

父亲正在急速衰老着，那些被三爹拉走的石头会不会记起父亲——一个曾经用大半生的时间把它们从山里拉到院墙外的人，一个长着反骨的男人。倘若，某天父亲老去，那些垒在老窑外的石头或许还能再次发挥作用。但我又该怎样对儿子或女儿讲他们的祖父是一个背叛村庄的逆子？怎样和他们去说这一段与石头有关的命运？

　　然而，那些石头，至今仍然是石头。你可曾看见石头什么时候大声喧哗过？它们从不争吵，也不考虑挣多少钱，当农人从野外把它们捡回家的时候，它们也不反抗，顺其自然地待在另一个地方，一晃，几十年就过去了。

陈勇　清水河县文联工作，作品有散文、诗歌、快板等，部分快板得到排演。

贾浪沟，我让你等得太久

2017年10月的一个上午，秋雨后一个难得的好日子，天气清爽、阳光和煦，正是采风创作的好时机，我们清水河县作家协会10名会员邀约自治区诗词学会和托县作家协会的10多名会员前往贾浪沟采风创作，今天把会员们的采风创作感受展示出来，和大家一起分享。

——题记

在微信群朋友们发来的图片中见到你美轮美奂的倩影，让我对你一见钟情，你的灵气、你的清新、你的柔美，让我辗转反侧，不能放下，多次打起行囊想和你来一场充满温情的约会，无奈嫉妒我的雨水和护花心切的泥泞阻隔了我的春心夏意，没等我缓过神来，秋就迫不及待地走进了你的世界，让你的心事飘落了一地。我决计不能再等，我怕你清纯不古，我怕你容颜不在，我怕你在望归亭上傻傻地流泪。

我的真诚竟让太阳公公动容，昨天赏我一个明媚的笑脸，打发秋雨到别处云游，把一片温润留在我和你的天地里，我借机邀来天上的文曲星助阵，把一路的泥泞踏得粉碎，满心欢喜地走进你的世界。寻你的路上，我心尖上挂了一连串问号，你还在等我吗？你还是我梦中那个她吗？刚到你的村口，你就把一股涓涓的思念缓缓送到我的脚边，虽然失去了春的奔放、夏的火热，偶尔还夹杂着一丝淡淡的怨意，但我从你的气息中感受到你清新如旧。到了你的门口，弯月般的石桥下一潭清澈见底的泉水微波荡漾，你相依为伴的两只黄鸭正在水中嬉戏，看见我到来，就迫不及待地摇晃着身子来到我的近前，扭住我的裤管不放，娇嗔地冲我大喊——叫你不早来，叫你不早来！我知道自己理亏，任凭它们可劲地扯拽。

我知道，凤凰山上陪伴你的丹鸟实在耐不住秋的飘零，已经结伴到山的那一边另寻新欢，所幸一对与你一样看淡了繁华的神龟静静地守候在你的身旁，你用坚贞筑起的望归亭誓言铮铮，傲风而立，亭下火红的枫叶如你洒落的情窦，亭旁青翠的松柏是你不老的热望，让一批又一批仰慕你的人唏嘘不已。你亲手种下的海红果树还是那样的飘逸，那些熟透了的果儿早已跟着意中人离去，只剩下你把那火红的心事高高地挂在枝头，闪着亮晶晶的眼神望着我，把积攒了一秋的甜蜜都晕在了脸上，满腮的笑靥红得都已发紫了。我读懂了你的心思，我知道你在等我，我本想跳起来去吻你的娇羞，给你一个深深的安慰，不想你顺势就滑入我的口中，让我体味你甜中的那一丝酸意……

抱歉，贾浪沟，我让你等得太久！

孙虎原　内蒙古呼和浩特市清水河县人，退休教师。爱好阅读与写作，作品散见于《内蒙古教育》《老年世界》《内蒙古日报》《呼和浩特日报》等报刊，已出版作品集《年轮上的绿叶》。

放　牛

记得少年时期，父亲多数时间是给村里放闲牛。放牲口这营生，老乡评价"没苦有罪"——虽然身体不过分劳累，但不管春夏秋冬、天冷天热，总得按时出坡，而且多数中午不回晌，风餐露行，孤独寂寞。脚踩牲畜粪便，头顶万丈高天，把东山的日头背过西山去。

那时我正在村小学读书，每当星期天、暑假或农忙假，父亲就将牛鞭递给我，他腾出身参加生产队的其他劳动，为的是多挣工分多分粮。

闲牛形形色色，有拉不动犁的老牛，有将要分娩的乳牛，有受伤或残疾的牛，有正在成长的牛犊子，一共只有七八头，但行动和喜好各不相同，很难步调一致。

一个十多岁的猴娃娃，每天赶着这群牛，出没于四五里外的荒山野外，大人放心吗？那个年代普遍是这样。男孩子即使不放牲口，也得砍草、搂柴、拾粪、垫圈、挑水……帮助大人做力所能及的活儿。如果指派给的任务没有完成或空着手回到家，那一定是要挨骂的。

我家有一个白布缝成的干粮袋，早已污染成无法形容的颜色。我每天出发时用这个袋子装着的山药丝丸丸、谷面窝窝、高粱玉米炒面之类的干粮，等不到晌午就底朝了天。我也不懂得带水，而且那时我家也没有既能盛水又打不碎的壶。口渴了就在山沟里寻找洪水过后保留下来的水坑，趴下身子像狗一样伸长脖子喝——村里人称"喝爬爬水"。

鲁迅说过"蠢笨如牛"，但我觉得最起码牛鼻子一点儿都不笨，能闻到哪里有它喜欢吃的嫩草。即使是一片荒凉的莽原，牛也能找到隐藏在岩石或土包子后面的草丛。牛喜欢钻沟蹓洼，因为沟洼里的草总是比山峁上的草茂盛。

那些曾经耕过地的老牛，特别嘴馋。有一次中午给牛饮完水，秋阳热辣辣地烤在头上，我把它们拦在一个浅壕里。它们大都找个背阴的地方卧下倒嚼。我半躺在沟沿畔盯着，结果迷迷糊糊地睡着了。一觉醒来，牛早四散到附近的沟岔里，摇头摆尾甩打着蝇子吃草。数来数去缺一头老牛，我在附近哪里也找不到。猛然间望见在另一座山的半腰处，有一块收割后的莜麦地，地里有一溜一溜码好的莜麦垅子。这家伙正偷吃呢。我翻山跨沟，累得上气不接下气追去，它见我气势汹汹的样子，扭头就跑。怎奈它腿脚不灵便，挨了不少鞭子。

牛是一种温驯的动物，尤其是从犁杖上退役下来的老牛，没有一点儿脾气。每到爬坡的时候，我就拽住它们的尾巴，以图省力。被拽的牛毫无怨言，迈着吃力的步伐。但这种情况下，有时会闹出笑话来：如果它猛不防拉出稀屎，会喷你满头满身。

对我来说，放牛最大的乐趣，是能接触自然界中千奇百怪的事物。初夏，地埂上有一种茎叶里含有"奶汁"的草，开花后结出两头尖中间圆的果实，叫"沙奶奶"，运气好的时候一次能摘半帽子，吃在嘴里甜津津的。我时常圪蹴在草地上，观察屎壳郎把牛粪加工成圆球，然后倒着身子把粪球拱进自己的洞里。秋天，收割倒的庄稼铺子下面，不久就出现了田鼠窝，用锹掘开，宽敞的鼠洞里整整齐齐垛着庄稼穗子，那是田鼠储存下过冬的粮食，被我不劳而获。山头裸露的岩石霜侵雨蚀，尽显岁月的沧桑，背阴的石面上，附贴着像苔藓一样褐色的"石花"，我和同伴经常抠下来吃。在隐蔽的草丛里，经常能碰到鸟窝，有一种淡蓝色的"屁鹬鹬"小鸟，人若走到窝的附近它就边飞边鸣，颇有"此地无银三百两，对门李四未曾偷"的不打自招。蛇是很恐怖的"爬虫"，哪一天不慎遇到，一整天心有余悸，当密密麻麻的乱草挡住去路时，我就一边用鞭梢抽打一边小心地迈步，生怕里面有蛇，后来在语文书上碰到"打草惊蛇"一词，我是最先举手而且以亲身感悟解释这个词的，获得了老师的称赞。狐狸是一种狡猾的走兽，深秋是它上膘的季节，远远望见它在荒草坡上一纵一跃地逮蚂蚱，毛茸茸的大尾巴舞来舞去，煞是好看。放牛就盼太阳落山，于是不住地抬头看天，天上的奇异景象真多——有时飞机屁股后面拖着长长的烟雾，有时雨过天晴放出七彩的虹，有时"阳婆爷爷倒耍胡子"……

我放牛最理想的一个去处叫"菜籽背"，这是由两条毛沟直下，与山脚横贯东西的季节河围成的近似扇形的山圪嘴，约有几百亩大，没有一根庄稼，牧草也比较茂盛。我经常把牛群从沟底的小路赶上去，自己率先爬上山垴。山垴上有不知经过多少牧人用山皮石垒起的石墩子，远望像一座宝塔，上面落满白色的鸟粪。我居高临下望着牛吃草，悠然自得。等牛一边吃草一边缓慢地爬上山垴，大半天时间就过去了。

在我的放牛记忆中，有一件事情特别冤枉。那天，牛在三面土崖下的缓坡处吃草。这个缓坡是前几年土崖崩塌形成的，全是新草，牛吃得很香。一头母牛正要挪步，不巧前侧一头两岁多的小公牛背上有牛蝇叮咬，要甩头赶跑牛蝇。结果"嘎巴"一声，犄角横扫在母牛提起的前腿骨上。母牛的那条腿当下就疼得不能着地，只好用剩下的三条腿走路，每走一步像磕头似的。

正好有赶毛驴驮田的叔叔经过，我让他捎话给父亲。父亲赶来摸了又摸，摇着头说："断啦……"没等天黑我们就把牛赶回了村子。人们私下议论："肯定是牛不听话，那小子用石头把牛的腿给打断的。"队长也似乎认可这一说法。我是跳进黄河也洗不清啊！

母牛在牛圈外的粪场一瘸一拐地受了几天罪，眼睛一天天深陷下去，最终挨了刀子。我几天不说话，只有父母知道我的委屈。母亲还安抚我说："是母牛上辈子欠那小牛一条命！"至今我也想不通，牛的腿棒骨，就是大人用铁锤也无法轻易敲断，怎么会被小公牛一个调头动作的犄角击折了呢？

回想少年时代放牛的经历，有苦有乐，是我人生中的一门独特课程。我在这门课程里，学会了吃苦，学会了担当，学会了应对各种困难。

老街老巷老豆腐

老巷沉浮

曾经的清水河县城，从东到西一条街，碎石子街面上点缀着零零星星的石板块。商号店铺散落在街的两侧，有铁匠、木匠、皮匠等技术生产作坊，有酿酒、榨油、打糕点等食品加工作坊，有棉麻布匹、衣帽鞋袜、锅碗瓢盆等日杂百货，有剃头、医药、饮食等服务店铺……错落的砖木泥瓦起脊房，嵌着木制的门窗。台阶是当地红色砂岩条石垒砌的，已经磨凸了棱角，显得很有历史韵味。这些门楣上有的悬挂匾额，有的高挑旗幌。缭绕于屋顶的青烟，叙说着发生在老街老巷的故事。

街的北侧，分布着万和厚、古城坡、姜家沟几条窄巷。怎样的个窄法呢？假如在瓶颈地段遇见一位大肚老婆，得侧过身子礼让。久居这样的窄巷，不管春夏秋冬、天阴天晴，也不管手头忙闲、情绪好歹，悠长的"豆——腐——"叫卖声，时不时在鸡鸣狗叫的伴奏下钻进耳朵。清晨或黄昏，常见弯曲幽深的窄巷里，油灯陪伴着豆腐挑子，要么由远而近，要么由近而远。

时间在不知不觉中走过了一个甲子。昔日的老街老巷只留于记忆之中，如今呈现于眼前的，是交错环绕的宽阔马路、鳞次栉比的高楼大厦、琳琅满目的现代商品、波光粼粼的景观河道、流光溢彩的繁华夜景……兴旺发达的同时，传统饮食魅力焕发。其中软颤软颤的老豆腐，无论在普通人家的饭碗里，还是高朋满座的餐桌上，始终扮演着极其重要的角色。

黄土馈赠

清朝中后期，山西人"走西口"到清水河种地经商。其中段氏家族在300年前从崞县来到清水河，创办了德胜泉商号，在永安街开办了面坊、米行、糟酿、豆腐坊等。由于不断改进工艺技术，段家豆腐的名气越来越大。值得一提的是，段氏经商很开放，在自己赚钱的同时毫无保留地将手艺传播到平常百姓家。于是有点儿小资本的人纷纷效仿，开起了豆腐坊。

清水河地处400毫米等降水量线上，四季分明，海拔落差大。特定的地理环境、土壤结构和气候条件，适宜种植黄豆、黑豆、紫滚豆、羊眼睛豆（外观不同，一个科属）。每年小满节气前后，村村寨寨的田野上，一对对农夫跟着牛缓缓而行，前者扶犁耕地，后者将拌着粪肥的豆种子抛撒在犁沟里。不多时豆子出苗，惹人喜爱。在老农的精心劳作下，收获颇丰，而且品质上乘——不但蛋白质、脂肪酸和膳食纤维丰富，而且含有钙、磷、铁等人体所必需的微量元素。常食之，具有软化血管、滋润皮肤、促进消化等功效。

清水河又有酿制豆腐的优质水源。比如说，把这里的豆子拿到别处，再由这里的师傅按自己的工艺流程加工，却很难做出当地豆腐的筋道与紧实来，证明做豆腐与水有极大的关系。因此，清水河的豆腐久负盛名。

石磨低吟

传统的豆腐坊，至少要两间窑洞的空间。一般外屋安两盘石磨。一盘稍小的称"干磨"，是剥豆皮用的；一盘大的称"湿磨"，是磨豆浆用的。石磨上绑着毛驴拉磨的杆套，给毛驴脖子上戴一个软套，蒙上眼睛，它就迈开四蹄拖着石磨上扇转动起来。

豆子下到转动的石磨眼儿里，发出闷雷般的"嗡嗡"声。干透了的豆子经石磨强有力地搓擦，皮壳脱落，用簸箕扬去皮壳，剩下金灿灿的豆仁儿，称为豆黄。头一天夜晚，要将豆黄浸泡在瓷缸里，目的是让豆肉软化，吸足水分，以便磨出更好的豆浆来。

第二天清晨，毛驴沐着晨风吹着响鼻，牵引着那盘大水磨逆时针旋转。浸涨了的豆黄连同清水源源不断地从磨盘上的漏斗注入磨眼儿，洁白的豆汁缓缓地从两扇对合的磨缝里溢出，在磨盘下的环形石槽汇集，经鸭嘴状缺口滴流到石槽下面的桶内。

宽大的灶台上安一口硕大的铁锅，这是加工豆腐的重要设备。铁锅上方吊一个"井"字形木架，下缀一只细密的尼龙网袋，豆腐师傅用铜勺舀水把稀释后的豆汁舀进网袋，抓着"井"字形木架摇动，细白似乳汁的豆浆"唰啦啦——唰啦啦——"地漏进锅里……这个过程叫摇浆。

过滤完渣滓的豆浆汪洋一锅，炉膛里加火，帮手拉起木风箱。继而，锅内的豆浆在火力的作用下，云卷云舒般翻腾，温度约有110℃。表面结成豆皮，如果用筷子挑出来晒干就是腐竹。盛一碗煮沸了的豆浆加上白糖，是上好的饮品。此时，师傅很沉着，用长柄铜勺舀上卤水，慢慢搅和到锅里。清水河制豆腐的卤，是把前一天的浆水盛在矮缸里，放在热炕上用木盖盖严发酵成的，称为母卤。用母卤点浆，豆腐味道正宗。随着师傅的铜勺悠闲地点卤和搅动，液态的豆浆渐渐凝结成糊状块状的豆腐脑。

做豆腐的最后一道工序，是把一个6寸多宽6寸多深的无底无盖木制长框，放在固定的木台上，组成一个敞口的木箱，里面衬上纱布，用长柄大漏勺将煮熟的豆腐脑捞进木箱，用纱布裹紧，上面放比木框略窄的木板，再压上适当的重物。母水就从箱框四周的缝隙流出。大约经过半个小时，搬去重物、揭去木板、撤去木框、掀开纱布，敦敦实实、白白嫩嫩的一槽豆腐就制成了。稍一冷却，表层泛出浅黄色的油皮，再用刀子等距离切块，豆腐便散发出淡淡的清香。

香飘四季

豆腐是大众化的食品，不论和什么味道、什么颜色的食材搭配烹饪，只能增香不会夺味。正因为此，它的吃法很多，蒸煎炒炖，无所不能。

白吃。趁豆腐制成还热着的时候，割一块放在嘴里，颇有素雅、清淡、原汁原味的感觉。这里的"白"既不是指颜色，也不是指付没付钱，而是不加任何佐料的意思。

凉拌。豆腐是素食菜谱中的主角儿，被誉为"植物肉"。把豆腐切成小块或直接用筷子拨弄成碎屑，加入葱花、精盐、胡油等，即成可口的下酒菜，常见的有小葱拌豆腐、松花蛋拌豆腐。一次午后去同学家，我进门后看到他正和好友坐在炕上饮酒，喝成了两张红彤彤的关公脸。桌上孤零零一只盘子里一大块豆腐被筷子挑得伤痕累累，看不见有什么调料，只是盘底残留着一层黏稠的酱油。这是我见过的最邋遢的吃豆腐的方法。

红烧肉炖豆腐。选肥瘦皆宜的猪肉，切方块，红烧后加入豆腐文火慢炖，让肉和调料的味道煮进豆腐深层。盛在盘子里颜色酱红，香气扑鼻。轻轻咬开豆腐，内里仍然细白如初，但肉香浓烈，唇齿留香。

炒豆腐。把豆腐切成小薄片，分别与肉类或蔬菜混炒，如肉炒豆腐、番茄炒豆腐、农家小炒豆腐、鸡蛋炒豆腐、腊肉炒豆腐等。

油煎虎皮豆腐。把豆腐切成稍长的厚片，均匀地裹上白面鸡蛋糊，放进热油锅煎成表面发皱的金黄色，然后盛在盘子里。锅里留少许底油，放入青椒红椒片、黑木耳和适合的调味品爆香，再把煎好的豆腐倒入锅中炒热，掺少许淀粉糊收汁后出锅，便是名菜——油煎虎皮豆腐。

火锅豆腐。好友或家人围着木炭铜火锅欢聚，当涮过嫩羊肉、肥牛肉、鲜鱼肉之后，满嘴油腻。在沸腾的火锅里下几片豆腐煮透，蘸上碗中的汤料滑溜溜地送入口中，别有风味。

乡情绵延

儿时家里来了客人或过节，听到村街上传来"豆——腐——"的叫卖声，大人就会盛两碗豆子让我去兑换。一块四四方方、白白净净的豆腐用笼布兜着提在手里，很有诱惑力。

旧时小规模的豆腐作坊多是夫妻店。豆腐做好后，男人挑起豆腐担子，抢早沿街叫卖。女人一边收拾作坊，一边照料生意。挑豆腐叫卖的不论男女，从头到脚很是精干利索。扁担两头系两个长方形木盘，里边平摆着豆腐块，用纱布苫盖。等待顾客的空隙，选干净的石头或矮墙搁下木盘，把扁担横在什么物体上当凳子坐，悠然自得。

后来，豆腐挑子不用了，把盛豆腐的塑料筐绑在自行车或摩托车后架上，走街串巷快了许多，还时不时把自己的名片递到顾客手中。谁家需要打个电话，转眼间豆腐商便送货上门。再后来，居住条件发生了显著变化，家家户户有了电冰箱，流动卖豆腐的方式逐渐消失，以豆子换豆腐的原始交易方式退出了历史舞台，多是街边太阳伞下搭个摊位或是在副食店经销。现如今，豆腐踏进了大大小小的便民超市，顾客买豆腐嫌数钞票烦琐，出现了手机扫码付费的方式。

清水河的豆腐"腿"很长。亲戚朋友以及客人驾车路过，总要买上几块带回去。有儿女或父母在周边城市居住的，时常通过长途车捎去。几家大的豆腐作坊，把豆腐成批地运到呼和浩特销售。清水河豆腐誉满青城。

现代社会，生产力得到很大发展，磨豆腐早改用机器不说，磨浆过渣也是一次性完成。炭火退居为辅助用火，主要热源靠蒸汽锅炉供给……这些先进技术，不但减轻了劳动强度，而且提高了生产效率。然而，在尽享城市现代化和快节奏后，人们又觉得石磨磨的豆浆细腻，食用元素保存完好，炭火锅煮出来的豆腐老道且可口保健。清水河人是聪明勤劳的，瞅准这一商机，石磨火锅豆腐又有回归作坊的势头。

因为对故乡有所恋，留恋故乡的老街老巷，一种不能割舍的情愫就牵扯在豆腐里面了。因而不管走到天南海北，也不管时逢什么季节或场面，如果由着我点菜，定不会少了豆腐。

张瑞秀　内蒙古呼和浩特市清水河县人。一个行走在墨香里的温婉女子，擅长散文写作，喜欢将生命行走的声音与文字相约，温暖自己。撰写了大量散文作品，在各类平台及刊物上发表，多次获清水河县文化艺术成果长城奖。

一抹烟雨寄情思

序：这几日，母亲频来入梦，梦中母亲安然归来……梦醒后却终不见母亲的身影，悲凉忧伤间写下此文，献给我最爱的母亲，以告慰母亲的在天之灵！

雨落清明，我又想起了离去的母亲。那年，那天，那烟雨，那离愁，和着生生灼痛的思念在我的内心深处翻转、升腾……

永远都忘不了，2000年4月4日，清明节，母亲永远离开了我们……那一年，母亲52岁。母亲走了，我们的天塌了。噩耗传来，那一天，我远在他乡……一切来得那么突然，我一点儿准备都没有。在外仅仅一个月的时间，家里却已是天翻地覆。一路上，雨纷纷，人断魂……

回来的时候，雨停了，天空丝毫没有放晴的意思，阴沉沉的，还起了风。家在公路附近，来往的班车总要经过这里。我远远的就从车窗看见我家那高高的院墙上挂着的"通天纸"在冷风中凌乱地摇摆着。哥哥和小弟已披麻戴孝，等在那里。一切梦想都破灭了，我顿觉天旋地转，泪水磅礴而下，等缓过神来时，哥哥和小弟已扶我下车。百米长的路，那天却走了很久，很久，我是由哥哥和小弟搀着回家的。

院子里已搭起了黑色的灵棚，母亲也悄然入殓，留给我的只是一张慈祥笑脸在黑纱相框中。母亲一生善良，乐于助人，人缘极好，街坊四邻前来吊唁帮忙的络绎不绝。亲戚们也都是上下一色的素白，脸上挂着哀容，在院子里忙进忙出。

父亲接我进屋，见到父亲的那一瞬间，我差一点没认出来，那个任何时候都伟岸的男人，此时却憔悴不堪，双眼红肿，头发凌乱，仿佛苍老了几十岁。老姐见了我泪落得更凶了……

夜，一点点深了。母亲棺木上的那盏长明灯，发出灼灼的光，晕开了无边无际可怕的黑暗。悲凉的唢呐声从寂静的夜空再次划过，发出呜咽的哀鸣。我们守在这角落里，撕心裂肺地哭喊着，想把母亲唤回，就像当年她找不到我们，一声呼唤，我们就会快乐地跟来。可这一切，终究是徒劳。

春天的深夜，极冷，如同我们支离破碎的心。但清冷的空气里我似乎又嗅到了母亲那熟悉的气息，于是我把揉碎的心，辗转成相思的碎片，粘贴在最美的记忆里。

母亲一生贤惠善良、相夫教子、勤俭持家，不管生活多么艰辛，她都能笑着面对，这让我们在贫苦的生活中总能幸福地生活。我们家人口多，家境又不富裕，家里经济一向拮据。我清楚地记得1994年，我们姊妹三人一同在外读书，这就意味着家里每年都要拿出一大笔费用供我们读书。当时，许多人都劝母亲放弃对我和姐姐的供读，说："女娃子家，肚里有点儿'墨水'就行了，大了，找个好人家嫁了就管可以啦。"可母亲坚持着最初的那个梦想，她告诫我们："穷人家的孩子，要想改变命运，就得好好读书。不管男娃女娃，只要你们读书，我和你爸就是砸锅卖铁也要供你们上学。"那些年的学费都是靠母亲的东挪西借和爸爸、哥哥微薄的收入支撑过来的。不管命运怎么挤压母亲，母亲脸上永远是那样的阳光，永远是风风火火地做事，她的生活状态让我们从没惧怕过生活的困难。在母亲去世的两天前，母亲还给我未上幼儿园的小侄女买了书包，她说她的子孙们将来一定都能考上好大学。现在，正如她当年所愿，她的孙女已考入包头医科大学。未来的路还很长，未来的人生会更美，因为母亲在指引着我们永远向前⋯⋯

母亲那高尚的人格是留给我们最丰厚的遗产。我们住的这个地方原先有个精神病患者，整天疯疯癫癫地在街上跑来跑去。有些顽童总会拿她戏弄取笑，但凡被母亲看见，总要上去劝阻一番。母亲还时常将家里的熟食送与那个女人吃。当时我们很不理解母亲的这种做法，觉得无需这样。母亲却严肃地告诉我们："她是一个可怜的女人，外嫁到这儿不容易，我们应该多帮帮她。"那以后，我们不再嫌弃那个女人。令我想不到的是，有一日，那个女人推开了我家的大门，将一把未开封的糖果放在窗台上，一溜烟，开心地跑了。母亲不仅仅感化了那个女人，也让我们更加懂得宽容善待的真谛。

母亲的一生没有为自己活过，一直都在为子女和这个家庭奉献自己最美好的岁月。由于生活艰苦和劳累过度，母亲很早就得了高血压。我们都知道她已不再年轻，但我们一直以为她身体强健，不会有事的。然而，这场灾难却让母亲熄灭了生命的火光。我恨自己无能，不能拽住母亲的手，也恨自己没有保护好母亲，无法让一家人永远在一起。

好想再看一眼她的面容，好想再摸一下她的双手，好想再感受一下她的体温，可阴阳相隔的思念，只能燃烧在世间的火堆里。我无从知道母亲为什么选择在清明这一天离开我们，她又怎能狠心留下父亲孤单的身影，怎能忍心她的儿女们伤心欲绝、肝肠寸断？我不明白生活为什么这么不公。母亲操劳一生，还没有好好地过一天好日子便溘然长逝。就在她离世的几天前，母亲还托同事给我捎来衣服，说要等我回来……如今却只能在梦里相见了……

母亲的坟头，在向阳的平顶山上，向着北方能看到她曾经营过的家。一年里我们总要来上许多回，陪母亲说说话，帮母亲打发孤寂的时光。今又清明雨上，母亲的坟前，加了一炷清香，坟头那幽幽的绿，或许，便是母亲真正的心愿……

大河笑了

是不是让你等了太久？尽管你一直守候在我身边，可真正走入你的那天，是个很暖的春天。寻你，在君子津古渡口。

清晨出发，一路上我们走走停停，看陶瓷、品香茗，吃罢农家饭已是正午，但看你那颗澎湃的心啊，却始终难以平复。终于，几经颠簸，车子于一处住在黄河边的人家门前停下，院里一树一姿，一花一态，纯朴的百姓人家，犹如在世外桃源里生活着。几声犬吠，几声鸡鸣，也让人觉得很是亲近。但我们顾不得沉醉于这渔家风情，急匆匆地穿过这户人家的门前，沿一段黄土圪塄上去，眼前豁然开朗……

驻足远望，只见滔滔的黄河水静静流淌，不宽不急，浑厚苍茫。阳光洒在被风吹皱的河面上，金光闪闪。一阵暖风吹过，携来黄河水湿润清爽的气息，瞬间将我陶醉。我日夜思念的母亲河，就是用这样一种姿态，闯入我的胸膛。还没等我靠近你，你那安谧宁静的身影已融化在我的心里，渗透进我的血液里。

怎能忍心让你等我太久？走近你看一看黄河浪，捧一捧黄河水，闭目听一听涛声缠绵，在这里，你没有滚滚的气势，没有滔滔的喧哗，你博大的胸怀恩泽着两岸的苍生，和你对视良久，融入我眼里的全是温柔。

我把目光伸向远方，那林立于河水之中的黄河大桥，相伴九曲黄河，在蓝天白云的映衬下显得格外磅礴与震撼。河水的上游有大片的沙滩已露出水面，呈现出大小不一的弧形。一只破旧的小船孤零零地漂在大河岸边，生命原始的荒美此时显得那么迷人。

站在黄河岸边，听着你久远的故事。曾经流光溢彩的商贸古渡口，是怎样一点一点地褪去了繁荣；曾经有多少人为你去了，又有多少人苦苦扎根在这里；曾经那黄河纤夫的声声呐喊，装着的都是诉不完的辛酸故事……如今，黄河文化和精神已化为活水，古老黄河的保护与发展也正步履坚实地向家乡走来。奔流不息的黄河水流动的韵律，又开始漂荡起来……我知道，一定是春风赶路为你捎来了好消息……

大河笑了，梦里大河正重回现实。

李巨　内蒙古呼和浩特市清水河县人，退休教师。清水河县作家协会理事，《中国诗歌报》内蒙古工作室主编，大河诗刊社签约诗人。爱好文学创作，在报纸杂志和网络平台上发表散文、诗歌多篇（首）。有获奖史。

花　殇

院子的东北角，有一棵杏树，那是妻种下的。这几天熙熙攘攘，挤挤闹闹，开得甚好。虽没有翩翩蝴蝶，却有早来光顾的蜜蜂。那树冠像一把撑开的淡粉色的伞。仿佛春天的第一个脚步就是迈进我家院子里的。

"桃三杏四果五年，栽枣当年能卖钱。"农谚说的是果木开花挂果的时间。妻殁那年，杏树开花了，开得极少，就那么几朵苦涩地笑着。但立刻又被一场倒春寒摁灭了。看着地上几片凋零的惨白花瓣，我的心中酸楚楚的。

我退休后，就离开伤心之地，搬回城里。但心心念念地，还牵挂着院子里的杏树。每年春上总要回去小住几天，为的是看看杏花开。其间，也难免遇上一两次大风或倒春寒。看着正开得热闹的花朵忽然变成满地落红，就不由得眉间惆怅，心灰意冷起来。

那年身体有恙，不能回去，打电话问朋友："我院子里杏花开得怎么样？""满树的白，开得好着呢！"朋友的话，听得我满心欢喜，病痛一下子轻快了许多。但还是放心不下，等到花褪果绿的时候回去一看，树上竟没有一颗青果。我怪朋友骗我。朋友说："今年又遇上春冻，所有的杏花都被冻落了，并不是你一家。"又说，"我知道树是嫂子种的，我也知道你每年回来看杏花开的原因，我要是说杏花开得不好，你会伤心的。"

昨天夜里，窗外瑟瑟的风将我从梦中惊醒，一种无名状的害怕涌上心头。我跳下床，拉开窗帘，透过灯光，外面灰蒙蒙的，只听树木在大风中呼天喊地地叫，浓浓的土腥味扑窗而来。

沙尘暴！这可恶的沙尘暴！我差点儿叫起来。

半缸烟屁股，陪我等到了天明。

开门，风仍在刮，沙尘仍在落，院子里一片狼藉。不知谁家的烂塑料布、破篮子跑到我家院子来了。树枝上的花全部被吹落了，雪一样满地的惨白和无奈！那些花瓣痛得满地打滚。我的胸像被掏空了又泼了凉水一般。我呆呆地站在院子里回不过神来。

树被吹落了花朵，我被吹落了什么呢？我为树被吹落花朵而伤心，而谁为我被什么吹落了什么而落泪呢？

唉，人活一生，草木一载，幸与不幸怎能说得清！

我只希望我家的杏树不要气馁，明春再开。可是，听说我家的院子也要被拆迁了。谁知道推土机一响，它还会不会存在呢……

被人记住是幸福

六十花甲，弹指一瞬。生于土屋，事于乡村。四十载咬文嚼字，半生皆在围墙之中，三尺阳光领地，七尺沃土耕耘；官职虽说不大，也算一室主任。不居高楼危宇，没有锦绣前程。娶妻白丁，半官半农。忙时执鞭书本，闲时扶犁农耕，言行无欺，一颗裸心。谈笑有同事、朋友与学生。光景虽然清贫，也觉其乐融融。

然则尚有一颗不死之心，常伏案灯影，舞墨弄文，爬格登峰，通宵达旦，或豆腐一块，或一技雕虫。不言人情炎凉，不论世事浮沉。只摹山野梨白杏粉，只录乡间莺歌虫吟。偶见报刊一缝，亦获外快几文。辣条几根，烧酒一瓶，与志同者侃北侃东，心中窃喜皆在醉意之中。

多少年，如牛痴耕，不离田垄，一座《大青山》，几多穷书生。诗文结友，墨香聚朋，无猜无忌，不斗不争，净如淡水一泓；偶有小会聚之，刚识眨眼又分。大多未曾谋面，也略知其一二处世为人。

清水河归了呼市离开乌盟，诗朋文友突然断了音讯，二十多年朋友亦为陌路。

感谢时代进步，科技发展；感谢网络平台，如红娘牵手，断线又得重凝，故旧又得重逢。野菊坡上喜遇老弟陈珍，心跳骤增，热泪模糊了眼睛。再叙旧情，莫不心荡情动。感谢陈珍老弟，又竖起《笔架山》一座高峰，幸甚、幸甚！《笔架山》上又喜逢建国、耀宗两位弟兄。彻夜难眠，陷入深深回忆之中，往昔桩桩件件如放电影，一幕一幕都是美好和激动。

曾在《大青山》上试翼，曾在《大青山》上初耕。未曾谋面，我们都是好友；未曾谋面，我们都是至朋。感谢丰建国老弟大力举捧，让我焦渴的分行文字，能在奔腾的《饮马河》上几得饱饮。至今，陈珍老弟的那句话仍然让我记忆犹新："丰建国要联系你，他很赞赏你的诗文。"我那些不成体统的东西怎会那么神，但这句话给我触动很深。我默默地把这句话记在心中，把它当作对我最有力的鼓励和最深的触动。

"原来，早在二十多年前，我因喜爱李巨的诗文，便将其剪贴在一本书里，至今犹存。偶尔翻出来读读，恰似品味陈年老酒，香气袭人，令人陶醉。"读完这段话，怎能不让我情动难抑，诚惶诚恐！我是一棵草青，又不是一朵花红！

"我不想不明不白地失去这位曾倾心而谈的朋友。"这又是多么深刻的内心情谊！一旦相逢，又是那么"快哉"！

被一个人牢牢记住，并在心底扎根，这是人生最快乐、最幸福的事情。二十多年，虽说不算遥远，但也不是很近。只因几段小文，我在一个人的心中留下挥之不去的印痕，竟然是他二十多年来的"恋人"。他，就是小弟耀宗。

眼泪，太淡！鞠躬，太轻！耀宗弟，二十多年，你能记着我，这是个永远还不了的情。既然我是你的"恋人"，那假如有来生，你就做一回我的"梁兄"。

我以有这么清澈透明的文兄诗弟而感到荣幸！同样，我也会记住你们每一个人。

还是用小弟耀宗的那句话结尾吧："说一千道一万，我们从二十多年前的一场'相识'，到今天意外'相逢'，证明我们有缘情未了——那么，就让我们穿越时空伸出手，做最好的朋友，永世永生！

流向大海的河

董金堂　内蒙古呼和浩特市清水河县人，高中文化。文学爱好者，致力于本土文学创作。清水河县作家协会会员。作品发表于网络平台。

龙凤湾之美

龙凤湾，一个多么动听的名字。在众多仰慕者眼里，这是块靠山傍河、水草肥美、物华天宝、人杰地灵的风水宝地——

从她所处的地理位置来看，距离大青山南麓120千米，平顶山脚下清水河县城向北14千米处浑河岸边；门前河水蜿蜒流淌，身后重山连绵，由东向西形成了山环水绕的天然小盆地。

其实，这个地方原本并没有我们想象中像桂林和西湖那种"桂林山水甲天下""山外青山楼外楼，西湖歌舞几时休"的盛景美誉。这里曾是黄沙肆虐、土地瘠薄、沟壑纵横的穷乡僻壤，后来能被冠以"龙凤湾"这个美称，完全是靠龙凤湾人自强不息的奋斗创造出来的。

我很庆幸出生于此、成长于此，对故乡的一山一水、一草一木万分熟悉，抹不掉所经历的那些点点滴滴，留下了惬意美好的回忆。

龙凤湾前的浑河发源于山西省平鲁县，在长城的杀虎口附近流入内蒙古自治区呼和浩特市和林格尔县境内，先自东向西，然后又折向西南进入清水河县，于岔河口附近汇入黄河的浑河。在此留下了7.5千米的河槽古道，使这里的百姓与浑河相依为命，也留下了令后人追溯的一个个传奇故事。

弯弯河水在一片沙滩前流过，沙滩平卧，河水直流，各行其道，"沙滩不犯河水"。即使是偶尔发生一些相互间的摩擦与碰撞：发起脾气的河水汹涌咆哮，冲刷着岸边的净土；沙滩用呼啸而来的狂风将卷起的沙粒投向河面，以示回击！可当它们平息下来，又会和睦相处，沙滩的安静，河水的温顺，荒凉重山的守望，造就了这道湾的自然之景。

"干"，那是人定胜天，改造山河的豪情壮志；"拼"，那是不怕困难，发扬愚公移山精神的年代。开渠引水，引浑淤地，植树造林，改善生态。遍地黄沙被赤土覆盖，强势风暴被树林阻挡；曾经互不相干的河水与沙滩成了相融相生的伴侣，河水浇灌渗透土壤成为滋养田地的甘泉；昔日寸草不生的不毛之地成了人们赖以为生的"聚宝盆"。

一种颜色的主观转换，在文人笔下、画家手里很轻巧。可要让一块土地、一座山头变个颜色却不那么容易。就这个黄沙变赤土的过程，积聚了多少人的辛劳与奋斗——他们用人生岁月、宝贵时光、身上流出的汗水，甚至用珍贵的鲜血，才能换取……

一道风景的客观存在自然而融洽。当阳桥峡谷，如同矗立在浑河之中的一道石闸，将河水拦腰截断。柔韧的河水，硬是用柔软而有韧性的耐力，经过无数个岁月不分昼夜地刷洗，在坚硬无比的石闸中间冲开一条豁口，形成了南北两岸奇山相对，河水急流而下的壮观美景。

当阳桥是座桥吗？这个名字究竟从何而来，至今无从考证。但在我的记忆中这里根本就没有桥，只记得小时候人们常常讲述草船借箭、长坂坡前赵云七进七出、张飞喝断当阳桥的三国故事。我也经常和村里的小伙伴们到当阳桥山顶去寻找张飞的踪迹，还真的发现了石磐上留下张飞真真切切、足有二尺多长的脚印和战马的后臀印，而且自然逼真，就好像张飞用力在石磐上踩踏进去，战马后臀坐地而留下的痕迹。丝毫没有显出人工雕刻的迹象，附近还放着一个用顽石凿刻的饮马槽。那时的所见所闻，占据了天真无邪的我的整个世界，认定"当阳桥前一声吼，喝断了桥梁水倒流"的三国故事就发生在这里！直至上学后听老师讲了中国历史，我才知道这只是个传说。

尽管这是个传说，却留下了一种寓意深刻的精神食粮，留下了神奇美妙的历史文化。

20世纪70年代初，当阳桥水库建成，同时架起了一座石拱桥，结束了当阳桥没有桥的历史。随着工程建设和各种设施的扩展，这些"古迹"就此消失，让人多少有些惋惜。

连接重山的起点叫石壁山，是浑河走向又一个拐弯处。陡壁悬崖，鬼斧神工，向西延伸将当阳山向南一甩，如同巨人的手臂将浑河紧紧揽入怀中，便是当阳桥水库建成后的蓄水库区。

传说石壁山有个山洞，住着一位千年神仙，行善好德，挡灾救难，附近百姓如有红白事宴还可来神仙洞借碗借盘，算得上一处神来人往的人间仙境。不知何时这里开山采石，炮声轰鸣，山洞受损，神仙受惊，实在无法居住，也就只好另寻他处。

这则民间故事包含着太多我们平常所说的那种"人与自然和谐共生"的思想。他是神仙，有通天的本事，任何困难都能化解，但想认认真真共享生态宜居乐园却很难。

像这则民间故事一样，龙凤湾的要旨是追求环境之美。环境之美离不开生态保护，特别是自然生态之美是人类文明的体现，也表达了龙凤湾人对生态环境的认知。

摆脱贫困，走向富裕是所有人向往的目标。但要建立在美丽与安居之上，追求富裕一定要遵循秩序。社会进步需要经济发展，但不能因为这个理由而失去理性。创造要与大自然保持和谐，而不是靠出卖大自然而满足发财致富的欲望。

当春风吹拂，万物苏醒，群鸟舞歌，柳绿桃红的时候。当阳桥水库水碧沙明，风景秀丽，重山倒映，格外耀眼；铁路大桥、公路大桥腾空飞架，掩映着历史的沧桑、现代的壮美。大自然描绘的这幅繁花图，让人心醉情驰。

孔孔窑洞明亮整洁，座座院落错落有致，勾勒出特有的山乡之美。

一条大渠好似玉带缠绵，随湾涌流，流淌着奋斗者的汗水，也流淌着龙凤湾的幸福之美。

千亩水浇地旱涝保收，绿色农庄正在崛起；乡土中心汇集奋发向上，共创辉煌的时代魅力，凝聚成代代相传的宝贵财富——"龙凤湾精神"。

随着时代的发展，人们的思想在改变，这里的面貌在改变。不同时期她的名字也在不断变化，由起初的天暴湾、后湾到农业学大寨时期的小江南，再到改革开放后的龙凤湾。这些变化都蕴藏着龙凤湾人勇往直前的意志之美。

我不得不感慨龙凤湾独特的地理环境，从石壁山到当阳山，一路向西有史人石岩、三架石悬、阳石站等一个个朴素而通俗的地名组成的一道小小的山脉，就是如今的龙凤山。又与阳南湾沙坝、浑河、当阳桥水库遥相辉映。

这些民间传说、人文地理、民居特征、风土人情以及山山水水，既有诗情画意，也包含岁月中的历练。

历史沿革让这些地理优势、乡风民俗和生态物产转化为一种特有的地域文化，具有开发农耕文旅的广阔前景。

也许，这些成就还不够惊艳，这些故事也不够精彩。树虽小，不足以招风，却能留下一片影子；山虽低，不能够与群峰比肩，却是平地中凸起的山包，衬托出大自然之美。

滚滚春雷惊醒沉睡的冬天，温暖阳光融化覆盖塞北的积雪，神州大地奏响了"绿水青山就是金山银山"的主旋律；把清水河打造成"全国生态文明示范县"；黄河流域生态保护和高质量发展示范区的蓝图正在编织……

饱经风霜的浑河被列为国家浑河湿地公园，贴上了生态保护的标签，沐浴着祥和静谧的温馨。愿青山永驻，蓝天更蓝；愿绿水长流，环境更美。

杨玉明　农民，内蒙古呼和浩特市清水河县人，清水河县作家协会会员。作品主要有诗歌、散文，发表于报刊和网络平台。

家乡的野苦菜

春暖花开，万物生长。清水河永安街菜市场增添了一种新鲜野生菜——苦菜。这是我县春季菜市场的一大亮点。由于该地区属高原地貌，昼夜温差较大，野生苦菜苦味十足。常有呼和浩特、鄂尔多斯等周边地区的人赶到清水河来买苦菜，市场上的苦菜常常供不应求。

"棚菜不如野菜香，午后想喝苦菜汤"，两个卖苦菜的人互相调侃着。也许是人们吃了一冬天的大棚菜，想换换口味，品尝一下自然生长的原生态苦菜。闲者亲自出去找，忙者直接从市场上买。有的老人将苦菜寄给在外打拼的游子们，共享家乡的味道。

苦菜是一种有奶汁的药食兼备的草本植物。中草药典中对苦菜的介绍是具有清火、减毒、降压、明目、润肠、增强免疫力等多种作用，既可生吃，也可熟食、冷藏，一年四季均可食用。

然而，撑起苦菜市场的背后，是一帮挑苦菜的人。这个特殊群体，不畏风吹日晒，不畏冷热阴晴，天天奔波在田间地头、荒山野坡。人群中有打工者，也有退休人员，且女性占多数。她们与铁铲为伍，与黄土为伴，苦中取乐。

挑苦菜的人，天一亮就骑上摩托车，带上干粮和饮用水，头戴凉帽，脚穿胶鞋，背上一个编织袋出发了。为了挑到更多更好的苦菜，有时五六个人合租一辆面包车，早早地跑出几十里外的地方寻找菜源。常常是后半晌才返回，苦菜直接上市。心细的人还每天记笔记，哪里菜多，一一记下来，待十多天后又一茬长起来再去。每个挑菜人都是一幅活地图。到了秋天，挑菜人将苦菜籽收集起来，撒入房前屋后、河道两旁等适宜苦菜生长的地方。第二年这些地方的苦菜会早早地发出嫩芽。

近年来，我县生态环境发生了根本性变化，植被已经实现了全覆盖。菜籽成熟后不易被风吹飞，就近扎根生长。入春以来风和雨细，墒情湿润，苦菜长势喜人。

苦菜生长的特性是成片儿生长。挑菜人每当找到一处苦菜，就欣喜若狂的左手直插土里抓菜苗，右手紧握铁铲随即撬起。左一抓、右一撬，双手互动，两秒内菜入手中。脊梁弯成上了箭的弓，也顾不上尘土与汗水交织在脸上或湿透衣襟。灵巧的双手将一根根白根绿叶的苦菜码放整齐。

俗话说得好，勤俭人有饭吃。一位三十多岁的农家少妇，已有三四年的挑菜经验。每天上午整理家务、给上小学的孩子做饭，午饭后就骑上摩托车直奔乡下寻找苦菜去了。她头脑灵活，挑的苦菜根长叶嫩，常有饭馆打电话预约。夜晚躺在窑洞的过火炕上深感乏困，但看着手机里零钱逐日增加，再看看埋头学习的孩子，幸福感油然而生。她从不在乎每天滚在黄土地上会影响美颜纤手，主动撑起了家庭的半边天。

一对刚退休的夫妻，两口子闲不住，常出去一边闲逛一边挑点儿苦菜自家吃。挑得多了便放到市场上卖，觉得效益不错，便增加了兴趣。挑苦菜、吃苦菜、卖苦菜，几乎不间断。在一次例行体检时，老两口各项指标完全正常，原有的小毛病也没有了。

过去的人们吃苦菜完全是为了填充肚子。在青黄不接时，苦菜可以帮人度过饥荒。从我记事起，听大人说到生活已有了很大改善，但全家人一有时间就挑苦菜，凉调苦菜、热蒸苦菜大饺子等是家常便饭。到天热时，将苦菜煮熟放入坛中，白开水冷却后与煮菜汤一起倒进坛里。中午收工回来口干舌燥，连菜带汤吃一碗，顿时沁人心脾，那个爽呀，令人至今难以忘怀。

如今的人们生活富裕了，注重饮食搭配。苦菜竟成了营养调剂品，受到大众的青睐。各个饭馆首推的一道菜便是凉拌苦菜。随着清水河旅游业发展壮大，野生苦菜有着无限的商机。

一方水土养一方人。吃苦菜的人增强了体质，挑苦菜的人得到了经济回报。二者各得其所，正所谓两全其美也。

沐浴在医保的阳光里

大清早，妻子的手机铃声响起，是社区卫生所党大夫打来的。"郭姨，近日血压血糖控制得还行吧？您来小区门卫室，我顺路再给您测一下。"妻子乐呵呵地穿衣服、戴口罩，出了门。自从妻子患有"三高"以来，社区卫生所给她建了病历档案，定期上门量血压、测血糖等，妻子的健康状态良好。

我妻年近六旬，近年来在清水河县里做点儿小生意。二〇一八年腊月的一天，在店里忙碌的妻子出现了头晕眼花、语无伦次等现象，需要住院治疗，而她却拽着我硬要回家，说孙子还等着奶奶做饭哩，可她就是记不起家在哪儿了。看着妻子的病状，我慌得手足无措，后悔平时对妻子照顾不周，如果她有个三长两短，那可怎么办呀！

在本地医院短暂治疗后病情有所控制，医生建议到上级医院做全面检查。转到省级医院后她被确诊为脑血管梗阻，住院时将合作医疗本一同交到住院部。我当时心急如焚，一心想着花再多的钱也一定要治好妻子的病。

腊月二十八晚上，远处天空中不时有礼花升起绽放，此时我才想起已到年关。经过十几天的治疗，妻子逐渐恢复了正常，一颗提着的心终于放了下来。

出院前，我忐忑地问医生大致的花销，医生扳着指头说："估计两万左右吧。"又一片愁云盘旋在我这个打工人的头顶。在办理出院手续时，医院通过医疗统筹直报后，入院时缴纳的几千元钱，还剩了一部分。我当下如释重负，脚步轻盈地回病房告诉了妻子，她激动得掉下了泪水。

从医院出来，深深地吸了一口新鲜空气，浑身神清气爽，我们惬意地向车位走去。儿子开车拉着我们，驰骋在回家的大道上，音箱里唱起了《青松岭》的主题曲，此时的我情不自禁地跟着哼唱了起来。"劈开那个重重雾哇，闯过那个道道梁哎……要问大车哪里去吧，沿着社会主义大道奔前方哎……"

一进门，八十多岁的父母已经在家里等候着我们，两岁的孙子紧紧地抱住了奶奶。儿媳将热腾腾的饭菜端到桌上，并特意做了一碗长条面。一家人在欢乐的气氛中拉家常。当父亲提起当年给母亲背债看病的困境时，一幕幕情景又浮现在我眼前。

20世纪80年代的一个腊月，五十多岁的母亲浑身肿胀，卧病在床。"赤脚医生"给打了几天针没有效果。父亲七凑八凑地凑了几百元钱，用毛驴小平板车拉着母亲去往六十多里外的县城医院就医，大夫们看后直摇头。大年三十晚上，躺在病床上的母亲流着眼泪硬要回家，并叮嘱了后事。父亲愁眉紧锁，长吁短叹，儿女们拿定主意，再去大医院看一看。

母亲住进了省城医院，带来的几百元钱没几天就花光了。我在医院陪着母亲，父亲和哥哥忙着回村借钱。经过半个多月的治疗，病情有所好转，母亲有了精神。父亲拿个小本本和半截铅笔，一一记着借钱给我家的人名，少则三五十元，多则三五百元，有二十多个人名。父亲喃喃自语："这里边的人对咱有恩啊！"后来全家人经过几年的努力，才将所有借款全部还清。

而现在我妻看病，生活上并没受多少影响，就连平时门诊用药，报销比例也在逐年提高，国家的医保政策真是给我们老百姓减轻了压力，让我们的幸福感连年提升。

　　今年元宵节期间，呼市地区有了疫情。社区卫生所的工作人员在紧张的疫情防控之余，始终惦记着我妻的健康状况。社区每次通知接种疫苗、核酸检测，我们都积极走在前头，并默默地往疫情捐款账户汇了款，尽一份绵薄之力。羊有跪乳之恩，鸦有反哺之情。我在困难之时，国家为我遮风挡雨，国家有事，我一定要尽责。

王璐　内蒙古呼和浩特市清水河县人，内蒙古诗词学会会员、呼和浩特市作家协会会员、清水河县作家协会会员。创作了大量文学作品，出版诗集《南心》。有获奖史。

草木依依

人生本是一场如花的旅程，只因我们左顾右盼得太多而忘记了掌心的芬芳。直到现在我仍极喜与山野乡林做伴，回想起高中时的愿望就是隐居，做个不问世事的诗人，也不禁哑然失笑。有些人的确活成了自己想要的样子，可更多的人还是迷失在了这一寸天地间，日日过着逆来顺受的生活。有一部电影里说"给时光以生命，而不是给生命以时光"，可人生的真谛到底是什么，又有谁能下一个准确的定义呢？我只知道在这场漂泊的远行中，我与花结下了不解之缘。童年时，我最喜欢的花便是向日葵，那时不知道它是光明的象征，只是看到它便心生温暖，现在真做了"园丁"深知光明的意义，而回望自己的童年，亦发现那段时光竟是那样斑斓。

父母结婚以来我们住的就是平房，虽只有六七十平方米，但有一个小小的院落，夏日的傍晚乘凉最好。妈妈喜欢养花，家里的餐桌上一年四季总是有鲜花插瓶，不过最常见的是杏花枝和小雏菊，而我每日清晨伴着一缕藏香在舒缓的萨克斯曲中醒来，映入眼帘的总是拿着花的妈妈。小院里的花经妈妈细心养护都开得甚好，午后淅淅沥沥的小雨过后，天逐渐放晴，由凉雨和夕阳滤过的穹顶格外明媚，像极了婴儿刚睡醒的双眼，而此时的我便要去寻最喜欢的"倒挂金钟"，去吸食花朵里面的蜜汁，然后再取几朵牵牛花的花蕊做耳环，便招摇地玩耍去了。偶尔邻家的姐姐有兴致，还会给小小的我涂上红色花瓣捣成的指甲水，我就别提多高兴了。那时还有萤火虫，处暑的夜还不是很凉，然星河璀璨，爷爷就躺在旧旧的藤椅上，手拿一把竹扇边摇边讲故事，那场景总能让我想起杜牧《秋夕》中的"银烛秋光冷画屏，轻罗小扇扑流萤。天阶夜色凉如水，坐看牵牛织女星"的诗句来。就这样在梦里数完星星的我又跑到最常去的小巷外的水利局玩儿，那儿有一个不大不小的场地，里面不仅宽敞，还有四个大花坛种着粉白相间的蜀葵，最妙的是大院的后墙壁上爬满了枝蔓，和风吹来，犹如绿色的波涛涌动，在右边还有个废旧轮胎做的秋千，那可是我们女孩子的最爱，而还不懂诗为何物的我恐怕在那时就已沉醉于一片诗情画意的美景中了吧……随着贪食苦野草做甜乳、取苍耳恶作剧、捋蓼花穗为天女洒花、取仙人掌汁医腮腺炎、采野百合制标本的种种荒诞经历，恍惚间我已长成了豆蔻少女。

凛冬离去，雪融草青，那是在初中一个下雨的春晨，本来是要去给同学买生日礼物，不知怎么就被花店勾了去，在那里我第一次见到神奇的含羞草，为友人买了一盆代表快乐与幸福的粉色火鹤。撑着伞抱着花回来时，我还将白色的夹竹桃误认为木槿，所幸当时拿着的东西太多没有折下把玩，后来才得知那花有毒。之后含羞草越长越高，被妈妈剪短了一截便香消玉殒，送给好友的火鹤也不知何故"驾鹤西去"了。但我赠你三月春光，你予我四月桃花的同学情谊却一直留在了心中。犹记得那时对梅花也很是钦羡，但在北方，我只见过一次梅花。小孩子们不懂事，校园墙角的那点点寒梅没几天就"零落成泥碾作尘"了。

本以为少年的花事就此会告一段落，可没想到二十岁的桃李年华还是离不开花。读川端康成，因"清晨四点钟，看到海棠花未眠"便又勾起了我的一段回忆。曾以为海棠是富贵人家才养的花，因而自家的花总觉得平淡无奇，竟多次辣手摧花，将多种花的嫩芽折下捣成花泥去疗养我小时因咬手而失去的半截拇指指甲，其中不乏妈妈养的秋海棠。但我一时兴起的随意发明却果真使我的指甲重新长了出来，这不能不说是一种收获，因此每每想起，我对花儿们还是充满了感恩。海棠无香是一种遗憾，但因此多次有幸流连于文人墨客的诗词间独成一种风景。"东风袅袅泛崇光，香雾空蒙月转廊。只恐夜深花睡去，故烧高烛照红妆。"这是苏轼给予海棠的孤独，他一生"黄州惠州儋州"，最终也只有海棠得以相伴了，想象当时的情景，必是一声轻叹间，风动海棠，海棠无言，可单是默然与苏轼为伴，这已足够。也幸好，还有海棠相伴，否则，寂寞的心如何挨得过这落寞静夜？花解语，最解语，莫如解语花。我没有见过白海棠，但读《红楼梦》看到黛玉写"偷来梨蕊三分白，借得梅花一缕魂"，便仿佛心领神会那未曾谋面的美好。正如李清照笔下的海棠依旧，一夜残风，又有多少记忆已是绿肥红瘦？秋海棠象征苦恋。当人们爱情遇到波折便常以秋海棠花自喻，而我的爱情亦如那海棠，只是捣得愈碎，磨得愈细，香气只在灵魂的深处，愈让人迷恋。这样赏了多年的花，花的世界我却依旧只走了个开头，譬如我最喜欢的花就仅在白居易的"凉风木槿篱，暮雨槐花枝"里见过，朝开暮落的木槿，每一次凋谢都是为了更绚丽的开放，因而使我更珍惜花开的刹那，缘分的起承转合，而成长不就是渐渐温柔、克制、朴素、不怨不问不记，在安静中渐渐体会生命之盛大吗？恋爱后，我的那个他喜欢的花是桔梗，桔梗花充满了美好和向往，同时也充满了失去与得到，既代表了曾经和未来，也彰显着永恒和久远。就这样，我的瞬间之花与他的永恒之花竟构成了一句哲言"瞬间即永恒"。其实这世间的万物大抵如此，不期而至的往往也是顺其自然的。后来我们一起去了他的故乡湖南汝城，见到了周敦颐所写"亭亭净植"的莲，方觉这世间的花我们是远远看不够的。回到北方，又是一个午后，当我翻到李清照文集中《醉花阴》时忽看到了曾在南京乌衣巷内拾的银杏叶、早年端午节存的香草以及儿时收藏的几瓣杏花标本，才知我伴着这草木年华已度过了二十八个春夏秋冬。岁月更迭，光阴腾挪，有些东西变了，有些东西没变。可若不是经历了三两件憾事，怎知时光的姿态不只有流逝这一种。

一窗花开，岁月静好。"夕雾"也好，"暮落"也罢，总归惊蛰已过。曾闻鸟的迁徙是一种承诺，是候鸟对回归的承诺，然红豆已落，光在云层里，唯白腰雨燕仍衔着相思，掠过黛色山川穿过那缭绕的云雾，停留在寂静的仲春。月明星稀，彼时我的蓝黛莲和白牡丹在纱帘后静静地安睡着，仿佛正做着"朝沧梧而夕北海"的美梦。

侯换小　笔名寒原。1975年生，内蒙古呼和浩特市清水河县人。爱运动、爱文学、爱象棋、爱书法。性恬淡，常以文字为事，时有小作见诸报刊或网络平台，为读者所喜爱，亦有所乐焉。代表作《窑洞赋》《鹰之歌》《谷子熟了》。

窑洞赋

巍巍兮昆仑山，莽莽苍苍横西域；浩浩乎黄河水，蜿蜒曲折流东海；茫茫兮黄土塬，丘陵绵延兮风沙漫漫，沟壑纵横兮千麟百爪。一年四季，风云雨雪，气象万千。

春有沙尘滚滚兮遮天蔽日，夏有烈日炎炎兮地龟苗枯，秋有愁云漠漠兮山洪肆虐，冬有白雪茫茫兮朔风凛冽。此高原之平常气候，而伟大文明就此孕育，延续五千年而更强。

中华儿女，勤劳朴实，战天斗地，无所畏惧。春播夏耘，秋收冬藏，建设营造，生生不息。

安居方能乐业，休养方可生息。先民曾穴居野处，然天然洞穴潮湿阴冷，百病易生，猛兽难御。

乃有有巢氏，筑屋于树端，可避猛虎，能防长蛇；然树屋狭仄疏漏，不避风雨，难挡寒暑，终为所弃。

后有半坡先民，抟泥为室，以烈火焚之，是为陶屋，冬可遮风，夏可避雨。然陶屋易龟裂，亦不能耐受强力，疾风骤雨，极易毁坏，于是又见弃矣！

此后，先民以树木为梁柱，以茅草为披覆，建造茅屋。此屋既可遮风，又可挡雨。无奈草木易腐，梁柱易折，建筑不牢，房倒屋塌；况又易燃，稍有不慎，火星四溅，茅屋便化为灰烬矣。

不知何代何人，于坡头崖壁陡峭处，穿穴为洞，凿土为室，是为土窑。外设阳台户牖，内设土炕炉灶；冬暖夏凉，安全舒适，因为地处偏僻，极为隐蔽，纵使兵荒马乱，豺狼当道，强盗横行，也难被发现，人们可安心避难矣。

然而开凿土窑，必选崖壁土壤坚实处，方为安全。设若有鼠洞穿凿，大雨漫灌，土窑极易毁坏。

又不知何代何人，始择平地，拱土为券，砌石为洞，上覆黄土，保暖纳凉，安全舒适，此为石窑。窑面砌以青石，錾以花纹，纹理绚烂，平整美观。牙檐铺以石板，采自深山，修凿齐整，探身而出，一尺有余，既结实而耐用，又遮阳且挡雨。远而瞩之，线条舒展，有凌空飞举之态；迫而察之，四方雅正，现庄重轻巧之姿。窑顶饰以头戴，或青砖，或鸱吻，左右对称，上下庄谐，轩昂气派，睹之动容。

窑洞坐北朝南，小院四合方正：别有新天地，居之而心安；此中有真意，欲辨已忘言。一年风景，四时各异。

春夏时节，院内植以葱韭柿椒之蔬果，或种野菊玫瑰等花卉。牵牛满墙，倭瓜挂壁，红黄绿紫，细香沁脾，蜂飞蝶舞，嘤嘤成韵。

秋天到来，天高云淡，凉风瑟瑟，碧空云端雁阵惊寒，山凹田野金穗翻浪；院内果实，累累枝头，赤橙黄绿，勾人涎虫。再看窑面上、窗棂档：红彤彤，那是辣椒串儿；金灿灿，必为玉米挂儿；鲜艳润泽，光华耀眼，一派丰收景象。

冬日小院，素雅干净，安谧祥和。或于墙根下独享暖阳亲晒，或在热炕头静看雪花轻舞；黄犬静卧，花猫酣睡，生活乐趣，自在其中。

掇一板凳，闲坐静观；或思过去，或望将来；云卷云舒，花开花落；饥有黍粟，渴有甘泉；粗茶淡饭，简衣陋食，自在人生，管他何事！

更有能工巧匠，鲁班在世，精研细算，雕刻琢磨；为户则轩昂气派，为牖则玲珑精巧。窗户贴以麻纸，洁白通透；窗纸饰以花鸟，斑斓绚烂。有喜鹊登枝，有五谷丰登，有十二生肖，有童子嬉游。大丰收，大团圆，花红柳绿，妙趣天成。

麻纸既可挡风，又可透光，室内洞然，空气流通，故而室内空气永葆新鲜，此玻璃窗户万不可为也！一年一换，虽有劳苦之嫌，终获无尽妙趣。世界遗产，剪纸窗花，民间巧手，剪尽春风；行者驻足，骚人颔首，搜肠刮肚，难觅词踪。

洞内土炕，接以灶台。环炕墙围，漆以图画，框以云纹，别具一格。有自然山水，有花鸟虫鱼，有历史传说，有人物故事；或水浒英雄，或桃园结义，或八仙过海，或二十四孝。睁眼处，可见礼义；静思时，不愧廉耻！

地下设两柜、一缸、一镜足矣。

后掌木柜两顶，丹红漆之，云纹铜锁，古朴老旧，厚重雅实。

地面水缸一只，清水泠泠，挑自山泉，甘甜清冽，沁人心脾。

后墙明镜高悬，明亮洁净，尘埃不染，率真自然，一览无遗。

隆冬时节，气候寒冷。窑洞外寒风猎猎，窑洞内暖意融融。炉膛里炭火熊熊，锅灶上热气腾腾。女主做饭，男主奉茶；不分彼此，盘腿席坐，谈天以说地，道古而论今。炸糕金黄酥脆，莜面香气浓郁，大碗吃肉，大口喝酒，尽享一年之收获，共叙相逢之快乐！

盛夏时节，气候炎热。窑洞外酷暑难耐，窑洞内清凉舒适。土炕微温，小憩可以解乏去困，常睡又能舒筋活血。虽地处偏僻，求医不便，窑洞居民，百病不侵。故而耄耋之寿常见，年逾百岁不少矣！

尤乃劳动归来，一碗酸粥下肚，清凉马上遍于周身毛孔，疲倦顿时飞往九霄云外。待午饭后，再于土炕打上一盹儿，多少疲劳、若许烦怨，尽皆除矣。

　　余常居窑洞数十年，个中滋味，独有感悟。余好静，尝于窑洞内卧听虫鸣，于窑洞外坐观鸟喧。思四宇之广袤，感古今之久长。哀人生之哑哑，乐万类之熙熙。亲戚情话，书卷常存；吟啸偃仰，棋琴消忧。故为此赋，聊以自娱云云。

白桢　笔名田野村夫。农民，内蒙古呼和浩特市清水河县人，清水河县作家协会会员。有作品散见于网络平台。曾获清水河县文化艺术成果长城奖。

山乡，那坚实的足迹

这是一片圣洁的土地。这里，位于清水河县东北部，东临山西，以长城为界；北接和林，田埂地畔相依。清清河水从这里的沟沟岔岔流出，注入碧波荡漾的石峡口水库，是古老的清水河的一部分。山峦连绵起伏，沟壑纵横交错，粗犷而豪放，雄浑而壮美，是厚重的黄土高原的一部分。

这就是盆地青。盆地青，本是一个名不见经传的小山村。然而，作为党和政府最基层的行政机构所在地，从中华人民共和国成立初期的人民公社，到改革开放后撤社划乡，存在了半个世纪。无论是原先的盆地青公社还是后来的盆地青乡，均构成了繁衍生息在这片土地上的父老乡亲永恒的集体记忆，也铸就了一代甚至几代人牢固的乡土地域情结。所以，狭义的盆地青，就是盆地青村，而广义的盆地青，则是原公社或乡的所辖片区。

这是一片幸运的土地，虽地处偏远，但同中华大地的脉搏同步，实现了从百废待兴到百业兴旺，从贫穷落后到幸福安康的伟大跨越。这片由领导者和建设者用心血和汗水浇灌和润泽过的土地，将永远记住曾经在这里奋斗过的人们。

闲暇时光，乡亲们围坐在热乎乎的炕头，吱噜噜一袋水烟抽过，吸溜溜一杯山茶下肚，年长者便会叨啦起这里的过往，也会叨啦起这里的历届党政领导以及在这里工作和奋斗过的人们。其中有这样一位老领导，在盆地青任职时间较早，工作时间最长，那就是高安成书记。说起高书记，人们总会说："那是个好人，好领导、好书记，给人们留下好了！"一连串的"好"字，平凡而朴实的话语，是家乡父老对老书记发自肺腑的评价。几十年过去了，他如今依然能从老百姓的口中得到一个"好"字。作为一位最基层的干部，公道正派、清正廉洁是高书记不变的品格，求真务实、踏实肯干是高书记的一贯作风，勤政为民、勇于担当是高书记实际工作中的一大亮点。

悠悠岁月，漫漫时光，几十年过去了。让我们拂去岁月的尘埃，回眸那一段峥嵘岁月，拾取那一段难忘的记忆，追寻高书记留在这片土地上那坚实的足迹。

改河造地，荒滩变粮仓

高书记是20世纪60年代初调入盆地青的。刚开始担任过一段时间公社社长，后担任党委书记，直至调离。中华人民共和国成立后，在党的领导下这里的人民艰苦奋斗，扎实肯干，以前那种民不聊生的凄惨状况发生了根本性的转变，但毕竟时间短、底子薄，各行各业仍存在严重的短板。高书记接过的无疑是一副并不轻的担子。上任伊始，高书记便以一名共产党员、一位基层领导干部的使命担当全身心地投入了对这里的全面治理工作。

我们赞美家乡，是因为家乡对我们有深厚的养育之恩。所以，盆地青这一方土地在我们心目中永远是美好的。但是现实中，处于传统的农业区，在20世纪六七十年代那个以粮为纲的时期，从发展农业的角度来说，这里的自然条件实在没有多少优越性。这里属于典型的黄土高原丘陵地区，平均海拔1689米，全年无霜期仅100～110天，降水量只有400毫米左右，总面积161.3平方千米。这里有8个大队，35个自然村，1700多户，5500多人。"地在山头挂，河在村边流，十年有九旱，靠天来吃饭"，是这里的真实写照。耕地绝大多数分布在高坡、山梁上，零散、贫瘠，干旱是常态。虽然有不少河滩，但因缺乏治理，乱石遍地，杂草丛生。全公社仅有的几千亩河滩地零零散散地分布在十几道河槽间。

从碓臼沟到三岔河，全长十几千米，宽二三百米不等的一道长滩，是盆地青境内面积最大的河滩。一条小河从河滩流过，弯弯曲曲，平整的河滩被冲刷得支离破碎，一遇山洪暴发，洪水如脱缰野马，横冲直撞，携砂带石，冲毁耕地，漫过水井，冲走牲畜的事故也时有发生。沿河人们的宅院都建在高坡之上，尽管出入不便，费时费力，但可避开水患。

这种状况，高书记看在眼里，急在心头。一个大胆的想法在高书记心中萌发。如果把河水用拦河坝拦在一边，另一边则可空出大片河滩造地。以此为突破口，以点带面，在全公社实施改河造地工程，便可新增四五千亩耕地，巩固原有的五六千亩，稳保万亩抗旱稳产优质滩地。全公社粮食生产将上一个大台阶，并将造福后世，对农业、农村发展产生深远影响。

水利是农业的命脉。在高书记的倡导下，一个大搞农田水利基本建设，大战万亩滩的宏大规划由公社党委提上议事日程，这一决策得到了全公社各级领导干部和老百姓的积极响应。在统一思想的基础上，高书记带领公社党委一班人在全公社发起了轰轰烈烈的改河造地大会战。

公社组建了水利专业队，从各村抽调精壮剩余劳力，全年奋战在改河造地第一线、开山、起石料、挖根基、垒坝墙。在春耕结束夏锄开始前和秋收结束土地封冻前的空余时间，发动全公社社员一起投入会战。

这是一项大型的利民工程，那是一段激情燃烧的岁月。为早日建成大坝，在公社党委的领导下，全公社干部群众心往一处想，劲往一处使。高书记作为一把手，身先士卒。他不顾战争年代落下的腿伤，同社员们一道，挽起裤脚，赤脚下水，挖根基、掏沙子、搬石头、垒坝墙。长时间在刺骨的水里劳作，导致受凉，他旧病复发，一直没有痊愈，直到晚年仍备受腿疼病的困扰。

一把手率先垂范，党员干部身先士卒，发挥了先锋模范作用，广大群众自然不甘落后。集中会战时，工地上红旗招展，运石料的大马车你来我往，川流不息，垒坝墙的人们汗流浃背，争先恐后，热火朝天。墙体，一截截升高、一段段延伸。坝起之处，河水遵从人的意愿，在墙外唱着叮叮咚咚的小曲，泛着欢快的浪花，奔向前方，造福下游的百姓去了。墙体里面，大片的河滩摆脱了河水的侵袭，可以开始造地了。为加快进度，尽早产生效益，造地工程随即展开。砂石遍地的河滩，必须覆盖足够厚度的土层才能成为可以耕种的田地。人们从河滩北边的荒坡取土，用手推车推、用箩筐担，一寸寸加厚，一块块扩展。俗话说"寸土难移"，在那个没有现代化机械设备的年代，全靠人力，困难可想而知，靠的是锲而不舍的愚公移山的精神。即便是数九寒天，造地工程也照常进行。这是农闲季节，社员们又投入轰轰烈烈的造地大会战中，从向阳坡的冻土层下打洞取土垫地。虽然寒风凛冽，滴水成冰，但河滩上仍是一片热气腾腾的景象。在冬季垫地工地上，因冻土块塌方，一位青年献出了宝贵的生命。

在有条件的地段，采用水流带土淤地的办法，用抽水机将水抽到高坡之上，人工挖土送入水中，浑浊的水流顺坡而下，直达河滩地堰。这是一种高效的造地方法，省时省力，淤出来的土地分外平整。高书记不顾年事已高，跟年轻人一道爬上高坡挖土。有一次，在高处挖土，因土崖塌方，他不慎连人带土掉入水中，几乎被土掩埋，幸好被众人及时救出，有惊无险。

工程从20世纪70年代初动工，直到1977年底全部完工，历时5年之久，共动用石料2万余方，土方80余万方，动用人工已无确切数据。拦河大坝全长11.5千米，造出优质滩地3000余亩。这些滩地终年湿润，抗旱能力强，产量稳定，为沿途各村粮食增产打下了坚实基础。

以此为示范，全公社有条件的各生产队也在当地进行改河造地，累计增加滩地1500余亩，全公社共新增滩地4500余亩，巩固并拓展河滩地5500余亩，至此，全公社建设万亩滩的目标最终实现。全公社粮食总产量上了一个大台阶。

直到如今，前辈们造下的良田仍在造福当地老百姓，产生着显著的经济效益，为人们脱贫致富打下了坚实基础。

这项工程的另一个深远影响就是，沿途村庄摆脱了洪水的困扰，人们把新居建在了靠近河滩的平整地带，出行条件明显改善了，村容村貌得到了极大提升。

植树造林，荒山披绿装

盆地青地处清水河上游，历史上就是以农业为主，牧业为辅，而林业的发展相对缓慢。高书记调来时，这里的森林覆盖率不到0.1%，水土流失严重。中华人民共和国成立后虽然也组织群众进行过植树造林，但因投入时间短，荒坡面积大，植树造林、改善生态工作依然任重而道远。

1965年，高书记在碓臼沟大队蹲点下乡，发现有一片叫大块梁的山梁，很适合栽植成片林，于是发动群众集中在大块梁进行植树造林。当时，全县苗圃很少，优质种苗难以解决，只能就地取材，从那些零星的老杨树上捅下树枝做树苗。这些树品质差，生长缓慢，但为了绿化，这是当时唯一的办法。经过几年的突击会战，终于造出了500多亩成片林。

在盆地青工作的近20年当中，高书记一直重视植树造林工作。公社党委每年都要组织造林大会战，公社各单位人员以及中小学的学生也参加会战。各大队结合当地实际，在宜林荒坡植树。全公社林地面积逐年扩大。

20世纪70年代，公社又成立了造林专业队，那时，普通社员是挣工分的，公社给造林专业队员则是发工资。这优厚的待遇充分体现了公社党委对林业工作的重视。专业队常年搞造林绿化工程，起步重点放在鹰嘴山。鹰嘴山位于盆地青村对面，是一座坡陡、土薄、植被稀疏的宜林荒山。造林专业队的小伙子们起早贪黑，扛着锹、镐，带着干粮，挖鱼鳞坑、水平沟。由于这里土层薄、砂石多，必须锹镐并用，工程进行得相当艰苦，但队员们克服困难，坚持不懈。春秋造林季节，不失时机地进行植树。那时，沟门苗圃已发展得相当不错，油松种苗已培育成功。在县林业局的大力支持下，沟门苗圃全力提供油松种苗，因此，鹰嘴山成为当时率先进行油松绿化的基地。虽然沟门苗圃近在咫尺，但运送种苗上山困难重重。鹰嘴山山高坡陡，只能人背、驴驮，再加上为保成活率，用的是打了泥浆和带营养袋的苗，重量成倍增加，更加大了运送难度。高书记和不少干部也加入运苗队伍当中，汗流浃背，满身泥水。在栽植过程中，公社还指派林业技术员进行现场指导，以确保造林质量。

经过几年的奋战，鹰嘴山绿化工程初见成效，树苗成活率达到80%以上，与此同时，全公社的绿化面积也显著增加，生态环境有了明显改善。

高书记调离后，公社乃至后来的乡党政领导对绿化工作也常抓不懈，结合国家"三北"防护林工程、水土保持工程、退耕还林工程以及黄河流域生态治理等工程，盆地青一带的森林覆盖率突飞猛进，生态环境得到了极大改善。鹰嘴山绿化面积在原有的基础上逐年扩充，如今东达五里坡，南至上下三道沟，西至前兴泉梁的大型生态基地。原本的不毛之地乱石山，如今郁郁葱葱，满山翠绿。

20世纪70年代后期，高书记又发动群众修通了沿拦河坝的简易公路，并栽植了路旁树，如今，这些树早已枝繁叶茂，成了乡村公路上的亮丽风景。

勇于担当，举贤美名扬

当年的盆地青，是个麻雀虽小五脏俱全的地方。公社、卫生院、供销社、中小学、信用社、邮电所、兽医站、拖拉机站、专业队、榨油厂等这些与老百姓生活息息相关的企事业单位，组成了全公社5500多口人的政治、经济、文化、教育中心。而这其中的大部分单位负责人，公社党委是有任免权的。20世纪六七十年代，由于政策的因素，在选人用人方面，除参照本人的工作能力及政治表现，其家庭成分也是重要的衡量标准。高书记在这方面则显示了一位共产党人，一位基层党委一把手的担当，把用人的标准主要放在了品行、能力及才干上。

武汉鼎，一位医术过硬且事业心极强的畜牧兽医工作者。当年正是高书记将武汉鼎请到了盆地青，委托其组建了兽医站，并任命其为站长。武老出身于地主成分家庭，在那个时期，这样的决策是会受到质疑的。但为了当地的畜牧业发展，高书记顶住了压力，排除了非议，甘愿冒险，大胆起用，并在实际工作中给予大力支持。而武老也不负重托，全身心投入工作，凭两把灌镬起家，在盆地青兽医站兢兢业业，一干就是二十几年。在盆地青兽医站工作期间，武老带领兽医站全体员工，率先在全公社进行了绵羊改良，使全公社绵羊种群数量由5000多只猛增到10000余只，改良后的羊毛产量和质量大幅度提高，羊毛年产量可占全县20余万只羊（未改良）羊毛产量的一半；引进了煤油灯孵鸡技术，鸡苗孵化达到了批量化，促进了全公社养鸡业的发展。实行了综合办站经营模式，增强了内生动力，节省了开支，壮大了实力，有力地促进了当地畜牧业的发展，开创了全县畜牧兽医行业的先河。

在高书记的大力支持下，武老多次外出考察，选择了优良种公畜并迅速引进，办起了大畜配种站，使全公社耕役畜数量稳定增长。

武老在盆地青兽医站工作期间，使全公社的畜牧业收入达到了每年50万元，20年间，共收入1000万元，为全公社畜牧业发展做出了突出贡献，将盆地青兽医站办成了全县先进兽医站。鉴于武老的突出贡献，经本人申请，公社党委批准，武老于1978年光荣加入了中国共产党。

武老调回县里后任县兽医站站长。退休后一直致力于扶贫工作，90岁高龄仍奔波在扶贫第一线，多次受到自治区、市、县表彰。2018年，武老被国务院授予"脱贫攻坚模范"荣誉称号；2021年被中共中央、国务院授予"全国脱贫攻坚先进个人"荣誉称号，被中共中央授予"全国优秀共产党员"荣誉称号，并受到习近平总书记的亲切接见。

　　贺云飞，中华人民共和国成立初期的师范生，是一位爱岗敬业，才华卓著的优秀教师，也是出身于地主成分家庭。20世纪五六十年代，他被打成"中右分子"。在对贺老师充分了解的前提下，高书记求贤若渴，冒着风险把贺老师调入盆地青工作。在实际工作中，高书记委以重任，贺老师也尽其所能，努力教学，所带班级教学质量一直领先。高书记还委托贺老师办了一个培养当地人才的中专班，贺老师全身心投入，从县里请有专长的技术人员前来授课，送学生到县里相关单位、工厂实习，培养出了能够分别从事农机修理、电工、铆焊、工程及科学种田的20多名学员。虽然同公办正规的中专学校不可同日而语，但当时这个举措为盆地青公社的各项事业提供了急需的人才。

　　贺老师调回县里任县教师进修学校校长。退休后仍笔耕不辍，创作了不少文学作品，刊登于区内外的报刊，为弘扬当地文化发挥了重要作用。

　　张黄庭，是县里一位医术高明的大夫，但张大夫当时被打成了"黑五类"。为了盆地青的卫生事业，高书记义无反顾，把张大夫调入盆地青。在盆地青卫生院工作期间，张大夫同王大夫一起发现并及时有效地控制了当地已呈蔓延势头的甲状腺肿大病症。而且，张大夫凭精湛的医术、热情的服务，为本公社及周边的不少患者治愈了不少疑难病症，受到了老百姓的一致好评，使盆地青卫生院成了远近闻名的卫生院。

　　当年，曾有不少人背地议论，高书记总是用些有"历史问题"的人。其实，这是片面的说法。高书记用人，只重能力和才干，对于那些根正苗红的优秀人才，照样放手重用，如三元号大队支书王七十三、新村大队支书侯甲才、座峰大队年轻的支书王献、供销社主任刘芝和前兴泉生产队队长张润满等，这些人都是对当地做出突出贡献的干部。

　　对那些德才兼备，有发展前途的年轻人，高书记总是不遗余力，不失时机地为他们提供平台、创造条件，抓住机遇，有的向上推荐，有的向外保送，有的提拔重用，如闫培臣、苏芝英、王焕明、龙培荣、黄珍亮、武座峰等。这些从盆地青走出去的佼佼者，曾在当地、县市乃至自治区各行各业，凭借自己的聪明才智和不懈努力，大有作为，成为栋梁之材。他们没有辜负高书记的厚望，没有辜负父老乡亲的重托，为家乡争光露脸，为祖国的现代化事业建功立业，他们是家乡父老的骄傲。

作为一位领导者，能够做到合理整合、挖掘各种资源，尤其是人力资源，尽其所能，最大程度地为社会服务，就是一位杰出的领导者。要做到这一点，就需要顶住压力、克服阻力，就需要有过人的担当精神。高书记就是这样一位领导者。

高书记在盆地青工作了近20年。在这些年中，做过的工作实在难以尽数。比如，为改善运输条件，发动群众在三岔河到石峡口水库一段的高山半山腰修了一条盘山公路，人们俗称"山弯子公路"，改善了原来通车难的状况。组织群众在五里坡村修了一座小型水库，使当地的大片耕地能够实现上水灌溉，增加了粮食产量，等等。无需一一记述，几个具有代表性的事例足以折射出高书记在盆地青的政绩。

为官一任，造福一方。金杯银杯，不如老百姓的口碑；金奖银奖，不如老百姓的夸奖。

如今，我们行进在宽阔平坦的山乡公路上，在路旁浓荫蔽日的大树的庇护下，犹如穿行在前不见头，后不见尾的绿色长廊之中，心旷神怡之际，不能不想起高书记挥洒过的辛勤汗水。我们看到郁郁葱葱，连绵起伏的鹰嘴山绿化基地，野鹿、黄羊、狍子等野生动物在此繁衍生息，频繁出没，听到鸟鸣声声、松涛阵阵的林间喧闹，由衷感慨之际，不能不让人想起高书记在此挖下的第一个树坑。我们流连于东起碓臼沟，西至三岔河10多千米的几千亩良田上，庄稼长势喜人，丰收在望，舒心快慰之际，不能不想起高书记晴天一身土，雨天一身泥那忙碌的身影。

高书记以其勤政为民的情操，踏石留痕的政绩，勇于担当的气魄，成为代代继任者的标杆和榜样。代代继任者传承了高书记的风格并发扬光大。在党的领导下，他们带领人民与时俱进，开拓创新，使家乡发生了翻天覆地的变化。如今，家乡父老已摆脱了贫困，同全国人民一道，过上了舒心惬意的小康生活。

青山有记忆，河川有记忆，盆地青的父老乡亲有记忆。20年，在历史的长河中短短一瞬，但在人的一生中，却足够漫长。在盆地青工作的20年，高书记额头刻皱纹，鬓角染秋霜，把最美好的年华奉献给了这片土地，留下了有口皆碑的政绩，踏下了坚实厚重的足迹，写下了浓墨重彩的华章。

李军　内蒙古呼和浩特市清水河县人，清水河县作家协会会员。撰写了大量散文、诗歌，在《呼和浩特日报》《老年世界》等都有作品发表。曾获清水河县文化艺术成果长城奖。

那一抹绿

垃圾池边，不知谁家扔了一盆花。路过时，我随手摘了一小枝。

办公室犄角旮旯里，不知何时丢着一只小花盆儿，我很随便地把那个小枝栽在了花盆里，浇了点儿水，就弃之一旁了。

过了几天，不经意间发现，小枝竟然吐绿了。嫩绿的小脑袋从顶部探出来，打量着这个全新的世界，似乎是一种好奇，抑或是一种感恩。面对这种默默无闻的生活方式，他毫无怨言；想到能拥有如此的生存环境，他已心满意足。土质如何？肥料咋样？湿度够不够？阳光是否充足？这些他全然不顾，他只想努力向上生长，最大限度地展示自己的生命力，来回馈这个社会。

看着他弱小的身躯彰显出的顽强，我也被打动了，因此隔三岔五给他浇些水。时间在推移，他弱小的枝头长出了几枝分头，在翠绿的小茎的支撑下，显示着他的执着。又过了些时间，茎长粗了，枝条向远处伸展着，叶子由翠绿转为鲜绿，看出他在积蓄着力量，向更高的目标奋进。

时间在流逝，他的枝干在变粗，枝条在变长。偶然的一天，我发觉他的枝条已漫过花盆边，颜色有些鲜绿转为了嫩绿。又过了些时日，他的嫩绿枝条已覆盖了整个花盆，由里到外，自上而下，那通体的绿，在他生长的小天地中，尽显自己的风姿。

宗璞曾这样写道：从未见过开得这样盛的藤萝，只见一片辉煌的淡紫色，像一条瀑布从高空垂下，不见其发端，也不见其终极。这不就是浓缩版的"绿藤萝瀑布"吗？

望着眼前这"不见其发端，也不见其终极"的"绿藤萝瀑布"，再想想曾经的那一抹绿，那被丢弃的枝丫，我不由得心生感慨。在一个小花盆儿贫瘠的土壤中，孕育出如此旺盛的生命力。而当今社会，每家抚养着一到两个孩子，这些孩子们过着养尊处优的生活，衣来伸手，饭来张口，只要认真学习，父母便包办了一切。有的家庭甚至有六个大人围着一个"小太阳"转。他们生活中有一点儿不如意或遇到一点儿小小的挫折，就自暴自弃，茫然不知所措。每年报纸上、网络上都有报道的轻生事件，这让人深思……

娇艳的牡丹，只有在肥沃的土壤、合适的温度、充足的阳光等各种条件都具备的前提下，才可能开出艳丽的花朵。稍有不慎，可能就前功尽弃，毁于一旦。相比之下，这盆现在我也不知道叫什么名字的所谓的"绿藤萝瀑布"，在墙角旮旯里迸发出如此旺盛的生命力，让人震撼。似乎与其在象牙塔中被牛奶面包包裹着，还不如在荆棘丛生的逆境中激发他们生命的潜能。我忽然想：人生亦如此，天下可怜的父母在育人育才的道路上是否应该重新审视自己的方式方法了。

又见扎蒙花

盛夏，又到了人们摘扎蒙花的好时节。提起这扎蒙花，书中记录它的学名叫细叶葱，本地人叫它扎蒙蒙，它是本地人炝锅、炒菜、做面食、拌凉菜的上等调味品。它营养丰富、芳香诱人、适口性好，耐旱、耐寒，生长能力强，花色洁白或淡紫。

听父亲讲，他们小时候家里穷，根本买不起现在商场里卖的那些调味品，这扎蒙花就算是他们改善生活的调味品了。锅里烧热油，倒入晒干的扎蒙花。扎蒙花经油一炸，顿时香气四溢。再把炝好的扎蒙花拌入土豆丝中，就是那年月上等的佳肴了。听着父亲的叙述，我早已蠢蠢欲动，便加入这采摘的队伍中。

天刚拂晓，我们拿着大大小小的袋子、篮子，向县城西边的山坡进发。这些天，雨水充沛，大山穿上了墨绿的衣装，山坡上零星地点缀着大人、小孩儿的身影，人们各具情态，为山做了最好的装点。

这边穿着朴素的中年男子，佝偻着身子，左手提着袋子，右手从草丛中捡摘着盛开的扎蒙花，动作之娴熟、敏捷以及采摘的精、准，似乎经过了专业的训练，无人能及。那边红衣女子把篮子放到了一边，双手开工，左采三朵，右摘五朵，让你应接不暇。时间不长，袋子已鼓鼓囊囊。偶尔腰困了，她直起身来捶捶自己的背部；出汗了，用手背擦去沁出的汗珠，手指将散落的秀发重新拢到了耳后，继续先前的工作。

不知不觉中，旭日东升，朝阳的光辉洒遍了山野，采摘了一个多小时的人们迎着朝阳，看着沉甸甸的收获，脸上露出了粲然的笑容。等到日上三竿，大多数人已停止劳作，在山坡上裸露的青石盘上坐下来，拿出自家院子里种的黄瓜、西红柿和路过街边小店买的热焙子（此时余温尚存），伴着晨曦，有吃有喝。一顿自助"盛宴"，就在这天然氧吧中上演着。彼此边吃边聊，品评着各自的收获，讲述着艰苦岁月中的故事，谈论着扎蒙花的各种做法、吃法。值得一提的是，大家谈到扎蒙拌汤，说得人们垂涎三尺，恨不得现在就来一盆。说到高兴处，大家开怀大笑，那爽朗的笑声在空荡的山谷中回响，此时在太阳的照耀下，山显得更绿了，人们的心更敞亮了。

过去的年月，摘扎蒙花是为了改善生活，现在苦尽甘来，生活如此美满，摘扎蒙花是为摘出健康的体魄，摘出美丽的心情，更要摘出幸福的未来。

乔俊华　内蒙古呼和浩特市清水河县人，文学爱好者，丰镇发电厂退休职工。闲暇时喜欢用文字记录过往，体会当下，愉悦自己。2018年开始创作，作品发表于报纸及网络平台，连续三年获得清水河县文化艺术成果长城奖。

老　井

　　久居城市的我，为了健康，在家时喝的是烧开的自来水，外出时喝的是花样繁多的各种纯净水，但我喝过的任何种类的水都不如老家的井水留给我的印象深刻。尤其是每年的酷暑时节，我会时不时地想起老家的老井，那清澈甘洌、张口就能喝的井水一直珍藏在我的记忆中，荡漾在我的心田里，陪伴我成长，同时也承载着对生我养我的那方水土的不舍与依恋。

　　我的老家在比较偏僻的农村，四面环山，一条大河从村中穿过，村里三四十户人家分散居住在河岸的两侧，两口水井，各居一侧。井是按照村民所住的地片命名的，一口称前村井，一口称南滩井。两口井都是辘轳井，全部用石头砌制而成，呈圆柱形，幽幽的石砌井壁巧夺天工，井口和地面相平，前村井的井口是用青石头垒砌的，南滩井的井口是由一块中间挖成圆形的黄色石板覆盖着的。井沿上的许多凹痕是经年累月长长的井绳与石头摩擦勒刻而成的。埋地的有三根原木，两根原木合臂交叉呈"X"形，承放着穿过辘轳的长轴，后面一根原木与长轴用铁丝捆绑在一起，起到稳固的作用。两口井究竟是哪一年挖砌的，就连村中最老的长者也说不清楚，只知道前村井要比南滩井的历史长，但都是名副其实的老井。

两口老井的直径都有七八十厘米，前村井深约十丈，南滩井深约十三丈，尽管紧邻大河，即便是夏天滔滔的河水经过，老井的水依然是那样清澈，而且水位也不受影响。因为是地下水，老井的水冬暖夏凉，冬天从不结冰，夏天也不会干涸。每天早晨，各家男人们担着水桶陆续走向老井，"噜噜噜"的辘轳声像一首首音乐不时打破沉寂的村庄，清甜凉爽的老井水如母汁般养育着家乡的人畜，是老家人的骨髓血脉，是老家人的生命之源。

我十二岁之前，我们一家人住的是爷爷在前村留下的两间旧窑洞，所以吃的是前村井水。老井离我家最多两百米，在老井右侧两三米处，有一个小型的由四块长条石板搭建成的奶奶庙，那时村里人生活条件和医疗条件都很差，谁家孩子有个小灾小病的，大人们就在庙门前讲讲迷信；谁家的老人过世，叫夜那天必来上庙，这也算是民风民俗吧。老井的正前方有一块雕錾精细的长方形石头水槽，用来给生产队的牲畜饮水。水槽的不远处有一斜躺着的白色大理石拱形石碑，长约两米，宽六七十厘米，记忆中碑上刻的全是繁体字，字体很漂亮，碑文具体啥意思，村里的老者同样不清楚，只知道大概是清朝年间刻的。长大后的我曾猜测，碑文的意思可能与建造老井有关吧。

那时候，父亲作为一名石匠，一年里有几个月时间会被生产队派出去做工，两个哥哥外出求学，母亲每天一大早起来，除了给一家人做早饭，给猪喂食，还得赶在生产队上工前挑几担井水，母亲的辛劳可想而知。可惜那时我们都小，除了放学后拔猪草，帮不上啥忙。

随着家庭经济状况逐渐好转，父亲利用闲暇时间，在村里叫后河的地方砌了三孔新窑洞，包产到户那年，我们搬进了新家，而且从生产队分到了一匹骡子，全家人格外开心。唯一遗憾的是吃水不方便，最近的南滩井距离我家也有近千米，而且还有一个小坡。父亲去供销社买了一大匝轮带绳，给老骡做了一副漂亮的笼头后，余下的做了井绳。用轮带绳做井绳，结实、轻便，而且不浸水。父亲又买了新的小巧橡胶水斗，做了一根打磨得光滑的绞水把，把这三样连接好后，父亲又请木工做了一辆板车，然后放上大油桶，早晚下地回来，套上骡车拉一桶水，然后再将水倒到水缸里，如此反复。

上初中时，我慢慢学会了挑水，由半桶到一桶，由多歇到一两歇，为此父亲又添置了一对轻便好用的薄铁皮水桶和一根扁担。每年的寒暑假及节假日里，我们几个小伙伴约好了似的，聚集在井边，边绞水边嬉戏打闹。我们爬到井口边，对着深邃的井底下那一汪波光粼粼的井水丢颗石子，大声喊话，听着好长时间才响起的回声，感受着老井的幽深与神秘。因为井深，绞满一水斗后，男孩子性子急，等不上慢慢往下放井绳，常常"放辘轳"，往两手心吐口唾沫一搓，然后放开绞把，让辘轳飞速旋转，两手托着缠绕的井绳，等到井绳下放到剩一两圈了，双手用力一紧，伴随有节奏的噜噜响声，水斗"扑通"一声落到水里。这种刺激惊险的动作常引起我们女孩子们的嫉妒和调侃。炎热的夏天，偌大的水槽周围常有蝴蝶和蜜蜂来光顾，我们追蝴蝶、赶蜜蜂，相互间用水泼洒，欢声笑语充斥周遭。不管渴不渴，我们时不时掬一捧刚绞上来的水喝下去，清凉爽口，甘醇甜润，如饮琼浆，沁人肺腑，透彻心扉。偶尔有行人路过，伙伴们热情地邀请他们来喝水，喝完他们都会夸赞老井的水好喝，大家高兴得合不拢嘴。一方水土养一方人，历经沧桑的老井不仅滋养了淳朴善良的家乡人，也带给我许多童年的欢乐记忆。

工作后，我回老家的次数逐渐减少。随着社会的发展，随着国家惠农政策的深入推行，家乡人逐渐走向了富裕，过上了幸福的生活。每次回去，老家日新月异的变化总会令我感到瞠目结舌，乡亲们家家通上了电，用上了自来水，高速公路横跨村庄……曾经动揽白云，静拥星辰，给予全村生命之源的两口老井渐渐被冷落，被遗忘。

今年的清明节，我回老家时，特地去两口老井周围转了转，抚今思昔，感慨万千。井口都被大石板盖住了，支架、辘轳、水槽已不复存在了，前村井附近的奶奶庙还在，规模比以前要大，大理石石碑早已不知去向，一幅孤寂落寞的景象。人常说，井是村庄的眼睛，随着老井使命的终结，村庄的一双眼睛闭上了。但老井的水像一条岁月的河，时常流过我的心底，让我难以忘怀。

边俊杰　内蒙古呼和浩特市清水河县人，作品有报告文学、广播剧、散文、诗歌，作品多发表在《人民日报》《光明日报》《中国报告文学》《中国林业》《散文百家》《内蒙古日报》《实践》《草原》等报刊。广播剧《老牛坡》获得内蒙古自治区"五个一工程"奖。

浓浓的海红情

雨后的黄河岸边，天空湛蓝湛蓝的，脚下峡谷里的黄河水奔腾不息。在黄河岸边的窑沟乡境内，漫山遍野的海红果树迎风傲然，郁郁葱葱。果农们脸上洋溢着喜悦的笑容，汗水伴着山歌洒满黄河岸边……

这里风光旖旎，景色迷人，望着那一株株、一行行、一沟沟、一坡坡亭亭玉立的海红果树，我不禁思绪万千，浮想联翩。

黄河，是中华民族的母亲河，是中华文明的诞生地之一。黄河用她甘甜的乳汁，哺育着两岸的生灵。海红果树生长在黄河岸边，是晋陕蒙接壤地区特有的树种，虽然没有红枣有名，没有苹果、梨的产量大，但作为

"果中钙王"的海红果，正以其甘甜的味道、诱人的颜色、丰富的营养价值，悄悄地促进着这片土地的经济发展，改变着人们的生活观念、发展理念，同时也可以说，它丰富着这片土地的灿烂文化。

据史料记载，海红果树在黄河流域和清水河窑沟境内已有近千年的历史。历代文人墨客有许多脍炙人口的诗句赞美海红果，如北宋著名的大文豪苏东坡这样赞美海红果"东风袅袅泛崇光，香雾空蒙月转廊，只恐夜深花睡去，故烧高烛照红妆"。

漫步果林，看着一株株的海红树，我不由得想起晋陕一带的先人们，为了生计，背着行囊，一步一回头，爬山坡、跨沟梁、坐小船、过黄河、到包头、去归化的"走西口"的场景。这些远走他乡的老百姓，把海红果带到了口外，使海红果在清水河扎根，他们也在口外扎下了根。这小小的海红果，寄托了"走西口"的人们对家乡、对亲人的无尽思念，也成了男女恋人儿女情长的信物……

想到此时，我的眼前仿佛出现了山圪梁梁上飘起的那一曲曲凄美、哀怨的歌谣：

> 哥哥你"走西口"，
> 小妹妹我实在难留，
> 手拉着那哥哥的手，
> 送哥送到大门口……

在长达数百年的"走西口"大潮中，晋西北众多的人思念家中的妻儿老小，思念家乡的一草一木，海红果作为一种浓浓的思乡情树，自然会常常浮现在口里口外人们的脑海中，如同红豆一样，"愿君多采撷，此物最相思"……

在"走西口"的歌曲中，山曲儿是最流行的曲调，高亢激昂，感染力极强。山曲儿中，海红果又是一个被人们常常提到的词儿——

满山山海红果一颗颗红，
哥哥我就爱你一个人。

海红果酸来海红果甜，
哥哥就爱你的毛眼眼。

冬天的海红果冰冻过，
想你想得真难过。

孙家梁的果果冯家塔的枣，
人里头挑人就数妹妹好。

一株株海红树迎风摆，
哥哥爱你不后悔。

海红果作为人们寄托情感的相思果，那一段段肺腑言，朴实无华；那一句句诉情词，回味无穷。

中华人民共和国成立后，特别是在如今倡导的生态先行，绿色发展新理念、新思想的指引下，随着清水河县百万亩林果基地的落地生根，黄河儿女一片欢腾，红旗辉映黄河岸，光照民众千千万。他们在党的领导下，叩石垦壤掘坑叠堤，挖坑植树打井滴灌，人人甩开膀子大干，树一个劲儿地长，全乡的宅旁、路旁、井旁处处都是海红树，山坡、沟壑、河边到处都是水果林。他们把海红树比作摇钱树、小银行，家家比绿，户户赛富，大人小孩都会栽植，昔日洪水冲刷的乱山窝，如今变成了花果飘香的绿色宝地。

海红果给山里人带来了无限希望，给他们的生活增添了绚丽多彩的梦想。

枝间新绿一重重，小蕾深藏数点红。春天里黄河岸边那盛开的海红花，远远望去，花蕾红艳，花朵洁白耀眼。那一簇簇、一片片的美丽花朵，在滔滔黄河水的映衬下，分外醒目。一股清风吹来，仿佛能闻到海红花幽幽的清香，使人心清目爽，精神倍增！我真想高声地呼唤人们：到这里来吧，来领略海红花的馨香吧！

夏天里，您如果来到清水河百万亩林果基地，会看到海红树遮天蔽日，郁郁葱葱，那一坡坡海红树林绿浪滚滚，那一沟沟海红树碧波荡漾。去年，几位肯尼亚黄河考察团的国际友人看到海红树林后，不由得赞叹道："没想到在著名的黄河岸边黄土高坡上还有一座花果山呢！"

从夏末初秋到深秋之际，海红果逐渐成熟，颜色由浅绿到深绿，由黄绿到紫红，这丰收的果实红彤彤、亮晶晶，在阳光的照射下更显得迷人，更让人馋得流口水，看着树冠上挂着丰收的海红果，黄河岸边的乡亲们脸上溢出了花一样的笑容。

阳光雨润海红树，硕果收获满枝头。冬天到了，脚下的黄河像条天落银河一般，两岸雄浑的山峰巨人似的对峙着，显得格外幽静。苍天、大地、树木、窑房，被大雪装饰得更加壮美，成了白茫茫的一片。这时候家家户户的院落里，一篮篮、一筐筐的海红果正经受着严寒的考验，海红果颜色逐渐变成紫红色，您这时拿一颗放入口中慢慢品味，那绵甜爽口、甜酸酸、沙腾腾的味道，真是让人回味无穷。

"害娃娃女人最想吃的是个海红果，真是抓耳挠腮，坐立不安，心痒难耐，左思右盼，那酸圪茵茵、甜圪津津的海红果，爱说那个酸，爱说那个甜，咬上一口，香半天，吃上一个，甜半年。"用本土快板大师牛培绪这段词形容最确切不过了。

这个季节，在一堆堆像小山一样的海红果堆子里，家家户户挑选那个大饱满、外表光滑的精品海红果。用细白布擦干净，再放入坛子内或玻璃罐子里，放一层海红果喷一层酒，盖好盖，再用白麻纸或塑料纸密封，在冷窑里存放几个月，等到新春佳节将盖子打开，喷香扑鼻的海红果立刻香溢四野。那一颗颗红润润、水灵灵的海红果在阳光的照耀下闪闪发光，熠熠生辉，散发出淡淡的酒香，成为招待四海宾朋的上好佳品。海红果还可以加工成果丹皮，酿制成海红果饮料、海红果酒，还能起到清热开胃、补肾、美容、健体的作用。

天佑黄河，雨润大地。初冬时节，窑沟大地激情涌动。这边兴建海红果大冷库，那边办加工厂做果品系列和米醋；这边发展林下经济，那边搞滴灌浇地。家乡的人民不正像海红树一样不屈不挠，不畏严寒，创造着美好的未来吗？

　　一坛坛海红子酒醉人香，总书记话儿记心上。

　　百万亩林果进山来，绿水青山分外美。

　　拼搏奋进新时代，咱们的海红果通四海……

伫立在山坡上，望着美景，一声声山曲由远而近，随风飘进我的耳膜——原来是一对小夫妻，边装海红酒，边哼唱着即兴编唱的山曲小调……

我想，这山歌抒发着山里人对绿水青山就是金山银山的美好向往，抒发着对未来幸福生活的憧憬。

海海漫漫的海红树啊，你不仅是山里人的摇钱树、幸福树，而且在我心中凝聚成浓浓的海红情。我相信，在不远的将来，家乡的海红果定能走出家园，走向全国，走向世界！

李洁　企业退休工程师。呼和浩特市作家协会会员、清水河县作家协会会员，撰写了大量介绍家乡风土人情及饮食文化的散文作品。

清水河擀豆面

"长长的豆面软软的糕，想亲亲想成个半吊吊。"

长豆面是清水河的传统风味面食，在清水河，逢年过节、迎亲送友、娶媳妇聘女儿或生辰满月，都离不开豆面。说起长豆面，名堂还真不少。过生日时吃长豆面为长寿面，寓意健康长寿；新婚吃长豆面叫喜面，寓意新人情意绵长；产妇生孩子3天后，也要吃长豆面，俗称"展腰面"，意为孩子顺利降生，母亲该放松身体，展展腰了；孩子满月吃长豆面为吉利面，意为祝孩子长命百岁；正月初七吃长豆面称"拉魂面"，意寓幸福长久；农历二月二也要吃长豆面，称为"挑龙衣"，期盼风调雨顺的丰收年。

　　记得我生了儿子时，丈夫的表哥——那个憨厚朴实的山里人，背了20斤豆面，步行40多里山路来看我，那是个冰雪初融的二月天，当他来到我家时，满脚泥泞、满身大汗，装豆面的布袋子都被汗水浸湿了。那时候他们村还没有通乡村客车，但表嫂执意安顿表哥背了豆面来看我，他们一定要让坐月子的我吃到他俩亲手用石磨石碾加工的豆面。

　　正宗的豆面是用绿皮小豌豆制作的，豆面的传统加工过程非常复杂。第一道工序是砬豌豆，将豌豆在石磨上去皮，使豌豆变成豆瓣（当地人叫"豆黄"）。第二道工序是粉豌豆，将砬好的豆黄用适量的热水拌湿，让水分慢慢渗透，使豆瓣变软，这个时间需要大约一天，豆黄软硬的程度是有讲究的，软到用手摸感到潮湿，用牙咬感觉没有干核，也听不到声音为好。之后把粉好的豌豆豆黄用石头碾子压成面粉。还有另一种加工方法，过去因豌豆产量低，人们种得少，有的人家把豌豆砬成豆黄后，按适当比例（莜麦和豌豆大致是4∶6）与莜麦一起混合了加工，莜麦用开水淘洗好后，焖一天，然后上笼蒸，蒸莜麦时笼里放个鸡蛋大小的山药，山药熟即可出笼，然后和干豆黄拌匀，待干豆黄水分吸收匀称便可加工了。有小麦的殷实人家会加少量小麦，小麦和莜麦叫兑头，这样加工出来的豆面口感非常独特。

　　新加工出来的豆面颜色淡黄、细腻绵柔，散发着豌豆淡淡的清香。和所有的面食一样，擀豆面先从和面开始。和面加的辅独具一格，必须用本地生长的一种野生蒿草的籽，蒿籽泡水一夜至黏稠状加入，这样做出来的面条才筋道。放入蒿籽的多少也是有讲究的，一般2斤面加一大把蒿籽，蒿籽少了没有黏合力、筋度不够，擀出来的面条发酥，煮的时候会烂，面汤黏稠；蒿籽多了韧性太大，不仅不好擀，煮熟了口感僵硬，也不利于消化。现在生活条件好了，擀豆面的工艺也发生了变化，一般豆面和小麦粉的比例为6∶4，在和面时3碗干面加1颗鸡蛋，这样色泽鲜黄，口感也更筋道绵润。长豆面要想好吃，嚼面也是个必不可少的工序，豆面加了蒿籽和成稍硬的面团后，蘸着水反复揉搓，使其变得光滑筋道。和豆面讲究"三光"，即盆光、面光、手光。豆面和好后要用潮湿干净的纱布盖好醒一小时左右才可以擀。

擀豆面一般是在窑洞内结实的土炕上，铺一大块干净的塑料布或牛皮纸，然后拿出那块祖传的长2米、宽1米左右的案板。擀豆面的擀面杖一般最少也需要3根，尺寸长短不同，最长的1根约有1.5米。

婆婆在世时我很喜欢看她擀豆面，那动作娴熟、协调，伴随着一种有节奏的"咚咚"声，擀面杖前后滚动，越来越大的面皮上下翻飞，如同一场手与面的舞蹈。在清水河，擀豆面已经超越了厨艺的范畴，那就是一种地道的粗粮细作的饮食文化，是平凡生活的仪式感。

擀豆面讲究薄、匀，擀好的豆面抖开时占了半个炕，如宣纸般柔韧，像丝绸一样轻盈。切豆面也得有好刀功，将擀好的豆面切成均匀的比韭菜叶稍宽的面条，分成小把，整整齐齐地码放起来。婆婆说，老一辈人的长豆面面条的长度必须擀到四尺八以上才行，可能是取四通八达、四亭八当的美好寓意吧。

婆婆下世后，婆婆最疼爱的小妹，也是我们最亲近的四姨，接过了婆婆的擀面杖，逢年过节或闲暇时就会为我们擀豆面。全家人围坐在一起，熬一锅猪肉土豆臊子，吃一碗四姨擀的热腾腾、香喷喷的长豆面，这也是妈妈的味道、家的温度吧。

清水河黄米糕

走遍西部晋、蒙、陕种黍子的地方，清水河的糕最好吃。也许这跟清水河特殊的土壤和气候条件有关吧。尤其是靠近黄河岸边的窑沟、喇嘛湾和老牛湾一带，土质疏松，气候温暖，很适合黍子生长。这里出产的黍子加工出来的糕面色泽金黄，入口筋道又绵软香甜。

黍米中蛋白质和人体所需的几种氨基酸均高于面粉、大米和玉米。糕的做法非常简单，又可以和各种素菜、肉菜和汤搭配，是清水河人重要的主食之一。

糕，不仅是本地人百搭的家常主食，而且成了外地人吃过后一生难忘的回忆。

我有个好姐妹晓梅是辽宁锦州人，也是我们清水河的媳妇，每次他们夫妇从锦州回来，我必陪伴几天。记得那次中午我们在老牛湾吃饭，主食就是酸米饭和糕，她吃了几个山药丝韭菜馅油糕，赞不绝口。晚上吃饭时我征询晓梅想吃什么时，她非常可爱地说"再把中午的糕上一盘"，逗得我们一桌人都哈哈大笑起来。有句老话说："三十里的莜面二十里的糕，十里的豆面饿断腰。"糕一般也是个耐消化的吃食，想不到晓梅这么爱吃。

每次回去看望母亲，我总会在汽车后备厢里放几袋糕面，因为那些婶子、大妈、阿姨们都是母亲的好伙伴，她们见到我时，总提起清水河的糕面如何好吃，我也就随手送上一袋，表达一下我的心意。还有我几个同学的母亲，也是特别挂念清水河的糕，有时去看同学，我也会特意为老太太带一点儿糕面。真的想不到，在清水河，这普通得不能再普通的糕面，加深了我和多少亲戚朋友的感情。

糕的吃法分两种，素糕和油糕。我比较喜欢吃素糕。素糕就是蒸出来不用油炸，趁热撅成一个又筋又软的大团即可，没吃过糕或者确切说没做过糕的人，不会理解我们清水河的撅糕。刚蒸熟出笼的糕，温度高又那么黏，手不可能上去揉，而是要速度快、力道大地接触，然后迅速抽脱，循环去按、压、捣，这个过程就叫撅糕。糕好吃与否，固然取决于糕面的品质，不过，撅糕也绝对是个影响口感的重要因素。撅糕时必须是速度、力度、声音都配合上，要一边撅，一边喊："哎呀妈呀，烫死了！嗵嗵！好烫！好烫！嗵嗵嗵！"迅速撅出的糕才好吃。撅糕要有阵势、气势，特别是气势这块儿，须打出来，该压就压，该捣就捣。声势上也要胜于一切其他烹饪方式！吃一顿糕，撅一团糕的阵势，要让邻居听见响动，这样，糕才好吃，才有平凡生活的仪式感！糕，就是那种寓意着高高在上的隆重吃食。

撅好的一大块素糕放在盆子里，上面抹一层胡麻油，色泽黄亮、油光水滑、温润柔软，看着就流口水。吃上一口，那原汁原味的黍米的清香从唇边一直浸染到人的心里，吃一口香甜绵软的素糕，我就会想起秋季整片整片的黍子地，想起微风吹过沉甸甸的黍穗……

既然糕撅好了，立马端上来清水河的干货、硬货，也是吃糕必备大菜——本地炖羊肉和炖笨鸡。清水河属于山区，沟多坡多，讲究的人家都是买跑坡羊，而不是圈里饲养的羊。跑坡羊每日出去吃草要走一二十里的山路，肉质好，口感好。本地人说："素糕蘸上羊肉汤，南北大菜比不了的香。"

　　说到羊肉汤蘸素糕，想起我刚上班时每年夏季的交流会，很多人会杀了羊到交流会场找一个合适的地摊卖炖羊肉和糕。一口支起来的大铁锅，一般一次能炖一只羊，手摇风箱把炭火烧得旺旺的，蒸好的一大盆素糕，几个小凳子，有的甚至连桌子都不摆，这样就是一个简简单单的美食地摊。

　　我记得那年有个摊主为了招揽顾客，特意写了一块大牌子"炖羊肉10块1碗，糕白吃"。那天中午，一个外地的小后生去了地摊，坐在小凳子上让摊主先来一大块糕，摊主殷勤地铲了一大块糕，上面浇了油腾腾、香喷喷的羊肉汤，那后生狼吞虎咽地吃了两大块糕后，摊主又满满给舀了一大碗炖羊肉，这后生却站起来，说："我不吃炖羊肉。"然后又指了指那块牌子。摊主是个聪明又厚道的人，先是一愣，然后心里立即明白了这后生肯定是遇上什么难事了，不然也不会在众目睽睽下吃这顿霸王餐。摊主宽厚地笑了笑，然后拍了拍后生的肩膀说："行了，行了，你喜欢吃糕以后尽管来吃！"那后生迟疑了一下，想说什么，最后什么也没有说，只是感激地看了摊主好久，低头匆匆离去。这件事一度成为清水河的美谈。直到现在，清水河很多卖炖羊肉的小饭馆还沿袭着素糕白吃的传统。

　　再说说鸡肉汤蘸素糕。清水河有句流传了几辈人的老话："女婿上门，鸡子头疼。"毕竟羊算是比较大的牲口，杀的程序也比较复杂，不能说杀就杀。而杀鸡比较简单，一个家庭主妇一会儿工夫就可以宰杀褪洗干净一只鸡，在过去那种年月，物资匮乏、交通不便，家里来了稀罕客人都是杀一只鸡来款待，经过多少年生活习惯的传承，炖笨鸡吃素糕这种家常美食，也成了清水河大饭店的一道特色菜。

　　吃过了清水河特色的素糕，大家肯定对清水河的油糕也是垂涎欲滴。糕，在清水河虽然是个家常的吃食，不过，也是在重要场合必上的一道主食。这时候，就要吃炸油糕，还要包上豆沙馅，预示着隆重和甜蜜。孩子的满月庆贺宴席可繁可简，唯油糕是必不可少的食物。家里不管谁过生日，大部分人家都会炸油糕，即使儿女在外地工作，父母也会按清水河多年留下的生活习俗吃顿油糕来祝福儿女们。订婚、结婚这人生的重要日子，糕更是不可或缺的，去饭店参加宴席，即使再不爱吃糕的人，也会吃一个，图个吉利和喜气。如我这般爱吃糕的人，有一场糕，也是不愿意吃的，那就是葬礼上的糕。身边的亲人或朋友离世，那顿哀泣声中的大餐上，糕——必不可少的隆重主食，是对逝者的最后告别。

清水河黄米糕，吃的是一种感情，是一方水土的饮食文化。

秦翻花　爱好文学，尤喜散文，偶作诗歌，作品散见于各类网络平台。呼和浩特市作家协会会员、呼和浩特市电影家协会会员、清水河县作家协会会员。连续两年获得清水河县文化艺术成果长城奖。

思　念

那年农历四月十五，母亲永远离开了我们。就在那里，当亲人们用一块块砖头把母亲的灵柩与母亲深爱的儿女们慢慢地阻隔，当瓦工师傅把最后一点儿空隙堵上时，我的心一阵剧烈的刺痛，只觉得天旋地转，眼冒金星，犹如重重的一拳给了我致命的一击，让我喘不过气来。我拼命挣扎，试图再看上母亲一眼，虚无缥缈，失望至极的同时，在我心中曾经绽放的春天也消失了。

三年后的一个初冬，我们姊妹几个还不曾从失去母爱的阴影中走出。猝不及防的是，我们在这个冷酷的初冬痛失了深爱我们的父亲。同样还在那里，当痛不欲生的我们和父亲做最后的诀别，我只感觉整个世界都被埋葬了。我坐在冰冷的土地上，看着萧条、荒凉、苍茫的四周，心在滴血，泪流成河。寒风将我们的孝衫撕扯成了碎片，化成缕缕青烟，直上云霄。我的心被割出一道道伤痕，隐隐作痛，找不到父母留下的一丝痕迹。唯能看到的是，父母坟头那棵陌生而粗糙的柳树挑起的一串随着寒风瑟瑟发抖的纸幡和幡下几尺高静静直立的石碑。生命竟然如此脆弱，如陶器般易碎，就这样说走就走。几多回忆，几多留恋，几多无奈，都化作如雨的泪珠，滴在思念你们的远方……

离开父母的坟茔回到村庄，我呆呆地望着那熟悉的老屋，回想起躺在滚烫的土炕上享受父爱如山、母爱如水的欢乐情景，眼泪禁不住又往下流淌。我对着老屋扯开嗓门呼喊着："大大……妈妈……"可一切，都已没有了回应。现在，唯一的希望就是父母在那边能够健康、平安、快乐，再没有病痛的折磨。

父母本应该幸福地安度晚年，享受天伦之乐，但无情的病魔依次夺去了二老的生命，断送了这一切美好。父母的离去，让我承受痛失父爱与母爱的沉重打击，心被剧痛不停地撕扯着。一种天塌地陷的恐惧幽灵般地袭击着我。在空旷中，我感到前所未有的无奈，孤单伤心地在寂寞凄凉的静湖中款款划行，没有了航标，没有了舵手，只有无尽的思念和痛苦……

父母走后，我才真正理解了清明的含义。每当此时，我便会想起"清明时节雨纷纷，路上行人欲断魂"的诗句，心中不由得涌起一股浓浓的哀伤，禁不住思绪万千。父母去了一个遥远而陌生的地方，闻不到家乡的黄土味，听不到家乡的牛羊叫，更看不到儿女们快乐生活的美好画面。梦中，我常常看到父母笑着向我走来。我好几次从梦中惊醒，依稀记得母亲那慈祥的面容和爱怜的眼神，父亲那和蔼的笑容和坚实的背影。二老还像之前那样对我充满溺爱，就像商量好了似的，异口同声地对我说："开心果，多注意身体，有个好的身体才是这一生最重要的事。"每当此时，一丝丝的辛酸就会在我心中升腾、蔓延。"二老为什么不照顾好自己的身体呢？你们为了培养儿女们长大成人，操劳了一辈子，积劳成疾，过早地离开了我们，让我们遗憾终生。"

父亲是地地道道的农民，一辈子行走在山域沟壑的怀抱里，却永远走不到山的那头。在父母那写满故事的脸上，更多的是担忧和留恋。他们是忠厚老实的庄户人，虽说苦了一辈子，但心里是甜的。说他们苦是因为他们一辈子为了家人和儿女没有一丝懈怠，也没有片刻休憩；说他们甜是因为他们儿孙满堂，其乐融融。父母啊！女儿多想让您二老看到此时我们生活美满、儿孙满堂、家庭幸福的温馨画面，多想让您二老知道女儿也是对家庭、对社会有用的人，多想跟您二老分享女儿的忧愁和快乐，多想回到您二老温暖的怀抱里，和您二老说说心里话，多想您二老还在人世间，多想再吃到父亲您一手拉风箱一手添柴烧火，母亲您亲手做的家乡风味的大锅排骨炖酸菜，用熟山药丝丝和韭菜调馅包的现炸油糕。女儿多想再陪您二老在那缕缕炊烟、牛羊欢叫、没有纷争的农家小院共度欢乐时光。可惜，故人已去，唯有让思念化作飞絮，把女儿对您二老深深的思念传达到您二老心中，让您二老安息。

父亲，您给了我鲜活的生命，教会了我堂堂正正做人的道理；您给了我在逆境中坚强不屈的信念，做事时坚持不懈的勇气。

在父亲身上，我看到有一种闪光的精神——博爱、正直、善良、勤劳、朴实，而这些正是中华民族所具有的精神脊梁。父亲，您的精神我会永远传承下去，您是我的榜样，您永远活在我的心中。

母亲七十二年平凡而短暂的人生，却是普通又高尚的。母亲勤劳善良，邻里和睦，与世无争，任劳任怨。我们的童年时代，生活极度贫困，母亲整日整夜为我们的衣食住行忙碌着。我们姐弟的每一步成长，生活中的点点滴滴，无不消耗着母亲的心血。母亲根本没时间和精力去照顾自己，积劳成疾，过早地离开了我们。父亲忙于工作，家里家外都由母亲一个人操持。只记得母亲没有一点儿闲暇之时，往往是踏着清晨的露珠去田间劳作，顶着中午的烈日回家做饭、洗锅、喂猪、喂鸡，下午又继续到地里干活，直到披星戴月之时才能回家。忙碌一天的母亲，晚饭过后也不能早早休息，还得在昏暗的油灯下一针一线地为我们搓麻撵线、缝鞋、补衣服。在母亲日复一日，年复一年的辛苦付出中，我们七个孩子在安闲舒适的环境中快乐成长。母亲善待老人，疼爱子女。我九十多岁的老爷爷那时一直由我父母赡养。母亲对此从来没有一句怨言，也从来没与我的老爷爷红过脸、拌过嘴。母亲的耐心侍奉，为她赢得了周村人们的赞扬和敬佩。母亲去世后，村民们都为她流泪，为她送行。

转眼母亲的忌日到了，都说时间可以淡化对亲人的思念，可我对父母的思念更加深刻、更加难忘了。诉不尽父母那比天高比海深的恩情，写不完我对父母浓浓的思念。在我心中，二老永远是最伟大、最无私的父母，我为我有这样的父母而自豪。历历在目的往事，让我更加想念父母。泪水像清明时节的绵绵细雨，默默地湿了天、湿了地，也湿了衣襟。思念像一条扯不断的线，让两个世界的亲人遥遥相望，痛断肝肠。

此刻，一束黄花，一行垂柳，一怀清风，面对二老安憩的方向，深深鞠躬。我抬头仰望，目光扒开云雾，遥望天空，父母慈祥的笑容依旧在绽放。我强忍悲痛，仰天长叹，默默祝福父母在那边平安健康，互相照顾，一切安好！

高锦　男，汉族，1959年生，内蒙古呼和浩特市清水河县人。1985年参加工作，清水河县文化旅游体育局退休干部。主要作品有散文、纪实文学、曲艺剧本等。

回忆父亲

一九九三年正月初九是我永生难忘的日子。早上九时，我兑好药水抽入注射器，正准备给坐在炕上的父亲进行肌肉注射时，父亲对我说："你硬给我往死打呀，多会儿一针打的不出气了，你就不打啦！"

父亲患肺结核病多年，我经常给父亲打针。父亲话音刚落，就呼吸急促，两肩上翘。我急忙把针管放在柜顶上，跨上炕将父亲抱在怀里，大声呼喊："大大，大大，大大。"我连喊几声，因停电几天都没亮的电灯突然亮了。我大声对父亲说："大大，您看来电啦。"父亲没有回答我。只见我怀里的父亲呼吸更加急促，眼睛直直地盯着我。几分钟时间，父亲就在我的怀里与世长辞了，享年七十二岁。

父亲就这样匆匆地走了，我十分痛苦，泪如泉涌。

在我的记忆中，全家八口人居住在爷爷留下的一间寒窑里。寒冷的冬天，放在地上的水缸里的火每天夜里都会结冰；锅盖上的抹布，早上总是被冻得硬邦邦的。窑洞后掌冻进来，呵雪能一直冻到半窑顶；夜里睡下，呵雪反射出的光亮犹如天上的星星，吓得我们姊妹几个蜷缩在被窝里动也不敢动，更不敢睁开眼看那吓人的光。听母亲说，为了能解决人多家小和冷寒受冻的问题，在我还未出生时，父亲在村里场路壕挖了两间土窑洞，人还没有搬进去，窑口就塌了。我十岁那年，父亲再次在杨树壕和后泉沟选址采石砌窑。那时，父亲除按时参加集体劳动，其余时间都投入起石备料中。父亲渴了喝口冷水，饿了简单吃口干粮。就这样三年，父亲坚持不懈地起石头、背石头，终于砌起两间石窑。经过简单装修，全家人终于住进父亲砌起的暖窑热炕。

大集体时，因家里姊妹多，劳动力少，我们家每年都是缺粮户。在青黄不接时，父母亲夏天刁早搭黑地挖苦菜，秋季打黏蓬籽，弥补粮食的不足。我们姊妹们隔几年还能穿一件新洋布衣服，父亲穿的衣服却都是补了又补，拆洗了又拆洗，十来年不换一件新衣服。虽然这样，有父母亲在的日子，一家人总是其乐融融的。

每年入冬，村里的油房就张罗开榨了。父亲是周村有名的油大师傅，调油饹、加水、蒸料、包垛都有一套特别的技艺，每个环节他都掌握得恰到好处，纯胡麻出油率可达百分之三十九。每年开榨，父亲都会忍受着油房的高温和炒籽的熏呛，进油房榨油挣工分。父亲榨油技术过硬，周边好多的村庄都来求援拜师。父亲曾受聘到山西省平鲁区的白家窑、迎恩堡、阻虎和清水河这边的石湾子、窑子上、坡地桦树沟等村庄。父亲深受当地社员们的尊重。

父亲还是耕地的好手，曾负责村里的犁把拐子。父亲耕出的地，犁土宽窄均匀，平整严实，湿润保墒，籽种发芽率高。父亲在村集体劳动时，总是早出晚归，披星戴月，为集体经济的发展壮大付出了很多辛苦。

回想父亲的一生，父亲没有享受过富足的生活，他经受了战乱年代的荒乱，中华人民共和国成立前的艰辛，大集体时的缺粮少食。后来，我们的生活好了，父亲却积劳成疾，患上了疾病，匆匆离开了我们。父亲走后的几十年，每当忆起父亲，我总是禁不住泪湿衣襟，心情久久不能平静。

张瑞　小名张三小，内蒙古呼和浩特市清水河县人。初中文化，中共党员。喜欢文学，部分作品发表于网络平台。

怀念我的大哥

我的大哥离开我们四十多年了，他的音容笑貌、言谈举止还时常出现在我的脑海中。可怜我那勤劳善良、聪明能干的大哥英年早逝，年仅四十一岁。

我们姐弟六个，大哥排行老二，比我大十多岁。从我记事起，他就是个很成熟的大人了。我捣乱或者犯错时，大哥就给我一句："看我提溜住眼杂毛（睫毛）把你从窗口扔出去。"我很是害怕，只得老实待着，因此我从小就对大哥心生敬畏。

因为家贫，大哥念书很少，早早就成了家里的劳动力，但是他思想开放，有胆有识。我总觉得他很不寻常，有不寻常的观念、不寻常的决策、不寻常的经历。

生产队的各种条条框框，他很难接受。十几岁时，他在村里劳动，身体不太强壮。上边只要有需要民工的任务，生产队总要派他去顶额。有一次，生产队又派他去八龙湾不知干什么，那年他十八岁。结果他趁领导不注意，黑夜偷偷地背着行李从民工队跑了出去，跑到乌达矿务局找到了表哥。在表哥的帮助下，他当了铁路工人。后来民工队还派人来我家找他，父母告诉他们，大哥没有回来，来人只好无奈地走了。大年三十晚上，大哥回来了，穿得很整洁，还带回了钱，精神状态很好。我们全家人很高兴。后来，大哥成为那里的正式员工，生产队也管不了了。我们还可以经常通信，地址是包兰线某地方。

也不知在那里干了多少年，母亲病重，我们几个兄妹又小，大哥只得辞去铁路工人的工作回到父母身边，一边干农活一边照顾我们。后来他又跟着本村的来拴叔学起了木匠手艺。几年后学成了，他经常去邻村做木工营生，还为家里添置了家具。

我参军时，他从盆地青一直送我上了汽车。一九六九年，我在部队期间，国际形势很紧张，全国人民深挖洞、广积粮。他代表父亲去部队看望了我。

由于家庭贫穷，父母多病，将近三十岁的大哥没有娶到媳妇，他不甘心。后来，大哥很顺利地娶回一个身材高大、能说会道、相貌标致的二十六岁的媳妇。嫂子过日子可是一把好手，很会精打细算。她为人处世极好，通情达理。大哥去世至今四十多年了，她虽外嫁本村，但我们叔嫂关系依然很融洽。

嫂子带回两个孩子，生产队分口粮很困难。大哥只得带着妻儿奔向和林县羊群沟公社黑台子这个偏僻的山村居住。大集体时代，小村舍要比大村舍富裕些，这样吃饭问题就基本解决了。这个山村人少地多，山大沟深，总共只有四五户人家，每户独占一条沟。大哥去了一条无人居住的沟里，打了三孔土窑洞定居下来。那地方出行极其困难，完全是人背驴驮。勤劳的大哥为了一家的生计，在生产队的许可下外出当木匠，再把钱交回生产队，计工分，分口粮。

大哥在清水河县工程队拉过戳锯。就是用木头做两个架子，把原木横放其上，然后上一人、下一人拉大锯，破木板。这是最苦的营生，也是那时候最挣钱的营生。他每天起早贪黑地干。那时，大哥租住了一间民房，我给他送去的小米是他每天的口粮。有时他买上个饼子，就算是好伙食了。他经常说胃不舒服，二哥也给他接济些药。难受时，他就吃几片缓解一下。

有时候，大哥也做点儿小生意，最喜欢的是倒卖大牲口。那时，这是违法的，属于投机倒把，被逮住要挨整。他就偷偷出去买几头骡子，拉到山西卖掉，能赚几个小钱。由于他思想开放，能折腾，肯吃苦，小日子过得在当时来说是比较富裕的。

嫂子的娘家人听说他们过得不错，也要跟着他们出来谋生。大哥就把几个女子接来了，在当地给找了对象安了家。

改革开放，包产到户，大哥要回盆地青居住，家乡人也欢迎他回来，并说按现有人口分地。往回搬家时，盆地青的大胶车，公社专业队的拖拉机，几辆小骡子车都出动了。由于交通不便，拖拉机和大胶车只能停在离村四五里地的马路上，小胶车停在村对面的山坡上。人们把东西背到小胶车上，用小胶车拉到拖拉机和大胶车上。这样不知往返了多少次，才勉强把那些要带的东西搬完，其余的都扔掉了。俗话说"搬家三年穷"，可能也就是这个意思。

我跟大哥赶着骡子车来回盘送期间，他总说胃疼，走一阵就要蹲下来休息一会儿，感觉好一点儿了再走。我心想我也胃难受过，你咋就这么不知皮（皮实）。其实他那时候的肝病已经很严重了。

浩浩荡荡的搬家队伍回来了。亲戚朋友帮他把院里的几间房子修整了一下，他住进老屋。

改革开放，政策宽松了，可以让一部分人先富起来。大哥的生意伙伴来找他，他们要光明正大地去卖牲口。走了没几天，他实在支持不住，返了回来。当医生的二哥带他去呼市检查，结果噩耗传来——肝癌晚期。不知多少个日日夜夜，大哥都是咬着牙关与病痛做着斗争扛过来的！

病魔猛于虎，可怕的癌细胞一天天吞噬着他那瘦弱的病体。回家才一个月，他就停止了呼吸。一时间，天塌了，儿女失去了父亲，爱妻失去了丈夫，母亲失去了儿子，弟妹们失去了慈父般的大哥！

　　恨无情的病魔，为他英年早逝而倍感痛惜。黄泉路上无老少，可怜的大哥，一切忙碌喧闹都与你无关了。祝大哥此后再无病痛，一切安好。

高仝才　内蒙古呼和浩特市清水河县人。爱好文学，致力于创作与清水河县相关的乡土散文。作品主要在网络平台发表。

柠条颂

又到柠条开花季，那一条条浅黄色的枝条，一片片灰绿色的叶片，一朵朵淡黄色的柠条花，是我这个农人永远也抹不掉的记忆。

柠条，我们清水河人也管它叫明萘，是西北高原上一种极普通的植物。说它普通，是因为它不像杨柳有着高挺的树干，也没有松柏那翠绿的装扮。它只是一种丛生的灌木，浅黄带绿的枝条上生出密密的椭圆形灰绿色小叶子。枝条上还生长着一些尖尖的小刺。人靠近它时，不小心就会被它的小刺扎了手或挂住衣服。常常可以看到柠条枝的小刺上挂着一些牛羊的毛，那一定是不会说话的柠条枝告诫那些侵犯了它的动物们："别惹我，小心我扎你！"

其实，柠条枝上的小刺，是柠条自我保护的工具，很多植物都有这种自我保护的本能，比如沙棘。柠条遍体长刺是人们不喜欢它的一个因素，其实它有自我保护本能是应该得到人们尊重的，是它生命力顽强的一种表现。

小时候，听村里的老汉讲过这样一个神话故事。很久以前，蛇是没有毒液的，许多农人将活蛇当绳索使用，用蛇来捆绑柴草。几条蛇打个结扣延长了做背绳用。那些蛇苦不堪言，一天巧遇王母娘娘下凡人间体察民情，蛇就将人类怎样欺负它们的事情向王母娘娘做了一番控诉。王母娘娘就吐出唾液让蛇舔食，从此蛇便有了毒液，变得凶狠起来。当人类再侵犯它们的时候，它们就会发起反击，此后人类就再也不敢轻易侵犯它们了。

神话故事只是神话，可我觉得自然界的动植物们具有自我保护本能这一特征应该得到人类的尊重。

柠条虽然有点儿小脾气，生气时会扎人。但柠条的其他特点，得到了人们的认可与喜欢。柠条生长条件极简陋，石山坡、荒草地，甚至荒无人烟的沙漠地带都是它生长的家园。你看它的根深深地扎于泥土，枝条上绽放的黄色花朵总是一顺朝下，为蜜蜂提供着蜜源，却从不居功自傲，总是那么低调。据说柠条花还可以做菜食用，具有降血压、润肠通便之功效。满枝的柠条花没有一朵是空花，花谢以后便可见一枚枚紫红色的小荚挂满枝头，荚内孕育着三四粒柠条种子，风调雨顺的年景每枚荚内可育成五六粒种子。柠条种子成熟后，在太阳光的照射下，荚皮渐渐脱水后"啪"的一声炸开，种子蹦跳到地上。在蚂蚁、仓鼠等小动物的搬运下，这些种子会离开妈妈，一旦遇到雨水的滋润，这些离开母体的种子便会很快发芽、生根、长枝叶。

记得小时候，村里的父辈们每到柠条种子成熟季就外出采集柠条种子，然后拿这些种子到供销社换取煤油、咸盐等日常用品。柠条给予人类的不止于这一点，柠条的枝条是很好的燃料，人们常常砍了柠条当烧柴。每年冬天农人们砍柠条枝，现砍现烧都可以，柠条枝做柴火不忌干湿，且火焰特别长，释放的热量也特别高。所以说，在农村拥有一片柠条林就相当于拥有了一座小煤窑。

农家盖羊棚、修牛圈，经常砍带叶的柠条枝做栈条。村里的一位老羊倌曾经对我讲过，雷阵雨过后，草叶上会沾上一些泥点，牛羊就不喜欢吃这些沾了泥点的草叶，总会乱跑。有经验的牧人就把牛羊赶到柠条林里啃食柠条，因为柠条枝长的高，柠条枝头不会被雨水溅上泥点。原来柠条对畜牧业的发展还有这么大的功劳。从网上查找资料后，我才知道柠条嫩枝叶做牛羊饲料，其营养成分还高于脱水后的紫花苜蓿草。

在一些不可耕作的沙漠地带种柠条，春天种下的柠条当年就可长到二三十厘米高，第二年便可长到一米之外。有柠条生长的沙漠地带，用不了几年工夫流沙就不见了。柠条丛周围杂草丛生，它是防风固沙，保护水土流失的"沙漠卫士"。这些年封山育林绿化工程的实施，山青了，水秀了，草原植被恢复了，这些都有柠条的功劳。

作为一个地地道道的农人，我没有理由不去赞美一下人类的好朋友——柠条。

张军　内蒙古呼和浩特市清水河县人，清水河县作家协会会员。

生命中的爱

清晨四点，总能听见父亲急促的咳嗽声，这是父亲多年的"旧病"了。早睡早起，是父亲多年来一直保持的良好习惯。

经过一夜的休息，父亲的精力得到恢复，早早起床后就要出工劳动了。三十多年如一日，无论严寒酷暑，还是风霜雨雪，都阻挡不了父亲早起下田劳动的习惯。父亲用实际行动践行着自己的信念：劳动最光荣，劳动最可爱，劳动最可敬。父亲厌恶不劳而获，同情弱者，尽管他自己也是弱者。

与三年前不同的是，过去父亲嗜烟如命，有事无事总是不停地吸烟，一天下来，至少要抽掉两三包香烟。

母亲看到父亲接连不断地抽烟，总是爱恨交加地数落父亲，让父亲爬到烟囱上吸烟，等吸饱了再回来。

然而，奶奶的去世，彻底改变了父亲多年的吸烟陋习。奶奶去世没多久，父亲的烟便戒得一干二净，完全像变了一个人似的。令人感到心疼和担心的，是父亲一直被高血压折磨着。近三年，父亲的血压无缘无故地增高，他得按时服用稳定血压的药物，从不间断。人到老年，本该高质量、健健康康地享受老年生活，无奈药瓶子来了，生活质量被迫随之下降。我常常无助地蜷缩在被窝里，双手合十，虔诚祈祷，只要父母身体健康，我便心满意足。在我看来，当生命质量不能提高时，生命的长度若能延长，也是一种补偿。有父母的陪伴，听父母的唠叨，定能感受到生命的力量、精神的慰藉，产生奋斗的激情，感悟生命与生活的意义。

有时参加白事宴，我总会伤感好一阵子，也会引起我对生命的思考。我们匆匆来到人世间，生活两三万天以后，便会永远告别这个繁华世界的一草一木、一山一水。你是谁？也许你不及一颗流星持久，不及草木顽强。

生命的意义是什么？吃喝玩乐？传宗接代？积累财富？芸芸众生，不同的人，演绎不同的人生。

生命终将消逝，人们赤裸裸地来到世界上又赤裸裸地离去，不带走一片云彩，终究会被遗忘在历史的尘埃中。官也好，民也罢，富贵抑或贫穷，死亡对于人是一样的。

其实，人生是一趟没有返程的单程旅行，活的是当下，是一种心态，是一个过程。我们要有知足心、感恩情，期盼有健康的体魄，有一颗感恩的心。用心灵感受生命中所有的爱，我想这已足矣。生命本是简单的，不需要太多装饰与负重，一箪食、一瓢饮、一间屋以及一个简单的欲望。

爱的本能是一种自然流露，更是无条件的爱。我曾亲眼看见一对父子，久别重逢，父亲惊喜中无助地用手摸了摸儿子的头，喃喃道："这么多年，你受苦了。"然后相视而笑，沧桑辛酸消失于脑后。我能察觉到，这是人类亲情的自然流露。

爱的力量是非常强大的。九年前的一天，我目睹了感人的一幕。一位父亲在生命垂危之际，被病魔折腾得几近重度昏迷，儿子坐在父亲的床头，等待父亲开口说话。他在父亲的前额上深深吻了一下，我惊奇地发现这位父亲的眼角渗出了晶莹剔透的泪珠。这位父亲顽强地坚持了三天，最后与世长辞。

爱是细腻的。父母不仅给予我们身体，更多的给予关怀和无条件的爱。我常常在被窝里，在半睡半醒间听见母亲做饭的声音。母亲轻手轻脚，生怕把我吵醒。母亲总是希望我睡到自然醒，一觉到天亮。

我起床时，母亲早已经把早餐做好了，还亲手给我剥一颗鸡蛋，盛一碗香喷喷的小米粥，夹一个爱心肉丸子，挑一筷我最爱吃的咸菜。我深知爱就在这细枝末节中，祈求父母给我更多的陪伴。把每一天都当成生命中的最后一天，跟随自己的心，选择最重要的事去做。

牛何如　1971年生，内蒙古呼和浩特市清水河县人。经常有感而发，广交文友。

我用拙笔忆母亲

清明节一大早，我们弟兄姊妹一同来到母亲的坟前，精心摆上花篮，放上母亲生前爱吃的大麻花、月饼，还有苹果、牛奶糖等。然后按照惯例，打开一瓶牛栏山白酒，倒在地上一半，瓶中剩一半，恭恭敬敬地磕三个响头，口中念念有词。

然而，无论怎么孝敬，心里总觉得还是少了些什么。因为，我还没有给母亲点一张烧纸，但我知道提倡文明祭奠，杜绝烟火，是每一名共产党员最基本的要求。于是，我拿起了愚钝的笔，以告慰母亲在天之灵。

母亲出生于一九三五年三月，和我同一个属相，同一个生月。姥姥就母亲一个闺女，按照常理，应该视为掌上明珠才对，但受封建社会枷锁的束缚，母亲早早被缠了足，早早地出嫁了。在那个男尊女卑的社会里，母亲被套上了社会和家庭的双重枷锁。姥爷在十村八里虽不是名人，但口碑很好。这也铸就了母亲坚毅而要强的性格。她为了我们全家过上幸福生活，起早贪黑，省吃俭用。别人不愿做的苦活累活她做，别人不吃的冷汤冷饭她吃。有时为了多挣工分，她和男人们干的活是一样的。孩子们一个个出生了，母亲的担子也越来越重了。她需要精打细算，每天盘算着给小的吃啥，给大的吃啥，给受苦人吃啥。而轮到她自己，只有吃别人剩下的饭菜了，忍饥挨饿是家常便饭。劳累一天后，别人早已进入梦乡，而母亲还得在煤油灯下搓麻捻线，缝底纳帮，穿针引线，缝新补旧，生怕一家老小穿衣服不整洁，让人们笑话。

母亲没有上过一天学，但她和父亲总是想方设法让我们读书。因为她知道读书可以改变我们的命运，读书才能有出路。母亲只是一位普普通通的农村妇女，她晚年常常和我们唠叨，为没供大姐和二姐念书而后悔。我们也经常给她说宽心话。

母亲的品行直接影响着我们。母亲从来没有因家庭琐事叫苦喊累。和母亲一起干活，她总是那样不紧不慢，两只手无休止地做活，仿佛永远也不感觉累。记得去年，我和弟弟一家回家和母亲过年，一来是在这个传统节日给父母增加一些喜悦，二来仿佛在冥冥之中有一种莫名的预感，心里非常想陪伴二老。我给母亲在炕头上挂着吊瓶，母亲安静地享受着当大夫的儿子给她看病。突然，母亲喉咙里发出一阵阵呻吟。虽然，母亲逃过了那次的劫难，但是，一个月后，她还是离开了我们。现在想来，那次的病中呻吟，可能是母亲一生当中唯一的一次对着自己的儿女喊累。

母亲养育我们兄妹十人，啥时候都是一碗水端平，从不偏三向四。因此，我们姊妹十人一呼全应、凝心聚力、亲如一人。大家互帮互助，群策群力，特别是在有个马高蹬短时，全员上阵，不推不让，心表如一，令人羡慕。母亲对我们严管厚爱，从小家教严格，教育严肃。走到社会上，我们发扬正能量，敢于担当、勇于奉献的精神都源于小时候母亲的教导。这种精神也在感染着我们的下一代人。

我们现在已经先后成家立业，有的当了爷爷、奶奶，姥姥、姥爷，可母亲还是对我们放心不下。三天两头在电话里安顿我们，诸如少喝酒啦、慢点儿开车啦、不要动不动就发火啦、和子女们处好关系啦，等等。母亲多会儿也是给予别人的太多，留给自己的甚少。家里喂养着几只母鸡，母亲和父亲总是不舍得吃颗鸡蛋。她说，本地鸡蛋有营养，经常给这个儿子留着，给那个外孙留着，常常把鸡蛋放成臭蛋，还没少受我们子女们的指责。侄男外女和好亲四朋给她一些零花钱，她总是舍不得花，又悄悄地给孩子们塞在衣服兜里。

呜呼！吾母！纸短情长，悲伤不尽，思念无序！

您在那边还好吗？我给您摆好鲜花，敬上美食，送去我的祝福。

郝世裕　内蒙古呼和浩特市清水河县人。退伍军人，曾从事企业秘书工作多年，热爱诗歌、散文创作。

老家的供销社

老家的供销社已经变得很陈旧了。它建于二十世纪八十年代，建筑属于混杂结构，石头基础，青砖主体，屋顶是用钢筋焊接的"人"字形架，用尺寸统一的松木做梁，外屋顶铺着青色瓦。从停止营业至今二十多年过去了，现在房顶的瓦片已经脱落了不少。我没有到房里面去看，我猜想，如果下连阴雨的话，房内肯定会漏雨。供销社的窗户用可以折叠的木板挡着，这些可以折叠的木板像极了古代那些可以卷起来的竹制书简。

现在看起来比较土气的供销社，当年可是我们乡里最恢宏的建筑，单体面积最大，建筑高度也是全乡第一，从地面到屋脊大概有六米吧。尤其是在外墙门头的窗口上面，用红油漆写的"发展经济，保障供给"八个大字，格外醒目。那是当年全国供销社的统一标志。

在我小时候，供销社是我和小伙伴们最想去的地方。我们经常是星期天上午奔波在村口的沟沟壕壕里，捡拾人们扔出去的旧鞋和猪骨头、羊骨头，下午结伴去供销社卖，然后用卖东西得来的钱买糖块吃或买我们喜欢的小人书看。在返程的路上，我们常常会在村头找一个僻静的地方，坐到各自的箩头上，嘴里吃着糖块，津津有味地翻看自己的小人书。

那时候，我看见供销社的售货员特别潇洒，特别羡慕。他们穿的衣服干干净净的，不像我的父辈们每天在地里干活，总是灰头土脸的。他们嘴里有时哼着小曲子，有时吹着口哨，看上去一副无忧无虑的样子。记得那时候有两个同学打架，其中有一个高声对另一个说："我不怕你，我姨父的叔伯侄儿是站栏柜的！"可见当时售货员的社会地位是很高的。

当时，售货员们手里有一种绝活，到现在我依然记忆深刻。他们在收购鸡蛋的时候，称完重量后，把盘子秤一倾斜就将鸡蛋倾倒在地上的大筐里了，一般情况是连一颗鸡蛋都碎不了的。当然也有撞碎的时候，那时，他们就会把碎鸡蛋拣出来炒了下酒。

那时候的供销社是乡里人气最高的单位。人们在那里购物，买自己需要的物品。那时候，买布是需要布票的，买吃的也需要粮票。不忙的时候，人们聚集在购物大厅东家长西家短地唠嗑，也有的坐在门外的水泥地上下棋。尤其是年关将近或者卖减价货的时候，购物的人就更多了，平时看似宽敞的大厅会显得有些拥挤。最吸引我的是那些挂满墙面的年画，有领袖人物像，有山水画，还有武松打虎、神仙下凡、中国古代四大美女图等。有时买吃的东西，会遭到父亲的责骂。但年前买年画，父亲是从来不会怪罪的。每次买回年画，父亲都会整整齐齐地张贴在墙上，让我们的小窑洞内充满新年的气氛。

不知不觉多少年过去了，时过境迁，社会在进步，科技也在迅猛发展。现在，这里每个村子都有电子商务服务站，电商平台让人们购物更加快捷。老家的供销社也完成了它的历史使命，在二十多年前就被贴上了封条。当年老家的那些售货员大都上了年纪，只有个别人进了企业，当了会计。到底是会拨拉算盘的，总是不愁一口饭吃。

刘赞功　1963年生，内蒙古呼和浩特市清水河县人。清水河县作家协会会员，作品主要有诗歌、散文等。

魅力八龙湾

八龙湾，虽比不上外面世界的名川大海吸引人，更不能用人间仙境去形容和评价，但它在我的心里，分量很重，美不胜收。

八龙湾，美在其水。八龙湾是清水河河道最美的一段。河水从上游流过来，静静的，缓缓的，进入八龙湾，刚才还静若淑女，突然就变得桀骜不驯，从崖上跳下，一跳，两跳，三跳，水花四溅，如同飞珠滚玉落在河道里，又好似一根银链轻轻垂下。每一跳，必然形成瀑布，下面也必有一个水潭。当地人称水潭为龙眼，三级跳，就是三个龙眼。当地有个传说，很早以前，八龙湾的河道里有八个龙眼，有八条银瀑。泉水从高处湍急而下，从一跳到八跳，蔚为壮观。八龙湾的村名也是由此而来。后来，随着自然变迁，河水开石形成现在的河道。小的瀑布消失，八跳变成了现在的三跳，八个龙眼自然也就只剩下三个龙眼了。

八龙湾，美在其石。走进八龙湾河道，两岸悬崖耸立，怪石嶙峋，形成了奇特的八龙湾小峡谷。无论是两边的山，还是沟里的石，有的如同巨狮巨蟒，有的好似天兵天将，手擎弓弩或剑盾，神态各异；还有的像是天空中飘来飘去的云，任你的思绪驰骋，奇幻极了。千百年来，河水在石河道里奔腾，河道被河水冲刷得如同巨大的磐石平台。每个平台向下断裂处，就是一处瀑布。

八龙湾，你把你的美丽献给人间，清水河山城因你而生色！

魅力八龙湾，魅力清水河。

高尚儒　内蒙古呼和浩特市清水河县人，退休教师，喜欢文学艺术创作。在报刊和网络平台发表诗歌、散文近千首(篇)。诗文结集出版，有作品获奖。

家乡的旧窑洞

　　阔别家乡半个多世纪，好想回去走一走，看一看家乡的旧窑洞。

　　我童年时居住过的窑洞已经面目全非，疲沓得不成样子，让人产生一种莫名的伤感。

　　旧窑洞被前面装饰一新的窑洞半遮着面，生气似的瞅着我，一声不吭，露出半个眼睛。

　　在这孔窑洞里，我曾经度过快乐的童年。窑洞的锅台上，我完成了第一封信，里面装满了汉字与汉语拼音，也写下过我最早的美好愿望。在这里，我渐渐学会了明辨是非，懂得了饥寒温饱，明白了如果走不出这孔半土半石头的窑洞，就会永远像村子里的姥爷舅舅们，修一辈子地球。

就是在这里，我尝到了生活中酸甜苦辣咸的味道，看懂了人们的喜怒哀乐；就是在这里，我学会了分辨糜黍苗、谷子苗与荞子苗；也是在这里，有我童年时宠我爱我，如今却已逝去的亲人。如今睹物伤情，让我的脸上布满了阴云。

我的沉思被亲戚们热情的问候打断了。走进亲戚家，家家窗明几净，大电视摆在柜子上，户户院子里都有摩托车或小四轮车。亲戚们的生活有了大变化，日子越过越火红。虽是五月天，青黄不接，但亲戚们从冰柜里取出肉食和粉条，为我捧上香喷喷的炖羊肉大烩菜、黄灿灿的炸油糕、黄澄澄的鸡蛋饼、水灵灵的黄瓜凉菜和香喷喷的自酿纯粮酒。几盅酒下肚，一切都充满了热情。

短暂的行程就要结束了。我多么想看看小时候的旧学堂，多么想叙叙师生情，但相聚总是短暂的。望着陪伴我成长的那孔旧窑洞，我恋恋不舍，百感交集。旧窑洞也在注视着我，似乎不愿意让我离去。

刘俊英　女，网名落雪无声，生于1970年。爱好文学，尤喜摄影。

娘亲，亲娘

世间情有千万种，只有亲情最长久；世间爱有千万种，只有父母之爱最无私。

四十年前亲娘仙去，后续娘亲来我家。四十年啊！想起娘亲泪两行。回顾生命历程，就好像娘亲额上的皱纹，谁又能数得清！

四十年的风风雨雨，四十年的苦辣酸甜。我是怀着怎样的心情写"母爱"这两个字啊！这是人世间最圣洁、最伟大的字眼。其实，我是不敢写这篇文章的，我怕我粗浅的文字，会亵渎了这无以言表的深情，但我又不能不写，因为那炽烈的感情在我胸口时时燃烧着。

母亲，是让天下儿女敬仰的字眼；母爱，是哺育我们成长的宁静港湾。母爱是纯洁的，母爱是无私的，母爱是伟大的，母爱是只知道给予而不求回报的一种爱。母爱像春天的暖风，吹拂着你的心；母爱像绵绵细雨，轻轻拍打着你的脸，滋润着你的心田；母爱像冬天的火炉，给你在严冬中营造暖人心的阳光。

人世间的儿女们，望着两鬓斑白的母亲，哪一个不辛酸至极呢？母亲给予我的爱实在、朴实、严厉，有时还有点儿诗情画意。恍惚中，我的思绪又回到了童年。

那是一个秋高气爽，硕果累累的季节。有一天，父亲的自行车后面带回一位漂亮的烫发女子。当时我们姐弟仨手牵手站在奶奶家的院子里，父亲支起自行车，那位陌生女子笑盈盈地走到我们姐弟仨跟前。那会儿我十岁，妹妹小我两岁，弟弟刚过了两个生日。奶奶跟姑姑出门，笑脸相迎，把烫发女子迎回了家，我们仨也挤进屋里。午饭后那女子没走，把弟弟抱到奶奶家的小屋里去了。

有一天晚饭后，爷爷给我和妹妹开会。我记得爷爷语重心长地对我俩说："娃娃们，你们的爹给你们娶回个后妈，今天爷爷问你们，你们愿意叫她妈吗？"我噘着嘴说："不愿意，不愿意，我妈死了，我爹又娶回家的媳妇儿不能叫妈。她对我们好我就叫她姨，对我们不好甚也不叫！"说着，我哭着跑出了家门。

随后，奶奶出门把我哄回家。奶奶将我揽在怀里，抚摸着我的头说："可怜的娃娃，听话，听你爷爷的话。"爷爷也说："娃娃们，从明天开始，你们就叫她妈。不是爷爷心狠，也不是爷爷奶奶不管你们。你们现在不懂，以后你们跟你爹生活的日子比跟爷爷奶奶在一起的日子长，再说叫妈叫姨就是个称呼。叫妈，做妈的肯定得做出个妈的样子。老一辈人说了，有了亲娘好，没了后娘好，再没了婶子大娘也好……"爷爷一串一串的话，我似懂非懂，但还是满心委屈地接受了。

后来的一个机会，我们仨随母亲转成了城市户口。父母把我们仨接到托县县城里一起生活。成长的过程中难免磕磕绊绊，嘴嘴言言，是是非非。长大后，我们仨各自成家。此时，按说父亲应该安享幸福生活了，可是天有不测风云。父亲病了，两年后去世，享年五十八岁。母亲刚到我们家时二十七岁，父亲去世那年，母亲才五十一岁。

如今母亲老了，快七十岁的人了，还整天为她的儿女们操心。儿子身体不舒服，她为儿子解忧愁，为儿子端汤递水、擦脸泡脚；女儿生病了，她张开臂膀，为女儿遮风挡雨。

娘亲！亲娘！这辈子做您的女儿我没有做够。咱们约好了，下辈子我们还做您的儿女。

刘改祥　内蒙古呼和浩特市清水河县人，爱好文学。清水河县幼儿园工作，清水河县第十届政协委员。

过　年

一

大街上大红灯笼高高挂起来了，年也越来越近了，而立之年的我们似乎不那么期盼年了，但是童年的记忆一直在我的脑海里萦绕。

我的童年是在王桂窑乡西圐圙图度过的，那里的一草一木使我记忆深刻。

上大学时，我们宿舍的一个舍友拿起我的身份证问我："西圐圙图，'圐圙'是什么意思？"我哑口了，我竟然不知道。在我的记忆里，最令我难以忘怀的还是童年时过年的场景。

过年是我们最高兴的事，从我记事起，每到腊月，家家户户就进入了准备阶段。俗话说："小孩小孩你别馋，过了腊八就是年。"每到腊八这一天，天未亮妈妈就起来做腊八粥。腊八粥，顾名思义，由八种材料做成。腊八粥倒不是很吸引我，最吸引我的就是腊八那天，早上让人起得那么早，起来还不让大声说话。这让我们很纳闷。当时妈妈解释，说话声音不能太高，吵醒了熟睡的鸟儿就不好了。长大以后我才知道了释迦牟尼的"法宝节"以及有关岳家军的事迹，哦，原来腊八的传说很多哩。

在我们这里，腊八还有一个习俗，那就是做冰人，腊月初七这天，午饭过后，哥哥和他的小伙伴们就要到后沟打腊人去了。

二

沟里有一眼泉，常年流出清澈的泉水，孩子们都喜欢到那里玩。到了冬天，水结冰了，后沟又成了我们的冬季娱乐场所。那时候沟里的水多，从高处倾泻下来，天气冷了，就结成了冰瀑布，俗称冰坡。冰坡是我们最爱去玩儿的场地之一。小伙伴们三五成群，拿着自制的工具，说是去打腊人，但总要先来一些"热身活动"。坐在自己做的溜冰车上，手拿两根尖头钢筋做的冰锥，保持方向和平衡，哥哥坐在前面，我坐在后面，随着一声"我来了"顺着斜坡滑下来，天空中回荡着我们的欢笑声，有时候出去玩儿一下午，脸和手都冻得通红，但还是不愿回去，眼看天要黑了，再不回去就要挨骂了，只好赶快打一个小冰人回去。儿时的欢乐似乎就这么简单。

现在后沟的水基本没了，满山遍野都是绿色的树、柠条，后沟也渐渐被我们遗忘了。

过完腊八，年味越来越浓了，小时候都是自家做各种过年时吃的美味。记忆最深刻的是油炸大豆。上品的大豆都卖了，自己剩下的都是不太饱满的豆粒，妈妈早早就把豆子泡在水里，豆子软了就捞出来切豆粒。妈妈拿着一把小刀，教我们该怎么切。切豆也是有讲究的，一定要切在大豆头部的中间位置。刚开始我还能坐下来认认真真找准位置一个一个切，可是看着那满满的一盆豆子，心里打起了退堂鼓——这么多豆粒，什么时候才能切完呀！还是看我的吧，拿起大菜刀，伸到盆里一刹，举起刀来，颗颗豆粒沾满了刀刃，这样不是很快吗，干吗非要一刀一刀切呢，多麻烦呀！现在想想，小孩子做事，贪多求快，急于求成，现在反而很喜欢安安静静做一件事情，享受过程。

三

小时候天天盼过年，但是讨厌的是过年有做不完的事情。擦玻璃、刷家、换窗户纸、蒸馒头、压粉条、做肉丸子、搓麻花、炸麻叶……

记忆中的除夕，是我们最快乐的时光，清早穿上妈妈买的新衣服，出去炫耀一番，"看我买的红皮鞋，你的不如我的好看。这是姐姐给我买的褂子""你的帽子很好看，在哪里买的"……

爱美是女孩的天性，贪玩是小孩子的天性。夜幕降临，我、美华、建新就凑到一起。我们三个是同年生的，我和美华在一个班级，小时候学前班有人欺负我，美华就联合他舅舅家的孩子帮我出气。建新是我叔叔家的孩子，他虽然是一个男孩子，但是性格腼腆，说话少，有主见。我们经常在一起玩儿，挖土窑、偷吃美华家的鸡蛋……

除夕傍晚，我们各自从家里拿上小鞭炮，装满衣兜，就开始"跑大年"。来到我家，隔壁是自己家的亲戚，院里栽了一棵海红树和一棵123树。他家的小孩比我们都大，平时院子里没有人，我们就把小鞭炮点着了扔到隔壁院子的树上，看着铁树开花，我们高兴极了。

我们那时候小，不喜欢看春晚。爸爸妈妈边看春晚边包饺子，回来的我们没事干也帮忙包饺子。那时候爸爸负责擀饺子皮，我负责压圆，看着一个方方的面团变成圆圆的饺子皮，在妈妈手里包出一个个元宝似的饺子，我早就垂涎欲滴了。小孩子最希望的当然是吃到包有硬币的饺子了，即使吃撑了，只要没吃到幸运饺子，就希望再吃一个……

四

太阳照进来了，照到新年的窗户上，照到我的指尖，透过指尖，我看到新的一年来临了。窗外响起鞭炮声，那是人们在接神。我闻到空气里那火药的味道，看到阳光下飞舞着的许多小小的尘埃，人们走过，那阳光下的尘埃更多了，飞舞得更热闹了。

现在圐圙图更名为宏河镇了，由于修路拆迁，美华的家搬走了，院子变成了宽阔的大马路。河滩里建起了银色的大棚，远远望去，鳞次栉比。镇里的人们有空闲就去大棚干活，生活越来越富裕了，心情也越来越舒畅了。

夏天过去了，秋天过去了，冬天来了，年也来了，但是童年一去不复返，我心中对年的渴盼也渐渐少了。童年的经历不会再有，童年的傻事也不会再做了。可是，我是多么想念童年的人和事，我对自己说，让欢乐的童年时光过去，将心里的童年永远定格下来。

高晓梅　内蒙古呼和浩特市清水河县人，出版《情系长城》《情系广播》《情系戏剧》《长城华章（第一、二、三辑）》《话说长城：内蒙古篇》《故塞长风——内蒙古明长城科普摄影集》《美丽乡村筑梦者》等书籍，多次获奖。

箭牌楼

在清水河县板申沟东南山明代长城上，巍然屹立着一座骑墙砖楼。它离板申沟村很近，因板申沟村而得名板申楼。学界一般称它为箭牌楼，远远望去，雄伟壮观。

箭牌楼，用条石砌基，用灰砖砌身，露出地面的条石有十六层，高度约十五米。它没有拱窑，也没有洞门和台阶，更没有券室，是一座砖包土石芯的楼台。人若想登上楼顶，只能用大绳吊上去。除此之外，别无他法。

登上箭牌楼，北望长城，在灿烂阳光的照耀下，海拔千余米的山上，如同飞舞着一条金色的长龙。龙脊上每隔数十米就有一座墙台。龙头越过墙台伸向东北方，龙身呈"弓"字形向西南方向曲折延伸。起伏的长龙虽经历四百多年的历史沧桑，仍安然无恙，屹立于山巅，给无边的景色增添无限风光。

箭牌楼分为上下两层，可容纳守边戍卒一百多人。现在一楼顶棚早已被拆除，但砖墙、四面的女儿墙的垛口和箭窗还完好无缺。据村民介绍，在抗日战争和解放战争时期，板申沟的村民常常依靠箭牌楼躲避敌人追击。在敌人追击时，人们就用绳梯蹬上楼顶，收起绳梯，令追到楼下的敌人束手无策。后来，有人想上楼拆砖，遭到村民的坚决反对。

关于箭牌楼的始建年月，我曾多次查询有关史料，却一直没有得到一个令人满意的答案。在村民的指点下，我们在箭牌楼南侧五百米远的护城河遗址的东坡上发现了一块石碑，铲去浮土，碑文显示有"大同府威远路分局"字样。据推测，这是明代界碑，说明箭牌楼所在的这段长城归大同府威远路所辖。《历代长城考》上说："正德中，宣大总督翁万达，修复宣大边墙，东起四海冶，西抵雅角山……""正德"是明武宗朱厚照的年号。宣大总督翁万达于公元一五〇六年至一五二一年修复宣大边墙，东起今天北京郊区延庆县四海冶，这里是内外边墙的交界之处；西至今天的清水河县北堡乡老洼沟村对面的丫角山。可以想见，在科学技术极为落后的古代，劳动人民完全依靠人力修筑这样的长城，需要付出何等巨大的代价。

如今的板申沟村，一排排新式的石砌窑代替了古老的土打窑。干净整洁，绿树环绕的院落和村街，给人们留下非常深刻的印象。站在箭牌楼顶极目远望，板申沟村附近新修建的公路尽收眼底。汽车、拖拉机穿梭往来，川流不息。据村民介绍，这条公路是当时上级一位负责同志前来视察时建议修建的。抗日战争时期，这位负责同志曾在这里与乡亲们共同抗日，多次登上箭牌楼，度过了一段难忘的艰苦岁月。公路起于和林，止于平鲁，故名和平公路。由此看来，这条公路仿佛连接着昨天、今天和明天，将硝烟弥漫的历史、繁荣富强的现在和幸福美好的未来连接起来。这是一个多么意味深长的名字啊！

望着蜿蜒的长城，我心里想，如果能在这里建立长城实景博物馆，在箭牌楼和前面的徐氏楼之间建立观景栈道，人们可以漫步在这静谧古村和油菜花海间，将是多么令人感到惬意的事情啊！

流向
大海的河

诗歌辑

刘海豹　笔名焘硕、高天流云。内蒙古呼和浩特市清水河县人，内蒙古作家协会会员、内蒙古诗词学会会员，清水河县作家协会理事。诗作散见于《诗选刊》《草原》《北京诗人》《内蒙古日报》等报刊，入选多种诗歌选本，多次获奖。

在故乡

在故乡，我把一座山
认作父亲
把一条河流认作母亲
他们敦厚善良，都是朴素的样子

在山上，我与草木称兄道弟
从父亲的身体里
取出五谷，取出陈年老酒。小心翼翼
供奉在山神庙前

我和山神都是吃五谷长大

因为心怀敬畏，我不敢与山神碰杯
敬畏山神就像敬畏父亲

在河边，我把野花认作姐妹
用母亲体内的水，为她们梳洗打扮
每一朵鲜花都张开笑脸
用柴火和炊烟
说出人间烟火

在故乡，一座山沉默寡言
一条河胸襟辽阔
他们相濡以沫。把血脉中优质的基因
都赐予我，让我像一座山
也像一条河

陶瓷记

一只陶罐，行走了六千多年
栉风沐雨，日渐老去
它的子孙们，喝着黄河水，沐浴着火
替它活着

子孙们有个好名字，叫清水河陶
龙生九子，各有不同
它们有的活成罐，有的活成瓮
还有的活成了盆和砖

这些陶，是山里人用心揉捏出来的
像山里人自己捏着自己

流向大海的河

拙朴憨厚，从不会表达

直到北宋末年，这些陶土
被黑矾沟人叫醒
从一群馒头状的瓷窑走出来
涅槃成瓷

这些瓷，终于脱胎换骨
肉身白嫩，着青花衣裳
从黑矾沟出来，行走天下。天下人
都青睐之

好瓷，带来好名声
"塞外瓷都"成了清水河的地理标识
闪亮内蒙古高原

黄河水，从瓷窑脚下从容流过
后浪推赶着前浪走
一个叫牛忠富的年轻人
与陶瓷结缘

他把自己当成了瓷土
磨细到三百目，揉捏成心中所想的样子
然后，涂釉着色，与一千三百度的火
谈论慈悲，谈论救赎

于是，一个心怀梦想的年轻人
浴火重生。他的陶瓷
有着明显的地域标志。比如

用高原红或塞上清做出的小香米瓷罐
有古典之美，再配上黄河和长城
的标识，就宣告了它的版权

一个把自己捏成瓷器的人
手里捏出许多鲜活的生命
为日渐憔悴的陶瓷业续命

暮合四野。夕阳把晚霞烧成高原红
黄河水在淘洗一只陶罐
远处，船工的号子怀旧
他们，为一只走失的塞上青瓷
指引回家的路

父亲和草

父亲一生，都在与草为敌
仿佛他们是前世的冤家
在今生聚头。镰刀和锄头
都是草的克星，在父亲手里
所向披靡

父亲把斩获的草，搓成草绳
背回更多的草
给了苦命的牛羊和瘦弱的炊烟
我们家草色的日子
渐渐，有了小麦的肤色
和高粱的红润

父亲一生与草博弈
深知草的强大
所以，在我们的名字中
都带着水，想让我们一生有水润泽
活得像草一样坚韧

当我们从那个巴掌大的小村走出来
像一棵草活在远方
年老的父亲终于败给了草
败得心服口服

现在，他在比草更低的地方
偷偷活着

李巨　内蒙古呼和浩特市清水河县人，退休教师。清水河县作家协会理事，《中国诗歌报》内蒙古工作室主编，大河诗刊社签约诗人。爱好文学创作，在报纸杂志和网络平台发表散文、诗歌多篇（首）。有获奖史。

徐氏楼断想

一

刀来剑往

拼打厮杀

一生，历尽戎马生活

跟着徐将军

你便姓了徐

你与徐将军一样伟大

二

狼烟早灭
战事也熄了
徐将军匆匆而去
你还留在这儿干啥

噢——
你是要向后人讲述
金戈铁马
江山来自将士血
尊严不可践踏

三

静立于山巅
一匹饱经风霜的战马
蜿蜒的长城是你的缰绳吗

一言不发
你在沉思什么
在怀念那个匆匆而去的徐将军吗

昂首扬鬃
你在望什么

你在瞭望昨日那些个
刀枪搅起尘土
叮叮当当的古战场吗

四

右手挥戈杀虎
左手托起箭牌楼盾甲
不用猜，就知道
你正气凛然，威武高大
两省三县楼中一霸

五

既然跨上你的背
就别担心我会走马观花
顺着长城的脉络
我会细心地捡拾
那些被遗落的页码
交给风雨雷电
装订成册，四处散发

六

一枚方方正正的印戳
重重地落向山头

落在历史的扉页

你以不可移动的沉重来证实

历史是血写的

不能改写

不可胡乱涂鸦

八龙湾拾遗（组诗）

瀑布和龙眼

清水河神奇

河水流到八龙湾

就变成白花花的银子

谁将一瀑碎银子

从危崖上倒下来

叮叮当当砸石成铃

窖藏般汪满三只龙眼

慕名而来，峡谷里

每一位游客

都是探宝的人

水掩着窖口

一些故事比银子还贵重

但水性不好就探不得深浅

在潭边，只有

知底细的人细细讲述
故事才肯浮出水面
曾有一些探险者
亲自下去打捞故事
被故事迷住再也没有出来

归来
你两手空空
并没有得到银子
却灌了满满一肚子故事

崖上亭

八龙湾
十里大峡谷
夹岸是盛开的桃花
我来，并非想交桃花运
桃花有情，我无意
我是受亭子邀请而来的

有亭如鹤
翼然危崖上
扶栏探首，人还在
胆子就先掉下去了
不待童子，无酒可醉

流向大海的河

做不成欧阳修
醉翁亭就无由而名了

峡谷风掀起水雾
迷迷蒙蒙升腾若云
我在鹤背油然而生
俯视崖下，避雨处
有亭若雏鹤试翼欲飞
不知下一个得道成仙者是谁

铁索桥

峡谷里
清清的细流
浅吟低唱
两岸和桥上都是笑声
那桥仿佛是
专门为笑声设置的
不会过桥你就
在峡谷里荡秋千

桥上没有孟婆
你不要哭哭啼啼
什么也丢不下
你也无须一步三回头

桥结实着呢

你就大胆地往前走

过了桥你就看见

朝思暮想的二妹子了

假如说

峡谷里水流更大更湍急

铁索桥再高一些

且卸去桥上全部木板

对岸再加上一连串密集的枪声

游客们啊

你们会想到些什么

秦勇 "70后"，内蒙古呼和浩特市清水河县人，清水河县作家协会会员。诗文散见于报刊及网络平台。

在磁州窑业看瓷

青花是表面

而表面的事物总是更生动，如同美人忽然从旮旯里

走出来

你看见了

眼里便有了挽留；你喜欢了

心中又有了珍惜……

现在青花触手可及。而口中刀刻下的流水信仰

并在大山里打磨

这是聚合在它身上的光，正在改变一个时代的面貌

我听不到土从窑里发出的呐喊

在密闭空间里，组合它的泥土时间止于某一刻

配合荫翳，只是陈设

就产生了美学意义……

美丽清水河（组诗）

青龙洞

青龙洞，一洞鬼斧神工
我仰望的姿势，一片叶子
飘落，两千年没变
深处的青苔找到了春天

翻越千年的断崖
惊鸽飞天。凝固的画面前
一位诗人在讲述
洞中的传说
小白蛇在戏箱上复活

寒冷敲开脑门而入。启程

拥有凸凹不平的心事

一丝虚无，一丝朦胧

不必担心，他们说

你看，佛经守着洞门

彩虹桥

张开了双翼

飞跨岁月长河浪花

与春同步。一排一排的

红色中国结闪耀着和谐光芒

放飞五千年梦想

网状轮廓

与水中倒影成圆

连接南北两岸。春夏秋冬

沿着时间的轨迹

理想的航程尘世吟诵

仰望绿海山涛

习习暖风恩赐

忆想昔日沿河张挂的誓言

在多梦的季节

凝练出异彩纷呈的变迁

君子津古渡

思念横流，谁还找出古渡
站在岸边的人，一边渡日月星辰一边渡今生来世
风的呼唤浓郁了多少乡愁

传说故事埋在淤泥深处
不能让大水冲了龙王庙，一座桥，告别遗忘
让你认出我

刚开始是寻问，后来是垂钓
刚开始是在拍照
后来是鸡叫

三眼井

秋风一吹，就拨开
千年的荒草
将军的白骨开出花朵

翻阅你的边关
栖息在长城脚下的，除了你

其余的都已消失

几世的草绳把你抓出伤痕

就像曾经的烟火

盛满空间

我征服不了胡思乱想

走失在大明王朝

乡野风光，长城

昼未央，落日点灶烧云

烽火台上

谁的战刀闪闪

龙袍加身，踩低了多少山岭

霸业权力的营帐

在故乡的土地上屹立千年

延伸蜿蜒，横亘万里

我抚摸着岁月雕刻的疮痍

遥想当年

巨龙峰台上点燃狼烟

兵勇裹着厚厚的盔甲

利剑长矛嘶喊饮血，片甲不留

万人之上威风凛凛的皇权

为了一半江山一半社稷

而今那些刀光、箭影。还有马蹄的

战火鼓角已寂

哀伤已绝，焦土成荫

一代英雄的屏障

凝成坚硬的北方文化

化作延绵万里的乡野风光

人在天皓

关于安身立命
我是这样想的

不用物质
肤色喂养他们的心灵
也不要爱，甚至伸出黑色的手
换取前途远大

只想勤奋，再勤奋点儿
说你好
年轻人茁壮成长啊

管他烽火乱不乱

清风明月

白驹过隙

杜全生　内蒙古呼和浩特市清水河县人，中学教师。爱好文学，有诗作发表于《散文诗》《草原》《散文诗世界》等刊物。

近　乡

走近故乡，太多的话说不出
哽在心里，半生积淀的词语
一无用处

当故人越来越少，我就把整座村庄
当作最亲近的人，这个名字
一生都写在我的籍贯里
一退再退，此处已无路可退

那些高低不一的树木
也和我血缘相近

它们一辈子守在一个地方
一辈子为这片土地树碑立传

散落河床的一块块石头
是曾经的隐士
从未说过一句话
却把一条消逝的河流记在心间

走进那孔旧窑洞，寻找
这些年来丢失的自己
拂掉案上的灰尘，虔诚地
用一缕炊烟
叫醒祖宗的牌位

怀念一棵树

一棵树被砍倒后，村子空了许多
轰然巨响，是它一辈子喊出的唯一的痛

它的骨头坚硬，可以盖一栋大房子
体格充满艺术感，可以雕刻精致的线条
周身有烟火味，可以烧一顿美味的农家饭
根须亲近土地，可以打造一副上好的棺木

到了晚上，乡亲们还会围坐在树墩周围
说一些生老病死的话
他们最忌讳谈论木质的话题
偶尔提及，马上保持长久的沉默

每次路过那里，我都会绕道而行
巨大的空白，承受不起
只能怀念它的疼
怀念风吹过时的影子
怀念散落其间的鸟鸣
这样就等于怀念一棵树
出生入死的一生

领航中国

——写在党的二十大召开之际

在上海黄浦区兴业路

在浙江嘉兴南湖的游船上

我反复触摸那些留存的印记

历史在那一刻，焕发出耀眼的光芒

一轮红日，冉冉升起在东方大地

天空逐渐晕染出万道霞光

大地开始书写红色的诗句

我们中国人最喜欢这一抹红色

她是灵魂的底色，她是血与火浇铸的希望

循着她的召唤，在古老的土地上

镰刀和锤头已经锻打完毕

高高地举过头顶，它们一定能打破一个旧世界

也必定能建设一个新世界

在历史的节点上，我们需要反复回望、驻足

一程山水为另一程山水做导引

一段文字为另一段文字做注解

星光不负赶路人，共产党人迈出的每一步

都定格在上下求索的征程上

都昭示着更大的希望和梦想

从党的一大，到党的十八大、十九大

直到党的二十大

一步一个脚印，一棒接着一棒干

党旗的颜色在时代洪流的淬炼中愈加鲜红夺目

人民的信仰在共和国的土地上愈加坚如磐石

共产党好，共产党万岁

这一真挚的情感带着泥土的纯朴和芳香

句句走心，声声入耳

当一声鸟鸣轻盈地打开春天的时候

我们期待，这个金秋的约定

全国九千六百万党员将用心中的那抹红

和镰刀、锤头的力量

再一次为一艘行进的航船精准发力，加油赋能

这艘航船具备高铁的速度、北斗的精准

和载人飞船的豪迈
当然，还要有比星河更远的距离
比宇宙更宽广的胸怀

二十大，从一个百年到下一个百年
时光的隧道里星河灿烂，气象万千
总有这样的坐标，平凡的日子里孕育不平凡
探寻中国梦的密码
治国理政的法则
与时俱进的勇气
甚至，历史关口，一举定乾坤的智慧

历史证明，只有中国共产党具有如此的执政能力
她从发展是硬道理的高度把脉中国
在绿水青山里求取真经
从人民群众中获得力量
在一个个方块字里安身立命
她会把老人舒心的笑、小孩睡梦里的甜
和年轻人远方的梦编织在一起
形成最美的中国结

看，江南的一滴杏花雨
正押着时代的韵脚，把大美诗篇展现在人间
塞北的雪花，正洋洋洒洒，用一轴画卷
打开中国的底蕴和格局
共和国的大道上，一群赶考者

正身披金色的霞光，怀揣着《共产党宣言》
朝着太阳的方向，逐梦远航

"唯大英雄能本色
是真名士自风流"
黄河长江奔流不息，浩浩荡荡
天安门城楼上红旗招展，飒爽英姿
"无愧于时代
无愧于人民
无愧于历史"
这就是世界上最伟大的政党——中国共产党
以领航中国的气魄
在神州大地上，写下的震古烁今的皇皇巨著

赵喜报　内蒙古呼和浩特市清水河县人。爱好文学，作品散见于纸刊及网络平台，曾多次获清水河县文化艺术成果长城奖。

拾麦的母亲

大地交出果实
镰刀与收割机做了最后的交接便扬长而去
寂寞的田埂上，伛偻着身子的母亲
总是不忘把麦田重新梳理一遍，捡拾遗落的秋色

每一粒麦子
母亲都视为自己的孩子
春种秋收像从小呵护我们一样，哺育成长
母亲不想让每一穗麦子走散
千辛万苦都要领它们回家
找到完美的归宿

低头，弯腰

单薄的身子尽力倾覆

掏出虔诚亲近每一寸泥土

母亲捡拾起的是人间烟火

装满了一袋一袋的喜悦

安抚清瘦的日子

每一粒麦子，浸透了母亲的艰辛

这些无比美好的事物

喂养着村庄和城市的欲望

面对孩子们丢弃的白膜

我清瘦的灵魂有一种压碎的疼痛

等　雨

这个春天雨贵如油
面对焦渴的田野，手捧种子的人，心急如焚
他想让新的希望生根发芽

农历的脚步马不停蹄
每一个节点上，都落满了期盼
该下种了，谷雨无雨，立夏无雨，小满无雨
他一直在等，等一场滋润墒情的雨

积雨的云一来，就被干燥的风撵得无影无踪
靠天吃饭的人，把农历摁进旱烟锅里，吐出了一圈圈忧伤
他怕一场农事走失

流向大海的河

祈雨的庙前跪满了虔诚
而慈心的雨却迟迟不来
节令越来越逼近了芒种
种子还是无法交给大地

他望着龟裂的田地
干涸的愁绪又旱深了一寸
芒种，芒种
过芒种就是给羊种

致敬，喀喇高原上的战斗英雄

听到中印边界传来英雄牺牲的消息
我悲情四溢
渐渐模糊的双眼
泪水决堤

点开视频
就看到了你们背负着使命在冰天雪地中巡逻站岗
就看到了你们手握信仰在中印边界线上把大爱丈量
你们的足迹就是在喀喇昆仑山写下的最美诗行
不畏高寒缺氧
捍卫着祖国的尊严

面对外敌的挑衅

用血肉之躯筑起了铁壁铜墙

那铁骨铮铮

不屈的精神

铸就了民族的脊梁

洒下的每一滴鲜红的血

浸透了责任和担当

虽然一场风暴夺走了你们的生命

但那誓死不屈的战斗精神永放光芒

你们的名字

永远铭刻在祖国人民的心中

白桢　笔名田野村夫，内蒙古呼和浩特市清水河县人，清水河县作家协会会员。愿用一支拙笔抒发真情实感。作品散见于网络平台。曾获清水河县文化艺术成果长城奖。

阳　光

神通无法以人间的数字计算
魅力不可用汗牛充栋这一词语形容

地表的每一株植物
她用精细的画笔涂抹成养眼的绿色
雨后的浩瀚长空
她用斑斓的颜料勾勒出七色彩虹

东方地平线上的闪亮登场
给我们送来一整天的亢奋
西山与我们短暂地含笑告别

也要给我们甜美的梦乡留下温馨

她的南挪北移
主宰着春夏秋冬的四季更迭
她的东升西落
掌控着昼夜交替的持续永恒

她关照我们跨越一段段或平或陡的旅途
她呵护我们度过一个个又寒又冷的隆冬
她驱逐着冷酷无情
令天地温暖常在
她扫荡着黑暗阴险
让世间正气升腾

父 亲

在我眼里，父亲是座山
沉稳厚重胸襟宽
背靠你小憩阳光下
纵使身处逆境
入梦也香甜

在我眼里，父亲是棵树
伟岸挺拔冲云天
仰视你矗立天地间
庇护我徜徉浓荫下
风雨有分担

流向大海的河

在我脑海，父亲是条船
波峰浪谷总向前
承载我航行人生路
穿越悠悠岁月
屡屡渡难关

操劳一生，父亲已耄耋
再无力耕耘田地间
老态龙钟度晚年
无法想象，父亲百年后
我的魂往哪里放，心往何处安

微笑向前

岁月悠悠

征程漫漫

人生路

不平坦

既有挡道的深渊

也有拦路的关山

别想那么多一帆风顺

更多的总是逆水行船

前面，有我们向往的美好景色

远方，有我们追求的理想境界

流向大海的河

身处困境
岂可止步不前
面对艰难
何须愁眉苦脸

一路微笑
一路向前
把荆棘踩在脚下
把高山当作台阶
走出精彩的人生
走向辉煌的明天

董金堂　内蒙古呼和浩特市清水河县人，高中文化。文学爱好者，致力于本土文学创作。清水河县作家协会会员。作品发表于网络平台。

爱在山与坡

在晋蒙交界
有座山还有道坡
山，是北堡山
坡，是老牛坡

山都被故事装点
坡也有独特的颜色

大自然赋予了山体魂魄
战士的鲜血
浸染了寸土的颜色

流向大海的河

洞里有故事，塔前有故事
村里有故事，院内有故事

历史还在续写
色彩在渲染中传播

故事和颜色
成就了山与坡

山是黄河的脊背
坡是长城的血脉

眷 恋

我行走在长城上
奔跑在黄河边
我站在珠峰顶
守候在无垠的大草原

我为土地铺垫三尺冻帘
我给山川覆盖皑皑白雪
奔涌的河面
在低温下凝结
碧绿的田野
在寒风中变得荒凉萧瑟

植物凋枯

昆虫沉睡

进入漫长的冬夜

我记不清过了多少年

但我记得就是这个季节

我按时而来

只住四个月

因为我叫冬天

虽然我和春妹有约

你早点归

我晚些去

好一起共叙情缘

牛郎织女鹊桥相会

只有七月七这天

我与春妹相聚

也只能在

冬去春来这个节点

因为这是上天安排

谁也无法改变

冬眠鼾睡的生命

早被春雷唤醒

难耐孤独与寂寞

睁开蒙眬的双眼

贪婪百花盛开

蜂飞蝶舞的美好春天

南来的娇燕

跋山涉水迁徙

寻找它居住过的巢

蛰伏严冬的百姓

按捺不住心中激荡的涟漪

张开双臂

拥抱这清碧的蓝天

隐居土里的草根

沐浴着阳光的温暖

亲吻细雨

冒出绿绿的锋尖

那杨柳风轻的白天

那河开重封的寒夜

是冬春别离的显现

春妹，我要走了

一只脚已踏入北极的门线

有多少无奈与挂牵

有多少不情愿

难舍这生机盎然的
大千世界

春妹，再见
扬扬手向春雨中
抛洒最后一把雪
留下对春天的无尽眷恋

董科　内蒙古呼和浩特市清水河县人，清水河县作家协会会员。擅长近现代诗，作品多发表于网络平台。曾获清水河县文化艺术成果长城奖。

老街旧巷

一条东西走向的古街

贯穿了蒙晋的人文情怀

关于童年的记忆

早被林林总总的高楼覆盖

城关一小学

那棵老槐树添了一圈又一圈的年轮

也算是人类最后的仁慈

我希望它永生不灭

金都路

当年阿爸奔走的马路

流向大海的河

扩宽了几尺
也锃亮了几分
却再也不见阿爸的踪影
连清晨五点的公鸡也熄了声
这里装了监控，架起了红绿灯
可监控将我的影子留在过去
红绿灯催促我不断向前
阿爸就在前方接我下课

走过古街口
一路向西
这里是环保巷
旧巷子里青草繁茂
原来这里是环保局
门口却是一个垃圾场
总有阿爸倒不完妈妈洗衣的水
也有我扔不完的零分试卷
丢不完的废笔芯
可妈妈再也等不到阿爸倒水
我终于扔完了所有试卷
也再没有人询问我班级排名

顺着记忆的直线
这是汽车站
那扇没变的铁栅栏门
隐藏了阿爸多少送别的泪水

错过了阿爸多少欲言又止

从不缺席一次送别的阿爸

现在一直缺勤

隔着窗户

早已溃不成军

拭干了泪水

车子停靠在邮政局

这里是阿爸战斗的地方

拯救了多少苍生

却终究医不了自己

遗憾填满了身体

但我何其自豪

阿爸是伟大的

这里有最大的十字路

是小庙乡岔路口

这里的记忆卡了带

但它是古街最后的关卡

往里一步是繁华，也是遗憾

往外一步是希望，也是未知

走出去的人想回来

待在里面的人想出去

而我还想回头看一眼

阿爸追着汽车送我的不舍

古街的尾巴

它叫中蒙医院

是一座五层小楼

这里没有童年的记忆

却装满了我与阿爸的时光

也沐浴着我的爱情

一半需要珍藏，一半需要经营

加起来刚好是我的一生

老街旧巷

讲一条古街文化

谈几道巷子胡同

讲我的故事给你听

也说说清水河的故事

而就在此时

迎着朝阳

老圣泉早已排满了打水的长队

…………

柳青村

这个村子与一代人的逃亡有关
饥荒天灾人祸
穿过茫茫西口
从此把香火隐藏在大山的云里

一段段有节奏的石梯
一些为了生命能够延续在战火之外的人
不计利益，只为一日衣食
只为繁衍生息
将石字刻在大山的山头

柳青，一个熙熙攘攘的桃源

流向大海的河

在大山深处

香烟缭绕，鸡鸣狗吠，甘泉流淌

把岁月的声音传递出几个世纪

把最朴实的农民形象献给祖国

把最坚实的锄头砸向黑土地

砸出千担金灿灿谷粒

发光的犁头穿透土地

是万斤红皮山药

…………

一代又一代石氏老农

在黄河之北

写一段故事

沿着前辈的脚印

缓缓前行

像黄河一样

一直流向那遥远的

渤海湾码头

站在海湾最高的礁头

回首青藏最美的巴颜喀拉

虔诚地祭奠

那一代人的漂泊

李军　内蒙古呼和浩特市清水河县人，清水河县作家协会会员。撰写了大量散文、诗歌，在报刊及网络平台都有作品发表。曾获清水河县文化艺术成果长城奖。

小天使

天籁般的音色里
来自一件巧夺天工
活生生、水灵灵的艺术品
音色中不含任何杂陈，如珠似玉

明明白白的需求
简简单单的生理
饿了要吃
渴了要喝
拉了要清
困了要睡

我凝视着你，百看不厌
不久凝视化作一种幸福
我如梦人生中又增添了一个你
这种幸福来自衷心的赞美和感激

小天使
你沐浴着深情的阳光
将茁壮成长
愿与你同在的远不止我的爱

徐婧　内蒙古呼和浩特市清水河县人，清水河县作家协会会员。作品发表于网络平台，两次获清水河县文化艺术成果长城奖。

两双手

这是一双虬根盘结的手，
干瘦的皱皮，凸起的经脉，
像一方贫瘠的地，
爬满了时光冲刷出的沟壑。

这是一双耄耋之年的手，
多少年前，也正是这双手，
在历经凄风苦雨的蹂躏后，
撑着一个家屹立如苍山不倒。

铁锄翻飞的田间，

是生活赋予的粒粒艰辛，

挥手甩落的汗滴融进泥土，

在那里，希望会开出花来。

昏黄的油灯影儿下，

一家人缝缝补补，

在岁月陈旧的补丁里，

织满密密麻麻的爱。

这双手又是扎根大地的树，

无私地为子女汲取生活的养分。

扎根越深，枝叶越茂。

张开，是付出；

合拢，是呵护。

这，是爷爷的手。

而另一双白净的小手上，

凹着五个似婴儿才有的小肉窝。

这每一个指根上的小漩涡里，填满了老人口中的有福。

没有饱经风霜，也没有岁月蹉跎，

初涉尘世，还稚嫩而烂漫。

这是一双紧握钢笔的手，就像战士的钢枪不能丢下。

四大名著的经典、科学发明的奇妙；

华罗庚的周密、毛泽东的伟大，

一点一撇，一行一页，一挥一洒，

都是这双柔软的小手，

刻拓描摹着中国五千年的文化。

这是一双充满未来希望的手，
她有她的朝气，她有她的憧憬，
在社会主义的画卷上，有多少双这样的小手，
紧握着青春之笔，
在描绘着祖国山河的壮阔，
在指挥着这场盛大的时代音乐会。
这，是妹妹的手。

老人的手，夯实了幸福的根基，
青年人的手，搭建幸福的高楼。
这两双不同的手，是过去与未来的交接，
这两代人心照不宣的热忱，从未改变！

旧时光之老树

老屋的门前，
倚着一棵老态龙钟的树。
听大人们讲，
记忆里的它还是一棵小苗。
当了一辈子忠诚的卫士，
守护着这座小小的院子。

夏天的夜晚，
妇女们坐在树下闲聊着家长里短。
清风簌簌，
它摇摆着树叶在高处附和。
猫咪眯着眼，

趴在它茂盛的怀里打盹。

树下，
常有一个慈爱的老头儿，
笑眯眯地抽着旱烟，
扶着小孙孙爬上枝头掏鸟蛋。
阳光透过树荫，
洒落在他扬起的脸上，
那一道道褐色皱纹里，
都盛着心尖上的疼爱。

后来啊，
老人走了，小孙孙也长大了，
当时的艰难岁月也早已被人们遗忘。
然而，还是这棵老树，
记录了老屋里所有欢喜悲愁的过往。

如今的老树，
缠在地下的根与老屋同脉相连，
它们都被遗忘在了这座深林荒村里。
山路终将被岁月掩埋，
那片厚土也将仅存于人们的脑海。
唯一不变的，
是老树对老屋深深地守护。

边俊杰　内蒙古呼和浩特市清水河县人，创作有报告文学、广播剧、散文、诗歌。作品多发表在《人民日报》《光明日报》《中国报告文学》《中国林业》《散文百家》《内蒙古日报》《实践》《草原》等报刊。广播剧《老牛坡》获得内蒙古自治区"五个一工程"奖。

磅礴力量何处来

伴随着十月革命的一声炮响，

马列主义的光辉，把嘉兴南湖的红船照亮，

是您用鲜血涂抹了新中国的曙光，

是您用火焰照亮了我们前进的航向，

是您用镰刀割断了黑暗的历史，

是您用锤头砸碎了专制的铁链、铁门和铁窗，

是您用甘甜的乳汁、磅礴的力量挽救了民族危亡，

是您用强有力的臂膀，推翻三座大山，打败日寇，

是您让新中国光芒四射地矗立在世界东方！

因为有您，我们乘风破浪，

因为有您，我们繁荣富强，

因为有您，我们创造辉煌，

因为有您，我们汇聚磅礴力量！

伟大的党啊，在硝烟弥漫、战火纷飞的年代，

面对着民族存亡，

您带领我们披荆斩棘，勇往直前，

赴汤蹈火，战胜的步伐不可阻挡。

英明的党啊，在艰难困苦、物资匮乏的年代，

您带领我们走向改革开放，

砥砺担当，让中华大地溢彩流光。

您的初心，总是那么澎湃激昂，

您的梦想，让人民幸福安康，

没有您，怎会有这富强中国，

您的理想，化作了史诗篇章，

您的信念，使中华民族的复兴波澜壮阔。

红船扬帆扬起的是您使命担当，

万里长征凝聚的是磅礴力量，

遵义会议确立的是正确路线，

追求真理追求的是您壮丽华章，

红色道路是蓝天丽日辉映的画卷，

红色旗帜是阳光雨露滋润的容颜。

今天，当白鸽在蓝天上快乐翱翔，

当幸福的歌声在中华大地上纵情激荡，

今天，我们学党史、知党恩、永远跟党走，

我们用深情的笔墨，

书写党的百年艰辛历程，风雨苍茫。

伟大的党啊，是您凝聚起磅礴的力量，

书写了一部跌宕起伏血与火的历史华章。

光荣的党啊，在奋进新征程，启航新蓝图的年代，

在实现中国梦的大道上，

您用崇高的信仰，

指引我们实现了从中国制造向中国创造迈进。

伟大的党啊，您勇于挑战，始终将实现伟大复兴、民富国强扛在肩上，

实现了高铁通畅、嫦娥奔月、天问火星、北斗组网！

光荣的党啊，您在历史紧要关头掌舵领航，

一路走来是那样的威严、雄壮！

今天，在您百年华诞之际，

我们要举杯畅饮，高歌祝福，

酒杯里，斟满了，

南湖水的浪花，

南昌城头的朝霞，

井冈翠竹的神韵，

延安窑洞的灯光。

共同举杯，

我的心头有长城威严的豪迈，

我的脸上有黄河波涛的气魄。

磅礴力量何处来，

醉人美酒干一杯，

我们采撷金色的阳光做原料，

我们用自己的心血和担当来发酵，

我们共同去酿造，

去酿造，祖国更醇、更美、更加辉煌的明天！

姜俊兰　网名春花秋月，出生于内蒙古呼和浩特市清水河县韭菜庄乡。清水河县作家协会会员、托克托县作家协会会员，有大量作品发表于报刊和网络平台。

红色旅游记（组诗）

2021年旅游记

五月的微风

吹了一遍又一遍

总是煽动着你出游的激情

一群不辞劳苦的有缘人

一脸坚定信念

满怀吃苦耐劳的精神

一路欢声笑语

大巴车的颠簸

丝毫不影响对西安古都

和延安红色革命老区

迫不及待的向往

大雁塔

当华灯初上时

我们的大巴车

终于缓缓融入

繁星点点的西安古都大街

第一站，大雁塔

站在灯火辉煌处

千年佛塔

潜行于历史

巍巍屹立

代代相传

可知这藏经始主

曾经的悲凉与凄苦

跋山涉水，披星戴月

历经艰辛与苦难

续写修行永恒

笑迎世纪风雨

静观岁月变迁

留下千古不朽的神话

大唐不夜城

站在灯火阑珊处
五彩缤纷的世界
美得嫣然，像个羞涩的少女
看她，那么神秘莫测
若隐若现，扑朔迷离
夜幕的薄纱撩动着斑斓色彩
轻歌曼舞的人们
与夜争宵
明月清风
辉煌灿烂如仙境
不来此地会后悔

曲江寒窑遗址

来到曲江寒窑
不知是风牵云手
还是云邀约风
足迹先登的小雨点
一滴一滴，慢慢落下来
是王宝钏凄婉的眼泪吧
我索性收起雨伞
一个凄美的爱情故事

历历在目，仿佛看到

王宝钏望眼欲穿的目光

如果时光可以穿越

请借一缕清风

可不可以为她传信

兵马俑

在兵马俑

面对这威武的军阵

耳畔仿佛响起那金戈铁马之声

惊叹这墓葬的庞大

和这鬼斧神工的匠心

一个辉煌的历史文化遗产

让世人为之惊叹

秦俑，一个个栩栩如生

不屈不挠，视死如归

他们用无与伦比的神奇

登上世界之最的巅峰

他们历经两千多年

用站立的灵魂

牵动你回望

西安博物院

走进博物院

那些写满沧桑的古董

瞬间把你的思绪赶回几千年前

汉、唐、宋、元、明、清

琳琅满目，高深莫测

各自用与众不同的模样

激发你无限的想象

它们静静地与我们对望

互看着年号，满脸惊讶

别见怪，因为实在是太遥远了

看着它们一身的斑驳

每一件都捧着一个

久远的故事

在这里，最能证明

中华五千多年的文明

延　安

来到延安

杨家岭的阳光格外明媚

感觉太阳就是从这里升起来的

伟大领袖毛主席

伟大的中国共产党

就是在这简陋的窑洞里

研究出一个个英明决策

取得最后的胜利

在这里，再唱东方红

感觉每一个字眼都是有激情的

唱到你热血沸腾

这里的一草一木

都是有温度的

无论你看哪里都是热的

直到你热泪盈眶

这里的花儿

颜色是最鲜艳的

因为那是革命先烈们

用青春热血染红的

这里的窑洞

都是有感情的

当你走近窗前那一刻

总是觉得一股暖意迎面而来

多少最美的笑容

留在这里

窑洞里的那盏灯

以万丈光芒

照亮了东方

返程

告别延安

端起，志愿者送上的热茶

饮下，这是红色革命老区的热情

我们恋恋不舍

追溯到今天幸福生活的源泉

东方红的歌声

在耳边久久回荡

四天，行程好几千里

穿越了两千多年的沧海桑田

抗拒并且战胜了疲劳

最大的收获

不是大包小包

是别人看不到的

满满一笔收入

叫作，精神财富

大家一路欢声笑语

孩子们更是诗歌不断

这样的旅行

值得继续

这样的行囊

值得收藏

郝世裕　内蒙古呼和浩特市清水河县人。退伍军人，曾从事企业秘书工作多年，热爱诗歌、散文创作。

初夏赏清水河美景（组诗）

老牛湾

晋蒙长城今犹在
横贯东西卧高丘
边塞可曾烽火急
残阳如血月如钩
古堡应知千年事
可见当年犁河牛
滔滔黄河东流去
今朝儿女更风流

老牛坡

耕夫不失报国志
青城首建党支部
谁持火炬登高呼
唤醒民众抗外侮
展厅柜前瞻旧物
愈知抗战艰与苦
纪念碑下祭英魂
前行不忘来时路

八龙湾

欲到池中寻蛟龙
可惜蛟龙已腾空
层层奇石两岸立
潺潺水流步履匆
崖上亭台添景致
疑是江南烟雨中
岸上农夫忙耕种
园内果蔬正葱茏

老牛湾

古老的黄河

奔腾数千里

在这里

放慢了脚步

收敛了她的桀骜不驯

是谁持巨斧

刻下垂直的峭壁

是谁执耕犁

在这里神奇地转弯

是谁在渔船上唱起了

漫瀚调

惊扰了报晓的雄鸡

岸上灯火氤氲里

掩盖了谁的叹息

对面烽火台上

是否也曾狼烟四起

那一段古长城下

可曾刀光剑影

鼓角争鸣

奔流不息的黄河水

淘尽了千年往事

荡涤了世间尘埃

涛声依旧

却早已变换了时空……

肖引丰　笔名清雅。主要作品有诗歌、散文诗等，作品发表于报刊及网络平台，代表作《清河夜色美》。2019年，获中国诗人总社大赛委员会"印象中国"影响力诗人大赛二等奖。

三月，软绵绵的风捎来话说

闻着三月的花香
顺着故乡的云眺望
袅袅炊烟，碧水蓝天
看村旁的老槐树
和爷爷的眼神，便知
又是一年好春光

软绵绵的风
如江南烟雨
如桃源百景
将绿油油的春

流向大海的河

吹出一树一树的花开
吹出一地一地的粉嫩

随风摇曳的花瓣
叩响了我春的心扉
知道，醉酒
不如醉花醉艳的
今年今日此花中
人面桃花相映红

花开，让封冻的心
释然了，暖和了
软绵绵的风
捎来话说
好好打扮我们的春
穿花衣，听花开

在春雨的滴答声
在鸟鸣涧
依着柴米油盐的味道
让日子酷起来
让快乐再快乐一些
让幸福再幸福一些

打点好行囊
携一缕阳光

朝着努力向善的方向出发吧

浅浅喜，轻轻享

让时光慢一些

慢一些，再慢一些

曦玥　原名云春梅，自幼喜爱音乐、摄影、文学创作。发表散文、诗歌20多篇（首），微电影剧本《张二脱贫》获清水河县文化艺术成果长城奖。

在，祖母身旁的岁月里

想念啊

祖母

我

含着泪花

走进童年

薄衣乍暖的早春

跟在您的身旁

寻觅"沙奶奶"的嫩芽

在荒芜的沙漠

也跟着您

走过

还挂着雨珠的寸草地

站在湿漉漉的沙坡上

仰望雨后碧绿的天宇

您说

等闲下时

就爱看那蓝茵茵的天

热夏的傍晚

几绺红霞飘然在西边的树林

我们孩子们

赤脚站在土屋的矮窗台上

仰望

红云由大公鸡变成小羊跑走

院中矮桌上的稀粥碗里

倒映着檐下那只蜘蛛网

您说

蛛网网住许多飞虫

蜘蛛是好的

秋风又起时

西树林的黄叶飘过您的头巾

落入您拉着山羊迈过的荒草丛

夕阳就在身后

流向大海的河

当您将一篮玉米倒回场院时
您的屋檐下，挂满了
干豆角、高粱穗、红辣椒

您说
连蚂蚁都懂得贮藏
过冬的食物

隆冬的黎明，四下寂然
脚下的沙土冻得最硬
我忍住哆嗦
坚定地注视着
东方红日升起

光秃稀落的远树下
突显几间矮土房
两只烟囱正冒着白烟
一轮红日冉冉升起

我想
人们啊
你们看到过
冬日的沙漠
红太阳升起吗
这绝对是天地的神奇

直到

祖母开了家门

向南沙坡上的我呼唤

春春，吃饭了——

门上，那

伴有葫芦酸粥味儿的白气

骤然间

飘散到空气中去了

我该回去了

再见了

沙漠的冬晨

我记着你

是

什么样的了

……

张俊清　内蒙古呼和浩特市清水河县人，现居住在呼和浩特市。呼和浩特市作家协会会员、清水河县作家协会会员，昭君诗社社员。爱好写作、绘画、剪纸和制作手工艺品，作品散见于网络平台。

家（组诗）

夜

静悄悄地
只有电视在演绎
人世间
几代人的故事
几代人的人生
想要的
追求的
名和利
和睦与温馨

有出息的孩子

叛逆的孩子

既孝顺又有担当的孩子

爱的真谛

爱的奉献

爱的欢乐

被命运捉弄的

经受时代的碾压

不断奋斗

追着目标折断荆棘努力前进

爬上最高的山顶

顶住风的呼啸

经受雨的洗刷

望

人间风花雪月

甜酸苦辣

父母情

兄妹情

儿女情

海誓山盟

传宗接代

聚合离散

沧桑巨变

摸爬滚打

泥泞沼泽

一步一步小心翼翼摸着走着

暮　年

人世间有几个亲人携手

病榻边有谁在相守

四季轮回

生生不息

温暖的家里谁在和你共度

草木会发芽

孩子会长大

岁月的列车

不为谁

停下

张生华　内蒙古呼和浩特市清水河县人。文学爱好者，用文字畅写人生中的意趣与智慧。有100多首诗发表于网络平台，曾获清水河县文化艺术成果长城奖。

总想，总想

当我走进春天
总想乘着春天蓬勃的翅膀
像自由飞翔的鸟儿一样
在广阔的天空
用美妙的旋律
为天地礼赞
为万象唱歌

当我走进春天
总想拽着春天温柔的双手
像温婉娇柔的和风一样

在美丽的家乡
用深情的眸光
为生活添彩
为日子着色

当我走近春天
总想贴近春天敞亮的心扉
像绵绵不断的春雨一样
在广袤无垠的原野
用清澈的雨水
为生命洗礼
为灵魂净心

当我走近春天
总想扑进春天温暖的怀抱
像忙忙碌碌的蜂蝶一样
在花丛的枝头
用优雅的俏姿
为人间采蜜
为万物翩舞

当我走近春天
总想攀上春天芬芳的肩膀
像万紫千红的花朵一样
在茫茫的田野
用盛开的笑脸

为山河添美

为大地增香

当我走近春天

总想融入春天娴娴的脚步

像静好如常的岁月一样

在平凡的旅途

用从容的自信

把所有的汗水献给春天

把所有的礼赞献给春天

把所有的祝福献给春天

向着更明媚的心路

前行

前行

流向大海的河

小戏小品辑

邢永晟　1969年生，内蒙古呼和浩特市清水河县人。中国电影家协会会员、中国电视艺术家协会会员、内蒙古电影家协会理事、内蒙古作家协会会员。主要作品有小说、散文、戏剧、影视剧本。有作品出版发表、排演拍摄、入选获奖。

去延安

时间：抗日战争时期

地点：农村

人物：马桂芳，女，青年。

　　　姜福良，马桂芳的丈夫。

　　　许相松，男，中年，从延安来的干部。

〔长城脚下，窑式院落。

〔音乐中，马桂芳上。

马桂芳：（唱）农家小院照艳阳，

绿树掩映花飘香。

新婚宴尔才不久，

丈夫他叫姜福良……（甜蜜地）

〔忽传枪响，随之有人喊：鬼子进村了！鬼子进村了！

（唱）忽然传来枪声响，

不由得让我心内慌。

赶紧打开门来望，

只怕福良遭祸殃。

鬼子在山下围起了营盘，天天来村里抓壮丁，男人们都跑到山上去躲藏，他们都不愿当二鬼子，打算去延安。让福良去和延安来的人联络，也不知道联络上没有。都走了三四天了还不见回来，真是让人担心啊！

（唱）莫非他路上遇伏击？

莫非他受伤摔沟底？

我这就出门找他去……

〔姜福良上，马桂芳出门，遇见。

马桂芳：（唱）福良——

姜福良：桂芳——（失魂落魄）

（接唱）险些难见我的妻。

马桂芳：福良，你总算回来了。

姜福良：我——啊呀！（痛）

马桂芳：怎了？啊！你受伤了？

姜福良：我……我碰上鬼子了。

马桂芳：是鬼子把你打成这样的？那你是怎逃脱的？噢，鬼子进村是在抓你？快，快躲起来！不行，家里藏不住人，你还是去山里躲藏吧。

姜福良：桂芳，你听我说……

马桂芳：不要说了，赶紧逃！赶紧逃！（推）

姜福良：桂芳，鬼子不在村里了，他们……他们被我甩脱了。

马桂芳：被你甩脱了？追到别的地方去了？

姜福良：对，追到别的地方去了。

马桂芳：那也不行，鬼子追不到人，万一再杀个回马枪，那时想逃可就迟了。趁鬼子还没来，你还是赶紧逃吧！（再推）

姜福良：桂芳，我逃了，你怎办？

马桂芳：我等着你回来，接我一起去延安。噢，福良，你走这几天，和延安的人联络上没有？

姜福良：联络上了。

马桂芳：那咱几时去延安？

姜福良：今天。

马桂芳：今天就去？太好了！那我赶紧准备准备。

姜福良：桂芳，不忙。

马桂芳：你不是早盼着去延安吗？这就要去了，怎又不紧不慢的？

姜福良：延安来的人叫许相松，约好今天在咱家接头，他还没来，咱得等着。

马桂芳：噢，我明白了，你冒着危险回来是为了接头。那我去做些好吃的，招待招待延安来的同志。多做些，给山上躲着的那些人带去，让他们吃得饱饱的，好有力气走路。

姜福良：桂芳，我……

马桂芳：福良，你是怎了？才走几天就跟我生分了？说话怎吞吞吐吐的？

姜福良：我想了又想，觉得……你……你还是别去了。

马桂芳：你说甚？我别去了？说好了要一起去的，怎又不让我去了？

姜福良：桂芳，你别激动，你听我说，我也是为了你好！

（唱）此去延安路途长，

敌人处处都设防。

枪林弹雨恐难挡，

不如在家守安康。

马桂芳：（唱）鬼子天天进村庄，

哪有安康让人享？

有志青年上战场，

怎能缺下马桂芳。

姜福良：（背唱）我把隐情腹中藏。

马桂芳：（背唱）他是怕我有损伤。

姜福良：（背唱）不妨对她实话讲。

马桂芳：（背唱）何必给他添惆怅。

姜福良：桂芳，我……

马桂芳：福良，我知道，你有任务要一心一意去完成，带上我会让你分心。我会拖你的后腿。你甚都不要说了，我马桂芳也是个明事理的人。为了把乡亲们安全送到延安，为了打鬼子，我不让你分心，我不拖你的后腿。只盼你能好好地保护自己，早早地回来接我，别让我一等再等。

（唱）福良他远赴延安离家乡，

我难免心中不舍人凄凉。

小鬼子横行霸道铁蹄狂，

逼得咱夫妻分离痛断肠。

有道是大家不安小家丧，

山河破祸及池鱼都遭殃。

有道是为国奉献志气壮，

我怎能影响丈夫打豺狼。

痛只痛把我晾在干滩上。

你让我担惊受怕睡不香。

痛只痛把我闪在半路上，

哪还有相依相傍赛鸳鸯。

姜福良：桂芳，不管到甚时候，不管我做甚，我都是为了你好，你一定要相信我。

马桂芳：我相信！我相信！

姜福良：那……那我就跟你实话实说，我……

〔许相松上。

许相松：卖针了——卖针了——

姜福良：来了。

马桂芳：谁来了？

姜福良：延安的人。（马桂芳急切地去开门，姜福良想阻止已来不及）

许相松：老乡，买针吗？

姜福良：（抢前）不买针，有线吗？

许相松：有。

姜福良：什么线？

许相松：红线。我是许相松，从延安来的，你是姜福良同志吧？

姜福良：是……我是姜福良。许相松同志，可算是把你等来了。

许相松：组织上让我来跟你接头，带当地那些青壮年一起去延安，人都在哪里？

姜福良：在山上。

许相松：那咱快上山吧。

姜福良：慢！桂芳，你不是说要做些好吃的招待延安来的同志吗？还不快去！

马桂芳：哎！（欲去）

许相松：不用，时间紧迫，需赶紧上山安排，天黑后我们就行动。

姜福良：对……要抓紧时间……那也得喝口水喘喘气，也让我收拾收拾。桂芳，去给许同志倒碗水。（马桂芳内下）您坐，我收拾收拾……

〔许相松坐，姜福良假装收拾，拿出一根棒子将许相松击晕。马桂芳端碗上，恰看见，惊得碗落于地。

马桂芳：啊！福良，你——

姜福良：桂芳，不要怕，快去找根绳子。

马桂芳：你要做甚？

姜福良：把他捆起来，交给皇军。

马桂芳：啊！你……

姜福良：我瞒天瞒地，但不能瞒你。三天前，我与延安来的人联络上后，在返回时被鬼子逮住，他们对我严刑拷打，我都没有交代。可是，他们……他们要来糟蹋你，我……我就全交代了。

（唱）我能咬牙扛重刑，

让你受罪不忍心。

别怨福良无钢骨，

万般无奈投敌人。

马桂芳：你要把许同志交给鬼子，还要把咱村的那些青壮年也交给鬼子？

姜福良：皇军说，只要把这件事办成，就给我一大笔赏金，到时候，我就带着你远走高飞，到一个没人认识咱们的地方，关起门来过日子。你不是盼着过那样的日子吗？这不就圆了你的心愿。

马桂芳：呜……（失声痛哭）

（唱）他曾经，多上进，

他让我，多倾心。

带我走上阳光路，

他却缩到阴暗层。

姜福良：桂芳，你去取根绳子，我盯着他，别让他醒来跑了。（厉声）快去！（马桂芳内下）

（唱）已在这条路上行，

再想回头不可能。

是人是鬼全难顾，

哪怕身后留骂名。

桂芳，快拿绳子来。

〔马桂芳拿绳子上。

马桂芳：（唱）绳子在手千斤沉，

要去捆绑自己人。

若是听凭丈夫意，

我的良心怎安宁？

〔姜福良从马桂芳手中拿过绳子，捆绑许相松。

（唱）他是因我害众人，

让我也觉罪孽深。

他虽对我情意重，

此情此意蒙污尘。

爱归爱，情归情，

人间正道要遵循。

鬼子祸害谁不恨，

不能让他当帮凶。

〔马桂芳趁姜福良捆绑许相松时，一棒将其击晕，一边哭泣一边捆绑丈夫。

（唱）不禁让人泪涟涟，

心也撕得碎纷纷。

一圈一圈把你捆，

只怕捆得绳子松。

别怨为妻心肠狠，

怨你不该投敌人。

哪怕你死我自尽，

也能留下一英灵。

〔许相松醒。

马桂芳：许同志，快走！

许相松：他——

马桂芳：他把我们的情况都告诉了鬼子……

许相松：叛徒！（欲拿棒致其死地，马桂芳制止）

马桂芳：别让他死在我面前，鬼子抓不到你们，他……他也活不了。

许相松：那你跟我们一起去延安吧。

马桂芳：好，我跟你们一起去延安！

（唱）革命圣地心向往，

宝塔山上放光芒。

投身火热经淬炼，

走向胜利志如钢。

〔马桂芳、许相松下。

〔姜福良醒。

姜福良：桂芳——桂芳——

〔姜福良起身，试图追赶，传来两声枪响，踉跄倒下。

（剧终）

暗　访

（普法小戏）

时间：现代

地点：黄土高原某农村

人物：李建强，男，52岁，县司法局普法人员。

郝秀芳，女，50岁，李建强妻，家庭妇女，傻呵呵，粗鲁。

李洋，女，28岁，李建强和郝秀芳的女儿，研究生毕业，县畜牧局牲畜检疫人员。

弘刚，男，28岁，大学毕业生，回到农村建场养羊。

幕启：〔在欢快的乐曲声中，李建强手里拿着擦摩托车的抹布，喜滋滋地上

建强：（唱）八月金秋照艳阳，

微风拂面草芳香。

周日休息去下乡，

领上秀芳去暗访。

暗访什么？暗访弘刚。弘刚是谁？弘刚就是我闺女李洋相中的对象。本来我看中我们司法局的干事小王，懂法守法，做事又不张扬，没想到我闺女见了两面就再也没有了心肠。我做了大半辈子普法工作，今天和秀芳一起去暗访，考一考他弘刚，我就不信他能过得了我这关。他要过不了关，嘿嘿，就不要怨我不客气。闺女那里，少不了给他帮点儿倒忙。让闺女回心转意，去见见小王。我看他们才是天生一对，地配一双。秀芳，时候不早了，还没打扮好？这比见我那会儿，还要打扮得认真！

〔建强开始擦摩托车

〔秀芳风风火火上

秀芳：哎哟哟，你说我缺了哪门子德，闺女养了这么大，一个正儿八经的研究生屹崩崩喜欢上了一个养羊的……你看看，你看看，失慌打忙的脸上这油也没抹开，让女婿看见丈母娘……呸，谁是他的女婿？不对，谁是他的丈母娘？

（唱）李洋今年二十八，

长得好像一朵花。

牲畜检疫做得好，

人人见了人人夸。

俗语说养女不愁嫁，

哪承想女儿如此不听话。

父母的话她不听，

请个媒婆更不行。

唉，实话告诉你们吧，我其实是看对了二胖。二胖就是郭常在家的二小子嘛。说起郭常在，就是我年轻的时候喜欢过的一个后生。那时候，常在看上了我，我也看上了他，可就是我爸他不同意，说常在家穷，不如人家李建强家有钱。我那会儿岁数小，不懂事，好说歹说，就把我嫁给了那个李建强。你看看，

你看看，跟了这么个没出息货，现在出门还没能坐上那个嘀嘀，骑个烂摩托，丢人败兴。三十年河东，三十年河西。看看人家常在，钱多得麻袋装，出门开着宝马玩儿，自己还当了董事长，如今让大胖当上了总经理，二胖当的是副总经理！再说说这个李洋，就是不听我的话，说甚也不想找这个二胖，说是嫌人家二胖胖。胖怕甚？胖还影响挣钱？胖还影响生娃娃？我今天见了这个羊倌儿弘刚，给他个难看，让他死心，不要再纠缠我们李洋。好让李洋和二胖好好儿谈谈对象，说不定真能成一对……（对建强）哎哎哎，没出息货，擦得磨烂呀哇，摩托还有你这样擦的？你看把个油箱擦的，不怕擦烂漏油！

建强：走吧？

秀芳：李洋，李洋——

〔李洋手里拿着手机，伸着懒腰上

李洋：玩儿了半夜手机，累得实在不行了，说好弘刚电话叫醒，一看还不到时候。妈，大清早的，你还让不让人睡觉了？

秀芳：洋洋，你再考虑考虑二胖的事。

建强：小王！

秀芳：二胖！

建强：小王！

秀芳：二胖！

李洋：哎呀，你们烦不烦呐！

〔李洋欲下

秀芳：洋洋，妈和你说个正经事儿。妈和你爸去一趟你二舅舅家，你好好看家的。

李洋：去吧去吧，没人背你的门扇。

秀芳：你这娃娃，怎说话呢！

李洋：妈，路上小心。

〔李洋说着，突然来了精神

李洋：走吧走吧，拜拜。

［李洋将秀芳推出门，关上门

李洋：解放啰！

［李洋高兴地，欢呼急下

［建强、秀芳骑摩托舞蹈走

建强：（唱）叫一声秀芳你听我讲，

小王做女婿最理想。

秀芳：（唱）李建强，你莫猖狂，

洋洋的女婿不用你瞎忙。

建强：（唱）我在家中顶大梁，

（白）洋洋的婚姻大事，

（唱）当然要由我来扛。

秀芳：李建强，二胖好。

建强：小王合适。

秀芳：二胖好。

建强：小王合适。

［建强停下

秀芳：咦，你还赌气不走了？走不走也是二胖好。

建强：咱们能不能一致对外？

秀芳：一致对外？

建强：对，不要忘了今天是干甚来了。

秀芳：你是说，咱们两个人合起来先把闺女的（明白地）……对对对，（对观众）夫妻一心，女婿搞定。先把闺女的这个……咔……再把小王……咔……（偷笑）这不就剩下二胖了？建强，你这个主意好，我听你的。

［秀芳高兴地与建强击掌

［建强掏出手机，递上电话

306

建强：来来来，给那个养羊的小子打个电话。

秀芳：打电话说甚？

建强：问他在不在家。他要是不在家，咱们不是就白跑了？

〔秀芳接听电话

秀芳（打通电话）：哎哎哎，后生，你在不在家？你要不在家，我们不就白跑了！（说完，捂着电话对建强说）他说在，问我有什么事。

建强（指指远处）：就说……咱们是收羊的，外地的商人。

秀芳：我们是外商……对。（对建强）他问是哪个国家的外商。

建强：你就说是……外……外面的商人。

秀芳：什么外面的商人？外面的商人还不是指外商，外商还不是外国的，你哄人家，人家和你说英语，你会吗？（对着手机）哎哎哎，闹错了，闹错了，我们是家商。

〔秀芳挂了电话

建强：他说啥？

秀芳：他说外商不好等当，家商好说，他都准备好了。

建强（思忖）：外商不好等当，家商好说，他都准备好了？

秀芳：哎呀呀，准备好了，就是没问题嘛，考虑甚？这还能考虑出个花儿来还是叶儿来？

建强：那咱们走吧。

秀芳：走吧。

〔建强和秀芳重新骑摩托舞蹈走起

建强：（唱）有备而来去暗访，

秀芳：（唱）马上就到养羊场。

建强：（唱）棒打鸳鸯两边飞，

秀芳：（唱）稳稳当当不慌张。

建强：到了，到了，就这儿。

秀芳：这就到了？呀，这地方真是不赖，养了这么多羊，（叫羊）拉拉拉拉，你看多喜人，肯定是个勤快后生。

建强：哎哎哎，你是顺着谁说话哩？

秀芳：我在说他。

建强：对对对，见了羊……不是不是，见了人，看我眼色行事，我一说羊，你就不要再说话了。

〔建强敲门

〔弘刚匆匆上

弘刚（开门）：你们是……

秀芳（抢着说）：我们就是外商……不对，是家商，（打量着）好俊的后生呀，为不说……

〔建强急忙拉住秀芳

弘刚：为不说什么？

建强：羊。

弘刚：羊？为不说羊？

建强（给秀芳使眼色，急忙将秀芳拉到身后，对弘刚）：对，为不说羊……喂羊喂羊。

秀芳（打量着弘刚，有些爱不释手）：有多高？

弘刚：我们一般不说高，说长。

建强：是长，长。

秀芳：体重有多少？

弘刚：是毛重……

秀芳：姨是问你……

建强：羊。

秀芳：对，羊，羊。

弘刚：叔，姨，我给你们介绍一下。

（唱）大学毕业回家乡，

自费办起养羊场。

快速出栏效益高，

多亏洋洋常帮忙。

秀芳：后生，你说谁常来帮忙？

建强：羊。

弘刚：对，帮忙养羊，帮忙养羊。

建强：来来来，数一数你的羊，咱们签合同。

［建强和弘刚数羊的数量

秀芳：（唱）后生长得身高树大又帅气，

见面把我弄得心没底。

若不是远离城镇待在村里，

若不是没有正式工作干个体。

（白）唉，二胖不也一样。

（唱）总感觉二胖他不一样，

是不是有一丝昔日的旧情没有忘？

（白）哟哟哟，羞死个人了，老也老了，老不正经，哪还有什么旧情。（走过去看羊）哟哟哟，你看这羊长得，一个一个肥嘟嘟的。后生——

弘刚：姨。

秀芳：你家是哪儿的？

建强（把弘刚拉过去）：来来来，你看这合同。

秀芳（拉住弘刚）：我问你话呢。

弘刚：姨。

建强：数羊数羊。

秀芳：后生，你找下对象没有？

建强（拉过去）：你看，合同要是没问题，咱们就可以签了。

　　秀芳（拉过来）：后生，你要找一个甚样的对象？

　　建强：羊。

　　弘刚：不不不，不找养羊的。

　　建强（拉过去）：合同，合同。

　　弘刚：叔，这是一份不公平的合同。《中华人民共和国合同法》第九章，第一百四十三条规定，由于买家原因引起的损失，卖家是不承担责任的。

　　建强：谁说不承担，我说承担就承担！

　　弘刚：叔，要是这合同，那我只能放弃这笔买卖了。

　　秀芳（拉建强到一边，低声地）：你不要太难为他，说不定他以后真是咱们的女婿呢。

　　弘刚（看合同，摇头）：这合同真的不能签。姨，你们说什么呢？

　　建强：羊。

　　秀芳：羊，羊。

　　弘刚：叔，这一条也不能这样签。

　　建强（又从包里拿出一份合同）：弘刚，你看看这份合同。按照合同条款，你要赔偿我。

　　弘刚：这是我们以前和别人签过的合同呀，你们究竟是什么人？

　　建强（突然强硬地）：对，这是你和我们的业务员签的合同，黑字红章，字是你签的，章是你盖的。按照这份合同，你要给我们赔偿损失，不然……

　　秀芳：不然怎，你还不走了？

　　建强：对，我就是不走了。

　　弘刚：叔，这是怎回事？以前的合同……

　　建强：你得说清楚！你看看，上面这些问题……

　　秀芳（拉住弘刚）：后生，你不要听他的。他是在故意为难你。

　　〔弘刚警惕地，匆匆下

　　秀芳（将建强拉到一边）：我越看他越像咱们女婿，你就放过他哇。你现在为难他，他以后真成了咱们女婿，怎办？

　　建强：（唱）是咱女婿他就必须要懂法。

　　秀芳：（唱）懂不懂法洋洋愿意你还能怎？

　　建强：（唱）他要不懂法……

　　秀芳：怎？

　　建强：（唱）他就永远别进我的家。

　　〔弘刚边打电话边上

　　弘刚：他们就是骗子……

　　李洋（幕后）：弘刚，是网络诈骗？

　　弘刚：不是，骗子就在羊场。

　　李洋（幕后）：你先稳住他们，我马上到。

　　弘刚：好的，见面细说。

　　弘刚（收起电话）：叔，这份合同是哪儿来的？我查了一下，这份合同是外地的一个商人和我们羊场签的。

　　秀芳：后生，对的，我们不是外商，也没和你签过甚合同。

　　弘刚：按照《中华人民共和国刑法》第五章第二百六十六条规定，您的行为已触犯法律，属于诈骗，是要判刑的。

　　秀芳：后生，你别听他的，他是故意为难你。他是在考你。

　　弘刚：考我？

　　建强：弘刚，好样的，我就是……

　　〔李洋匆匆上，进门

　　李洋：爸，妈，你们怎在这儿？

　　秀芳：洋洋，你怎来了？

　　李洋：我……

　　弘刚：洋洋，你叫他们什么？

　　李洋：弘刚，我给你介绍一下，这是我爸，这是我妈。

弘刚：哎哟哟，你们为什么不早说？

李洋：你刚才说的诈骗……

弘刚：哎呀，这不是误会了。

建强：弘刚，好样的，我普了半辈子法，就怕洋洋交往上一个不懂法的男朋友。刚才考试，你过关了，我也放心了。

秀芳（拉到一边）：哎哎，你怎说话不算话了？

建强：什么不算话，你不是也同意了吗！

秀芳：我……我还没转过弯来。那二胖那边怎交代？

李洋：爸，妈——

李洋：（唱）弘刚养羊我检疫，

一来二往我们心中都有意。

为了让普法的爸爸能满意，

半年前弘刚就开始做准备。

法律书籍堆了一屋子，

养羊能手快要变成大律师。

李洋：爸，您还满意不满意？

建强：满意满意。

李洋：那还我合同呀。

秀芳：啊，你们父女俩捣什么鬼？

弘刚（意外地）：我说这份合同怎能跑到他手里。洋洋，你什么时候把我的合同拿走的？

李洋：（唱）妈妈这关不好过，

二胖他实在太懒惰。

吃得好，穿得好，

肥肥的养起一身膘。

李洋（拉住秀芳的胳膊，撒娇地）：妈，你表个态嘛！满意不满意？

秀芳（假装不明白，走到弘刚跟前打量弘刚）：甚满意不满意？

李洋：妈——

秀芳（走到建强跟前）：你不是说小王好吗？

建强（对秀芳）：你还说二胖好呢，闺女听你的了？

〔警车声

弘刚：哎呀，不好了，我刚才报警了。

建强：啊？你把警察叫来了？

秀芳（对建强）：你看你个诈骗犯！走，给警察交代去！

〔众人下场

（剧终）

陈勇　清水河县文联工作，作品有散文、诗歌、快板等，部分快板得到排演。

团结共建好家园

竹板一打嘎嘎响，我们几个心飞扬，
春风浩荡百花香，神州大地吐芬芳，
中华百年伟业昌，全国人民齐欢唱。
今天我们聚一堂，说一说，说一说，
首府双拥共建民族团结的新篇章！

首府双拥就是强，连续九年夺大奖，
全国大会受表彰，草原人民心欢畅。
军爱民来保边疆，民拥军来有力量。

军民双拥好食粮，这种传统不能忘。

一九三七枪声响，日寇闯入我家乡。

人民军队上战场，大青山上战豺狼。

各族人民心向党，参军放哨送军粮。

长城脚下群情昂，抗日支部党旗扬。

老区群众拥军忙，做鞋救护送儿郎。

军民齐心打鬼子，塞北大地广传唱。

一九四七春雷响，草原人民得解放。

军民团结建家乡，勤劳迎来好时光，

敕勒川上百业祥，牛羊肥壮粮满仓。

新时代更是不一样，双拥工作放光芒。

中央政策指航向，党委政府一齐上，

支持国防育良将，解决三难尽力量。

转业干部安妥当，家属随调选好岗，

退役待遇都跟上，就业创业倾情帮。

社会各界齐帮忙，服务军营谱华章。

常慰问，勤表彰，搞联欢，牵红线，

送温暖，抓保障，建平台，接来访。

动员全民建国防，筑牢安全好屏障。

人民军队好榜样，爱民如子高风尚。

保家卫国佑安良，救灾抢险做栋梁。

今天大伙都在场，把他们的事迹讲一讲。

警备区的军人有担当，扶贫路上见真章。

水窖建在五良太乡，军民连心建楼房，
三百万资金送下乡，十个穷村奔小康。

预备役三十师常解囊，宏河小学帮扶忙，
九百穷孩子有学上，大爱播撒满山乡。
969医院有特长，丹心侠骨好心肠。
进村义诊救死伤，培训乡医真心帮。

军区汽车团有力量，学习雷锋好榜样，
支农支牧保通畅，百姓的难事放心上。
武警部队不寻常，站岗巡逻保边防，
急难险重他登场，扫黑除恶战豺狼。
人武工作也很强，风采各异有模样，
清水河人武部它真棒，支援地方有担当。
包村水电都安上，捐款上万进学堂，
民兵训练抓在常，备战应急重担扛。
国旗护卫队勤培养，各种活动展形象，
养兵千日用一时，召之即来上战场。

救火英雄杨小伟，他就生在我家乡，
青春热血洒三江，名垂千古感上苍。
全国模范李连顺，退伍转业到北重，
急难险重主动扛，全国劳模受表彰。
援朝老兵高志邦，军人本色他没忘，
抗击疫情勇担当，三万捐款送战场。
托县小伙张在和，部队熔炉炼成钢，

退役返乡建工厂，豆腐有情四季香。

老兵那顺响当当，驻村扶贫宏河旁，

民族团结放心上，捐钱捐物带货忙，

广种藜麦小杂粮，带民致富建新乡。

还有许多好榜样，时间有限不细讲，

他们个个该表扬，军人本色万年长。

（合）

天下军民是一家，双拥工作遍地花，

民拥军来军爱民，军民相依结金瓜。

退役回家也没啥，勇做一往无前的蒙古马。

（独）

我的家乡清水河，风光秀丽真不错，

民风淳朴资源多，生态宜居绿满坡，

如若您还没去过，听我给您说一说。

（合）

清水河，好地方，有山有水有文章。

万里长城到我乡，黄河峡谷有风光，

公主花园留芳香，第一支部党旗扬。

这些年，好机遇，我县纳入生态区，

地质公园国家级，窑洞文化有魅力，

全域旅游正开启，山城成了度假地。

看农村，真喜欢，环境面貌大改观，
吃得好，住得宽，水泥马路门前穿，
村容整洁广场展，花果飘香绿满山。

戏庙院，文化站，卫生室，村委办，
红火热闹场地宽，看病养老有人管，
富民产业连成串，梁梁茆茆到前川。

黄米糜米小香米，养羊养牛养肉驴，
绿色蔬菜林果地，灵芝黄芩到黄芪，
一村一品搞经济，借力旅游来唱戏。

农村牧区脱了贫，小康路上大步行，
全面开启现代化，共同富裕为人民。
中华民族要复兴，没有团结还真不行。

来来来，朋友们，军民牵手齐向前，
民族相依谱新篇，传承双拥好传统。
立足岗位做贡献，团结共建好家园，
团结共建好家园！

高锦　男，汉族，1959年生，内蒙古呼和浩特市清水河县人。1985年参加工作，清水河县文化旅游体育局退休干部。主要作品有散文、纪实文学、曲艺剧本等。

维护法律受人尊

（普法快板）

各位朋友大家好，
见到你们兴致高，
不表花来不说草，
拉拉宪法这个宝。

一九四九开天地，
政治协商纲领拟，
共同纲领来代替，
恢复生产和经济。

五四宪法来颁布，
七五七八八二修，
八二以后五次修，
与时俱进多研究。

根本大法是宪法，
其他法律依据它，
刑事民事也有法，
经济行政都是法。

先把刑法说一说，
排在第一实体法，
其次还有程序法，
大家都要遵守它。

民事法律用途广，
千万不能做法盲，
生活处处守规章，
依法办事心不慌。

经济合同实体法，
技术合同有税法，
产品质量销售法，
程序等同民事法。

行政执法多种法，

食品卫生劳动法，
环境保护安全法，
治安处罚诉讼法。

社会方面制定法，
社会保障就业法，
市场产业政策法，
反垄断法也重要。

林草保护两部法，
污染防治也有法，
讨要工资劳动法，
食品安全卫生法。

依宪执政觉悟新，
依法治国下决心，
依宪改革制度新，
时代造就得民心。

国家法律谁知晓？
一千一百零九条，
地方法规七千余，
自治条例六百条。

国家设立司法部，
省市成立司法厅，

地市旗县司法局，
乡镇司法配套齐。

旗县普法任务繁，
宣传管理不一般，
律师司法讲明理，
增加多处宣传栏。

司法所里工作狂，
就数乡下农村忙，
帮教普法援法律，
乡镇气氛最高涨。

八项规定学得精，
党的政策记得清，
思想宣传和教育，
个个遵守多留心。

组织建设制度化，
三会一课经常抓，
党的生活必须过，
送法惠民受人夸。

扫黑除恶走在前，
因势利导把关严，
各项工作做到位，

构建和谐一片天。

执法普法紧相连，
上下联动胜似天，
热点难点都实现，
干部职员非等闲。

法制宣传多样化，
遵法守法靠大家，
词汇表达标准化，
广播收听普通话。

网络在线都学法，
领导干部你我他，
下定决心齐努力，
成绩合格乐开花。

化解矛盾五百多，
多所联动好效果，
调解处理四百三，
家务琐事也都管。

法律阵地布点多，
县内十八都很火，
乡镇一所有一站，
及时调解从不拖。

司法队伍尽强兵，
严于律己好品行，
出类拔萃是强兵，
工作娴熟业务精。

人人事事在法中，
公民维护环境清，
自觉学法守规则，
维护法律受人尊，
维护法律受人尊！

高尚儒 内蒙古呼和浩特市清水河县人，退休教师，喜欢文学艺术创作。在报刊和网络平台发表诗歌、散文近千首(篇)。诗文结集出版，有作品获奖。

家乡那些石头事

家乡是个石头村，
石山石沟石板路，
石窑石院石烟囱。
就地取材不费难，
石头为我多节省。
石磨石碾石碌碡，
石头帮我脱了贫。
石头锅台石板炕，
石头狮子守大门。
石磙石墩石粮仓，
石板窑檐石曲径。

想拴牲口很简单，
石头上面凿孔孔。
石墙石壁石水槽，
石铠石枰石头林，
石柱石球石栏杆，
块块条石筑长城。
石阶石级砌为梯，
上下运物脚底稳。
火石沙石马牙石，
赭石黑石有奇功。
十二生肖石头雕，
排列聚合成一景。
走到陌生村子前，
巨石告诉你村名。
没闲老汉好唠嗑，
围成一圈石上蹲。
青石碑上刻铭文，
风吹雨淋仍如新。
淘汰物品常怀念，
石凳石枕石箍井，
石杵石臼捣黄米。
吃上油糕难忘本，
黄面石上搓窝窝，
有软有韧有弹性。
软石浮石料姜石，
鹅卵石头说浮沉。

钻石玉石树化石，
赏石玩石石头情。
猪头石上观日出，
石头缝里瞧人生。

后　记

　　清河创客原创文学平台创办几年来，刊发了大量文学作品，在县内外具有非常大的影响力，受到广大读者的喜爱。为扩大作品影响力，让作品能够留存下来，应广大作者和县作家协会会员要求，经县文联工作会议研究，决定编辑出版《流向大海的河》一书。征稿一月内收到40多位作者投送的稿件300余篇，经过编辑人员辛勤努力，最终从中选定部分稿件编辑出版。

　　面对大量稿件，分类整理，一篇篇精读下来，颇费工夫。编辑修改更是需要付出大把时间和大量心血。特别是初次编辑出版，没有经验，征集到的稿件数量巨大，体裁又多，在编辑与定稿过程中，由于字数不好把握，多次删减，造成的工作量更是不可低估。在编辑过程中，各位编委会成员尽心尽力，数改其稿。特别是李巨老师和作协张瑞秀主席，为组稿编稿倾尽全力。李巨老师年逾七十，对稿件的修改精益求精，非常认真，付出了大量心血，为本书增色不少。在此，对李老师和张主席的敬业精神表示特别感谢！

　　本书从筹划、征稿、编辑成册，历时年余，经过数次修改完善，最终定稿。感谢所有为本书的编辑出版给予关心、支持和付出努力的老师们、朋友们，尤其感谢清水河县爱心企业家乔根善先生对本书给予的大力支持。本书在筹备过程中，得到县委宣传部的大力支持，在这里，特别感谢县委宣传部对文联工作的重视和支持。大家的鼎力相助，在此不能一一尊奉姓名，只能道一声："谢谢！"

篇幅所限，我们在编辑过程中只能选取部分作品，难以把投稿作品全部呈现，恳请谅解。因为编辑水平和经验有限，本书存在一些瑕疵，请读者批评指正。

编者

2022年10月7日